सुनो लद्दाख!

रचनाकार परिचय

नीरज मुसाफ़िर

मैकेनिकल इंजीनियरिंग में डिप्लोमा प्राप्त, नीरज मुसाफ़िर पेशे से दिल्ली मेट्रो में इंजीनियर हैं मगर यह केवल छद्म आवरण है; इनका असली परिचय यह है कि यह जीवट क़िस्म के घुमन्तू हैं। साइकिल से घूमने निकलते हैं तो हजारों किलोमीटर नाप डालते हैं; पैदल निकलते हैं तो हिमालय पर चढ़ बैठते हैं, बाइक से निकले तो पूरा भारत छान बैठे और कहीं रेल और बस यात्रा की बात हो तो कहने ही क्या... अपना देश पीछे छूट जाता है। यह अब तक केवल रेल से ही एक लाख सत्तर हज़ार किलोमीटर की यात्रा पूरी कर चुके हैं; पैदल तथा अन्य साधनों का हम केवल अनुमान लगा सकते हैं।

लेखक, वर्ष 2008 से अपना यात्रा-ब्लॉग लिख रहे हैं, जिसमें उनके द्वारा की गई सभी यात्राओं का सचित्र और रोचक वर्णन मिलता है। 2012 में लखनऊ में आयोजित हुए अंतरराष्ट्रीय हिंदी ब्लॉगर सम्मेलन में 'वर्ष के सर्वश्रेष्ठ यात्रा-ब्लॉगर' सम्मान से सम्मानित किये गये। 'दैनिक जागरण' और 'कादम्बिनी' समेत विभिन्न पत्र-पत्रिकाओं में यात्रा-वृत्तांत लेखन।

अन्य पुस्तकें : 'पैडल-पैडल' और 'हमसफ़र एवरेस्ट'

www.neerajmusafir.com
facebook.com/NeerajMusafir
musafirneeraj@gmail.com

सुनो लद्दाख!

यात्रा संस्मरण

नीरज मुसाफ़िर

redgrab books

सुनो लद्दाख! (यात्रा संस्मरण)

मूल्य भारत में : ₹ 175
मूल्य विदेश में : $ 8

प्रकाशक : रेडग्रैब बुक्स
942, मुठ्ठीगंज, इलाहाबाद-3 उत्तर प्रदेश, भारत
वेबसाइट - www.redgrabbooks.com
ईमेल - contact@redgrabbooks.com

संस्करण : प्रथम, 2017

ISBN : 978-93-87390-01-0
आवरण : श्री कम्प्यूटर्स, इलाहाबाद
टाइप सेटिंग : श्री कम्प्यूटर्स, इलाहाबाद
मुद्रक : रेप्रो नॉलेजकास्ट लि, भारत

समर्पित

पाठकों को

भूमिका जैसा कुछ

ब्लॉग लिखने का एक 'साइड-इफेक्ट' यह भी है कि भूमिका लिखनी नहीं सीख पाते। इधर एक यात्रा पूरी होती और शीघ्र ही ब्लॉग पर आ जाती - बिना भूमिका के ही। सब कुछ लिख देंगे। जो नहीं भी लिखना चाहिये, वो भी लिख मारेंगे, लेकिन भूमिका नहीं। इधर मैं सभी पुस्तकों में भूमिका भी अवश्य लिखी देखता हूँ। अब हम भी लेखक बनने जा रहे हैं, तो भला हमारी पुस्तक क्यों बिना भूमिका के छपेगी!

तरुण गोयल भाई से बात की - "भाई जी, ये बात है; किताब छप रही है, लेकिन भूमिका का चक्कर समझ नहीं आ रहा।"

बोले - "अरे जाटराम, कुछ नहीं है भूमिका में; बड़ी आसान है...।"

वे कुछ और समझाते, उससे पहले मैंने ही कह दिया - "तो भाई, आप ही लिख दो कुछ!" जैसे वे तैयार ही बैठे थे; लिखना शुरू कर दिया -

“पुस्तक ‘सुनो लद्दाख!’ के लिए मैं नीरज मुसाफ़िर को हार्दिक शुभकामनाएँ देता हूँ। लद्दाख और जांस्कर जैसे कठिन भूभाग को पैदल नापना अपने आप में एक सराहनीय प्रयास है।”

“जांस्कर, चादर, पदुम, दारचा ये सब नाम शायद एक आम हिन्दुस्तानी ने कभी न सुने हों, पर जिस खूबी से नीरज ने इन जगहों को अपने शब्दों से सजाया है और चित्रों से संजोया है - आपको एक पल के लिए भी नहीं लगेगा कि सिर्फ नीरज यात्रा कर रहा है।”

“चादर ट्रैक में गुफा में बिताई एक रात हो या दारचा-पदुम की बे-दम करने वाली चढ़ाई हो या लद्दाख के अद्भुत हिमाच्छादित पर्वत हों - हर पल आप पाएँगे कि जैसे यात्रा नीरज नहीं, आप कर रहे हों।”

“नीरज उम्र में बेशक मुझसे छोटा है, लेकिन घुमक्कड़ी के मामले में मुझसे ही नहीं, देश के कई नामी-गिरामी ‘ट्रैवल ब्लॉगरों’ से कहीं बड़ा है।”

“नीरज की लेखनी में न तो बड़े-बड़े होटल हैं, और न ही बड़ी-बड़ी गाड़ियाँ; पर नीरज की लेखनी में सबसे बड़ी बात है, उसका जमीन से जुड़ाव। सरलतम शब्दों में गूढ़ बात समझा जाना ही नीरज की खासियत है।”

“हिंदी यात्रा लेखनी में नीरज ने न केवल अपना एक मुकाम हासिल किया है, अपितु अपने साथ अनेक लोगों को प्रोत्साहित भी किया है - हिंदुस्तान को जानने, समझने में। यात्राओं से बड़ा कोई गुरु नहीं होता और नीरज ने अनेक लोगों को अपनी लेखनी द्वारा ‘यात्रा गुरु’ से मिलवाया है।”

“और यह पुस्तक सिर्फ नीरज की घुमक्कड़ी के बारे में नहीं है। आज इंटरनेट की दुनिया में कैसे दूर-दराज के लोग एक-दूसरे से जुड़ रहे हैं, उसका भी एक बहुत बड़ा उदाहरण नीरज का ब्लॉग है। इसी ब्लॉग के द्वारा मैं और नीरज आपस में जुड़े।”

“इसी ब्लॉग के द्वारा अनगिनत लोगों से नीरज की दोस्ती हुई -

जिनसे शायद कभी मिलना भी न हो पाये।''

''इसी ब्लॉग के द्वारा इस पुस्तक का शुभारम्भ हुआ।''

इतना लिखने के बाद गोयल साहब रुक गये। बोले - ''इतना काफी है क्या?''

मैंने कहा - ''काफी तो है, लेकिन आपने लिखने में बहुत कंजूसी की।''

कंजूस उपनाम मिलते ही साहब फिर से स्टार्ट होने लगे - ''अबे नहीं; कंजूस-वंजूस नहीं हूँ, मैं और भी लिख सकता हूँ... मैंने सोचा ज्यादा हो जायेगा, इसलिये रुक गया; अभी ले, और थोड़ा लिखता हूँ... लेखन कोई बाहर से थोड़े ही लाना है? अपने ही घर की खेती है।''

''पुस्तक में वो सब बातें कही गयीं हैं, जो किन्हीं कारणवश ब्लॉग में नहीं बताई जा सकतीं - जैसे कि शब्दों की अधिकता का डर, जो ब्लॉग में रहता है लेकिन पुस्तक में नहीं।''

''वैसे तो नीरज का कहना है कि उसकी लेखनी में लोगों को 'साहित्यिक पुट' नहीं मिलेगा, लेकिन मेरा मानना है कि इतिहास और जनश्रुतियों को नीरज से बेहतर आज के दौर का कोई भी यात्रा-लेखक नहीं समझा सकता। बोरियत से भरे संख्या ज्ञान से परे, नीरज की लेखनी आपको इतिहास के गजब दर्शन करवाती है, जिसे पढ़कर आप मुस्कुराये बिना नहीं रह सकते।''

''नीरज मुसाफ़िर को उसकी पहली पुस्तक के प्रकाशन पर हार्दिक शुभकामनाएँ, और आगे भी उसकी घुमक्कड़ी और लेखनी के चर्चे विश्व भर में हों, यही मनोकामना है।''

इतना कहकर वे फिर से चुप हो गये। मुझे धौलाधार, पीर पंजाल और लाहौल-कुल्लू के विशेषज्ञ का आशीर्वाद मिल चुका था; अब किसी भूमिका की आवश्यकता नहीं...

...या फिर यही इस पुस्तक की भूमिका है।

-नीरज मुसाफ़िर

आभार

किस-किस का आभार व्यक्त करूँ? यहाँ तो सामने आने वाले प्रत्येक व्यक्ति के भी और सामने न आने वाले प्रत्येक व्यक्ति के भी आभारी हैं। ब्लॉग के माध्यम से हजारों ऐसे मित्र हैं, जो चाहते हैं कि मैं घर से बाहर ही रहूँ। बाहर रहता, उतना भी ठीक था, लेकिन जब एक बार मेरी सुस्त यात्राओं से परेशान होकर एक मित्र ने कहा कि - हम साउथ की फिल्में इसलिये देखते हैं कि उनमें रोमांच होता है; इसी प्रकार आपका ब्लॉग भी रोमांच की खातिर ही पढ़ते हैं - बस तभी से उन मित्र का आभारी हो गया। रोमांचकारी यात्राएँ करने में इन अनजाने मित्रों का ही प्रमुख योगदान है।

वैसे तो घर-परिवार का भी आभार मानने की परम्परा रही है। इसलिये चलिए, हम भी घरवालों का आभार मान लेते हैं। अगर वे कहते कि बेटा, खूब यात्राएँ कर, यहाँ जा, वहाँ जा - तो मैं कभी भी घर से बाहर निकलने वाला नहीं था लेकिन उन्होंने इसका विपरीत कहा मैंने भी विपरीत ही किया।

तरुण गोयल भाई का आभार व्यक्त करूँगा, जिन्होंने धौलाधार और पीर पंजाल के दुर्गम पर्वत गद्दियों और गुज्जरों के साथ नाप डाले। उनके वृत्तान्त पढ़कर अपने अन्दर भी एहसास होता कि हम भी हिमालय का आनन्द ले सकते हैं।

सन्दीप पँवार भाई का भी आभार व्यक्त करना चाहता हूँ, जिन्होंने एक दिन मजे-मजे में मुझे अपनी बाइक पर पीछे बैठाया और 5200 मीटर ऊँचे श्रीखण्ड महादेव की यात्रा करा लाये - दो दिन बाइक चलाने और तीन दिन पैदल चलने के बाद। इसी यात्रा के बाद मेरी साहसिक यात्राओं का सिलसिला चल पड़ा।

बाकी तो जाने-अनजाने बहुत सारे आभार हैं, जिनका उल्लेख करना सम्भव नहीं।

-नीरज मुसाफ़िर

अनुक्रम

1

जनवरी में लद्दाख और चादर ट्रैक

1

जनवरी में लद्दाख और चादर ट्रैक

लद्दाख यात्रा की तैयारी

पता नहीं क्या हुआ, कैसे हुआ कि मुझे जनवरी में लद्दाख जाना पड़ गया। कभी सोचा भी नहीं था कि ऐसा हो जायेगा। हवाई जहाज से जाना पड़ता है जनवरी में वहाँ। कहाँ हवाई जहाज, कैसा हवाई जहाज - इधर तो कुछ पता ही नहीं था। लद्दाख जाऊँगा अवश्य, लेकिन जनवरी में? ना जी ना। फिर एक दिन अख़बार में पेंगोंग झील का फोटो देखा जिसमें जमी हुई झील पर एक गाड़ी खड़ी थी और लोग मजे से फोटो खींच रहे थे। इस फोटो ने तो रोंगटे खड़े कर दिये। अच्छी-खासी ठण्ड होती है, यह तो पता था, लेकिन ऐसी भी ठण्ड होती है, इसका कोई अन्दाजा नहीं था। हम जब तक इन चीजों का सामना नहीं कर लेते, कभी भी इनकी वास्तविकता नहीं जान सकते। मुझे कभी एहसास ही नहीं हुआ कि शून्य से नीचे भी कोई ठण्ड होती है। मेरे लिये शून्य डिग्री ही सीमा थी; बस, इससे कम नहीं। इससे कम तापमान के बारे में विज्ञान की किताब में पढ़ा था,

लेकिन वो प्रयोगशालाओं की बात लगती थी। मैं शर्त लगा बैठता था कि शून्य डिग्री ही अन्तिम सीमा है; शून्य डिग्री पर पानी जम जायेगा और बात खत्म। इस झील में पानी जमा हुआ है, तो बस शून्य डिग्री है।

अब इधर हमने भी दसवीं तक की भौतिकी अच्छी तरह पढ़ रखी थी। बर्फ पानी के ऊपर तैरती है, नीचे पानी होता है। इसका अर्थ है कि झील में जो बर्फ दिख रही है, वो पानी पर तैर रही है और उसके नीचे पानी है। चार डिग्री पर पानी का घनत्व सर्वाधिक होता है तो शून्य डिग्री की बर्फ के नीचे चार डिग्री का पानी विद्यमान है। बर्फ कितनी मोटी है, पता नहीं। कहीं से अगर टूट-टाट गई तो पानी में जा पड़ेंगे और फिर कभी नहीं निकल सकेंगे। बस, यही सोचता रहता था और दोस्तों से विमर्श करता रहता था। दोस्त भी अपने, मेरे ही जैसे थे; मैं तो केवल पानी में जा पड़ने तक ही सीमित रहता था, वे लोग दो पायदान और ऊपर जा चढ़ते थे - लाश पानी में बर्फ के नीचे दिखती रहेगी, लेकिन कभी निकाली नहीं जा सकेगी; ठण्ड के कारण न सड़ेगी और न गलेगी, अनन्त काल तक। तो जी, मण्डली ने तय कर लिया कि ऐसी जगह जायेंगे ही नहीं। ऐसी जगह कहाँ है? पता नहीं। एक पढ़ाकू ने ढूँढ़ निकाला - लद्दाख में है ऐसी जगह। लद्दाख कहाँ है? बड़े दिनों तक ढूँढ़ मचती रही, तब जाकर किसी नक्शे में मिला।

जब मैं जुलाई 2010 में अमरनाथ से लौट रहा था तो बालटाल में लद्दाख की पहली झलक दिखी; बहुत छोटी-सी झलक। सामने विराट जोजी-ला था और उस पर ऊपर चढ़ती सड़क और उस पर चलती नन्हीं-नन्हीं दिखती गाड़ियाँ। अब तक तो पता चल ही गया था कि जोजी-ला के उस तरफ लद्दाख है। लद्दाख ने हमें आकर्षित कर लिया। हमारा छः लोगों का ग्रुप था। एक बार तो विचार भी आया कि जोजी-ला पार करते हैं और लेह न सही, लेकिन लद्दाख में प्रवेश करके देखते हैं। उसी दिन श्रीनगर में कर्फ्यू लग गया और फिर हम सभी लद्दाख को भूलकर यह सोचने लगे कि श्रीनगर को कैसे पार करें? खैर, तब लद्दाख जाना रह गया, लेकिन उसकी जो पहली

झलक दिखी, उसी ने मन मोह लिया।

जोजी-ला कश्मीर की तरफ से लद्दाख का प्रवेश द्वार है। उधर हिमाचल की तरफ से रोहतांग पार करके लद्दाख जाया जाता है। नवम्बर 2011 में पहली बार रोहतांग देखा, लेकिन जैसा डेढ़ साल पहले जोजी-ला देखा था, वैसा ही इस बार रोहतांग देखा। दूर से जोजी-ला देखा था, दूर से ही रोहतांग। नवम्बर के महीने में रोहतांग पर बर्फबारी होने लगती है; उस दिन भी बर्फबारी हो रही थी और वहाँ जाने वाली सड़क बन्द हो गई थी। हम सोलांग घूमकर ही लौट आये। इस बार लद्दाख तो नहीं जाना था, लेकिन लद्दाख ने यह ज़रूर बता दिया कि वहाँ जाना उतना आसान नहीं है।

एक सरकारी कर्मचारी होने के नाते मेरा यह दायित्व है कि मैं हर चार साल में एक बार सरकारी खर्चे से भारत के किसी भी हिस्से की यात्रा करके आऊँ। इसे एल.टी.सी. कहते हैं। इस यात्रा में हमें पूर्वोत्तर और जम्मू-कश्मीर के लिये हवाई खर्चा भी मिलता है। पूर्वोत्तर और जम्मू-कश्मीर में पर्यटन को बढ़ावा देने के लिये ऐसा होता है। वैसे तो इन राज्यों के कुछ इलाकों में कोई जाना नहीं चाहता, लेकिन हवाई जहाज के लालच में कुछ लोग चले जाते हैं। जब हवाई खर्चा मिल ही रहा है तो क्यों न लद्दाख जाया जाये? चूँकि सर्दियों में वहाँ जाने वाली दोनों सड़कें बन्द हो जाती हैं; एकमात्र साधन वायुयान ही होता है, तो मन में यही आया कि वायुयान का लाभ उठाया जाये और सर्दियों में जाकर देखा जाये कि लद्दाख कैसा है। इस बहाने उस झील को भी देख लेंगे - लेकिन देखेंगे दूर से ही; पास नहीं जायेंगे। गर्मियों में तो कभी भी चले जायेंगे।

जब मुझे पता चलता कि आज दिल्ली में तापमान चार डिग्री है, कल पाँच डिग्री था, तो रूह तक काँप जाती कि मात्र एक डिग्री के अन्तर से जाड़े में इतना फ़र्क पड़ जाता है तो अचानक बीस-पच्चीस डिग्री का अन्तर शरीर कैसे झेलेगा? दोस्तों ने भी डराया कि अगर जुकाम हो गया तो नाक से बर्फ की गोलियाँ टपकेंगी। लद्दाख में

सर्दियों में तापमान शून्य से तीस डिग्री नीचे तक पहुँच जाता है। नदियाँ, झीलें, तालाब तक जम जाते हैं।

फिर भी लगन हो गई कि जनवरी में लद्दाख जाना है। देखना है कि वहाँ जीवन कैसे चलता है? कैसे लोग जमी हुई नदी के ऊपर पैदल आना-जाना करते हैं? कैसे गैर-लद्दाखी, जैसे कि सेना के जवान वहाँ रहते हैं? मित्र डॉक्टर करण से बात हुई तो उसने दो लोगों के सम्पर्क-सूत्र बता दिये। वो पिछले साल जनवरी में ही लेह गया था, तो उसके कुछ जानने वाले थे। फिर घर पर बात की तो तुरन्त एक परिचित विकास का पता चल गया। विकास सी.आर.पी.एफ. में है और उन दिनों लेह में ही तैनात था। विकास से बात करके रहने-खाने की चिन्ताओं से मुक्त हो गया।

अक्सर लोग लेह और लद्दाख को अलग-अलग मानते हैं। असल में हकीकत यह है कि जम्मू-कश्मीर राज्य तीन भागों में विभाजित है - जम्मू, कश्मीर और लद्दाख। जम्मू क्षेत्र में जवाहर सुरंग से पहले का इलाका आता है, और इसमें कठुआ, साम्बा, जम्मू, ऊधमपुर, डोडा, किश्तवाड़, राजौरी, रियासी, पुंछ आदि जिले आते हैं। कश्मीर क्षेत्र में जवाहर सुरंग के बाद का इलाका आता है और इसमें अनन्तनाग, श्रीनगर, बड़गाम, बारामूला, कुपवाड़ा आदि जिले आते हैं। अब बचा लद्दाख। श्रीनगर-लेह मार्ग पर सोनमर्ग से कुछ आगे जोजी-ला दर्रा पार करते ही लद्दाख क्षेत्र शुरू हो जाता है और इसमें कारगिल व लेह जिले शामिल हैं। फिर भी आम बोलचाल में लेह को लद्दाख कह दिया जाता है। लेह और लद्दाख अलग-अलग नहीं हैं।

इंटरनेट का जमाना और जो जानकारी चाहो, ले लो। मैंने भी अपने तल पर खूब सारी जानकारियाँ जुटा लीं; दूसरों के जनवरी के यात्रा-वृत्तान्त पढ़े। चादर ट्रैक ने बड़ा आकर्षित किया। जमी हुई जांस्कर नदी पर पैदल आना-जाना। जमी हुई पेंगोंग झील पर चलने का उतना आकर्षण नहीं था, लेकिन जांस्कर नदी पर चलने की इच्छा होने लगी। इस यात्रा में चादर ट्रैक को भी शामिल करूँगा।

तैयारियाँ होने लगीं। दिल्ली में चार डिग्री तक तापमान पहुँच गया था। मोटी पैंट के नीचे गर्म लोवर पहनने पर भी शीतलहर अन्दर तक प्रवेश कर जाती। कभी चादर ओढ़कर घर से बाहर नहीं निकला था, इस बार यह काम भी किया। चादर ओढ़नी तो नहीं आती थी, किसी तरह बस लपेट लेता। कई बार तो इसे थामने के लिये सिर के पीछे गाँठ भी मारनी पड़ती। सब घरवाले हँसते, लेकिन ज़बरदस्त ठण्ड थी। मैं यही सोच-सोचकर परेशान हुआ जा रहा था कि लद्दाख में तापमान शून्य से पच्चीस डिग्री नीचे होगा और तूफानी हवाएँ भी चलेंगी; बाहर कैसे निकलूँगा और कैसे जांस्कर नदी पर चलूँगा? लेकिन जिनके यात्रा-वृत्तान्त पढ़े थे, उन्हीं से प्रेरणा भी मिलती कि ये लोग भी हमारे जैसे ही हैं; उन्हें भी मेरे जैसी ही ठण्ड लगती है; वे भी मेरी ही तरह रजाई में दबे रहना चाहते हैं। उन्हें कुछ नहीं हुआ, वे सही-सलामत वापस लौट आये तो बेटा, तू भी सलामत ही वापस आयेगा।

अपने ही यहाँ एक मित्र था ललित। उसने सबसे पहली बार एल.टी.सी. लेने का आइडिया दिया था। एल.टी.सी. यानी सरकारी खर्चे से घूमना। अपना कोई खर्चा होना नहीं है। अपना खर्चा होता तो कभी भी विमान के बारे में नहीं सोचते। ललित ने सब मेरे ऊपर छोड़ दिया कि कहीं भी चल, लेकिन चलना विमान से है। मेरे मुँह से तुरन्त निकला - लद्दाख चलते हैं; विमान यात्रा भी हो जायेगी और सर्दियों में लद्दाख भी देख लेंगे। उसने भी पट्ठे ने तुरन्त हाँ कह दी, लेकिन उसकी हाँ एक दिन भी नहीं बरकरार रह सकी। अगले दिन ही फोन आ गया कि वहाँ भयंकर ठण्ड होती है, वो नहीं जायेगा। वो तो पीछे हट गया, लेकिन मेरा पीछे हटना मुश्किल था। मैं सोच चुका था कि सर्दियों में वहाँ जाने का एकमात्र साधन विमान ही है, और अपने खर्चे से विमान-यात्रा मैं करने वाला नहीं हूँ। अगर अब लद्दाख नहीं गया तो कभी नहीं जा सकूँगा सर्दियों में। चादर ट्रैक की भी हूक उठने लगी। फिर एक दिन इंटरनेट पर थोड़ी खटर-पटर की और दिल्ली से लेह व लेह से दिल्ली आने-जाने का एयर इण्डिया में टिकट बुक कर दिया।

जब इतना कुछ करने की वजह इंटरनेट था तो आगे की तैयारियों के लिये भी इसी का सहारा लिया। वहाँ के लिये कैसे कपड़े उपयुक्त होंगे? पता चला कि जो गर्म कपड़े थे, वे कई-कई हजार के थे और कपड़े भी कई सारे थे। यानी जाने से पहले ही बीस हजार का खर्च; लेकिन विशेषज्ञ लोग सलाह दे रहे हैं तो ठीक ही कह रहे होंगे। मैं पहुँच गया एक दिन ब्रांडेड दुकान में। ऐसे ही एक कपड़े को हाथ लगाया तो ऐसा लगा जैसे बनियान को छू रहा हूँ। यह इतना पतला-सा कपड़ा क्या ठण्ड रोक पायेगा? इधर ठहरे गाँव वाले - कपड़ा मोटा होना चाहिये। आख़िरकार मैं बिना कुछ खरीदे ही आ गया। मन में कसक तो रही कि अब अच्छी टेक्नोलॉजी आ गई है और पतले कपड़े भी काफ़ी गर्म होते हैं, लेकिन मन ही नहीं माना। फ़िर शाहदरा गया। वहाँ रेलवे पुल के नीचे रेहड़ी वाले खड़े रहते हैं। 200 रुपये का एक गर्म इनर मोलभाव करके 50 रुपये में लेकर आया। 50 रुपये की मंकी कैप 25 रुपये की और 20 रुपये की मोटी जुराबें 15 रुपये की ले लीं। लद्दाख जाने की शॉपिंग हो गई।

पहली हवाई यात्रा

चूँकि मैंने आज तक कभी भी वायुयान से यात्रा नहीं की थी, एक हिचकिचाहट भी थी पहली बार यात्रा करने की, इस कारण मैं चाहता था कि इस पहली यात्रा में कोई साथी मिल जाये। छत्तीसगढ़ से प्रकाश यादव और गुजरात से जगदीश ने साथ चलने की इच्छा जाहिर की। यादव साहब की इच्छा थी कि एक दो दिन लेह में रुककर वापस लौट आना है, जबकि जगदीश साहब चाहते थे, मेरे साथ पूरी यात्रा में साथ देना।

जब ऑनलाइन बुकिंग करा ली और ई-टिकट पर कहीं भी सीट नम्बर नहीं लिखा मिला तो दिल की धड़कनें बढ़ गईं। मैं ठहरा ट्रेनों में यात्रा करने वाला; सबसे पहले दिमाग में आया कि वेटिंग चल रही है,

इसीलिये सीट नहीं मिली। पता नहीं यात्रा वाले दिन तक सीट कन्फर्म होगी भी या नहीं।

यार लोगों से बातचीत हुई तो सारा मंजर समझ में आ गया। यात्रा वाले दिन ही काउंटर से बोर्डिंग पास मिलेगा, जिस पर सीट नम्बर भी लिखा होगा। साथ ही एक सुझाव और मिला कि काउंटर पर ही बता देना कि खिड़की वाली सीट चाहिये। फिर भी मन में एक प्रश्न हर समय उमड़ता रहा कि अगर किसी वजह से सीट न मिली तो...। 45 मिनट की फ्लाइट थी, इसलिये मैं सीट 'कन्फर्म' न होने की दशा में खड़े होकर यात्रा करने को भी मानसिक रूप से तैयार हो चुका था।

15 जनवरी 2013- यात्रा से एक दिन पहले प्रकाश जी और जगदीश दोनों का फोन आया कि वे नहीं जायेंगे। उनकी मनाही सुनकर अपना मुँह लटक गया। मुख्य परेशानी हवाई यात्रा को लेकर थी। इसे ठीक-ठाक निपटाने में इन दोनों का बहुत बड़ा हाथ होता, लेकिन इनके मना करने से मैं बिल्कुल अकेला पड़ गया। अब कैसे मैं हवाई अड्डे में प्रवेश करूँगा? कहाँ किससे मिलना है? कहाँ सीट मिलेगी? अगर 'कन्फर्म' न हुई तो कैसे इस मामले को डील करूँगा? बहुत सारे प्रश्न मन में आते रहे। दुविधा थी। पहली हवाई यात्रा में मुझे तो यही अनुभव हुआ, पता नहीं सभी को ऐसा ही होता है या मैं अकेला नमूना था।

टिकट पर लिखा था कि फ्लाइट से दो घण्टे पहले हवाई अड्डे पहुँचना पड़ेगा, ताकि सुरक्षा जाँच और अन्य कामों के लिये पर्याप्त समय मिल सके। फ्लाइट का समय सुबह साढ़े छह बजे था, यानी मुझे साढ़े चार बजे तक वहाँ पहुँच जाना पड़ेगा। मेरा ठिकाना पूर्वी दिल्ली यमुनापार में, शास्त्री पार्क में है। हवाई अड्डा दिल्ली के दक्षिण-पश्चिमी कोने में है। कम से कम एक घण्टे पहले घर से निकलना पड़ेगा। आख़िरकार सारी परेशानियों को समझते हुए तय हुआ कि रात ग्यारह-बारह बजे तक हवाई अड्डे पहुँच जाना बेहतर रहेगा।

कश्मीरी गेट से सीधे हवाई अड्डे के लिये वातानुकूलित बसें

चलती हैं। तब एयरपोर्ट मेट्रो बन्द थी। जैसे ही मैंने कहा कि एयरपोर्ट का टिकट दे दो तो कंडक्टर ने पूछा कि डोमेस्टिक या इंटरनेशनल। मुझे कौन सा लन्दन की फ्लाइट पकड़नी थी, तुरन्त कहा डोमेस्टिक। उसने 75 रुपये का टिकट दे दिया। इंटरनेशनल का टिकट सौ रुपये का था।

डोमेस्टिक एयरपोर्ट नामक जगह पर उतर गया। कुछ अन्दर जाकर एक लडके से पूछा कि भाई, सुबह लेह वाली फ्लाइट कहाँ से मिलेगी? उसने पूछा कि कौन सी फ्लाइट है। मैंने बताया एयर इंडिया। बोला कि वो तो टर्मिनल थ्री से मिलती है। मेरा दिमाग ख़राब कि यह टर्मिनल थ्री कहाँ से आ गया। डोमेस्टिक और इंटरनेशनल तो समझ में आते हैं, टर्मिनल थ्री समझ से परे था। आख़िरकार उसी ने बता दिया कि सामने से बस मिल जायेगी।

बस ने इंटरनेशनल एयरपोर्ट पर उतार दिया। यही टर्मिनल थ्री है। यहाँ से अन्तर्राष्ट्रीय उड़ानें तो मिलती ही हैं, लेकिन एयर इण्डिया की राष्ट्रीय उड़ानें भी यहीं से संचालित होती हैं। मध्यरात्रि के बाद भी यहाँ काफ़ी भीड़ थी। एक से पूछा कि एयर इंडिया की फ्लाइट कहाँ से उड़ती हैं, तो उसने हाथ से एक तरफ इशारा कर दिया और चला गया। यहाँ कोई खाली नहीं था। ज्यादातर होटल वाले, टैक्सी वाले और मुसाफ़िर थे।

जिस तरफ उसने हाथ से इशारा किया, मैं उधर ही चल पड़ा। सामने सूचना पट्ट था - प्रस्थान। मैं इसी 'प्रस्थान' के इशारे पर चलने लगा। अब एक डर और लगा। यहाँ से अन्तर्राष्ट्रीय उड़ानें भी संचालित होती हैं, विदेशों से उड़ान आती भी हैं; अगर कहीं भूल-चूक से मैं उस इलाके में पहुँच गया जहाँ हाल-फिलहाल आई उड़ान के यात्री हों, तो मेरी बुरी फ़जीहत हो जायेगी। ये लोग कहेंगे कि मैं विदेश से आया हूँ; मैं कैसे सिद्ध करूँगा अपनी निर्दोषिता? हवाई-अड्डे में पहली बार ही कदम रखा था। अख़बार में तस्करी आदि के बारे में पढ़ता रहता था, तो मैं डर गया। बाद में जब पूरा सिस्टम देखा तो सब

समझ आ गया।

आख़िरकार कई मोड़ और सीढ़ियाँ पार करता हुआ उस जगह पहुँचा, जहाँ पहली बार सुरक्षाकर्मियों के दर्शन हुए। द्वार पर खड़े सुरक्षाकर्मी ने मेरा टिकट देखा और कहा कि यह फ्लाइट तो सुबह साढ़े छः बजे है, अभी क्या करोगे आगे जाकर? जाओ, चार बजे के बाद आना। यह मेरे लिये निराश होने वाली बात नहीं थी, क्योंकि मुझे अन्दाजा हो गया था कि आगे मुझे भीड़ का हिस्सा नहीं बनना पड़ेगा, बल्कि सारा काम 'स्वचालित' तरीके से होता चला जायेगा।

अभी साढ़े बारह का समय था। मुझे क़रीब चार घण्टे यहीं बाहर बिताने पड़ेंगे। रेलवे स्टेशन होता तो कहीं भी पसर जाता, यहाँ पसरने में हिचकिचाहट हो रही थी। लघुशंका के दबाव से मैं काफ़ी दूर बने शौचालय की तरफ चला गया। शौचालय के पास कुछ दुकानों का निर्माण कार्य चल रहा था। इसी निर्माण में एयरपोर्ट के सफाई कर्मचारी पड़े सो रहे थे। मुझे अच्छी जगह मिल गई। लघुशंका से निपटकर चार बजे तक यहीं मजे की नींद ली। अच्छा हुआ कि चार बजे मेरी आँख खुल गई; ऐसा अक्सर होता नहीं है। कई ट्रेनें भी छूटी हैं, लेकिन यह आदत नहीं छूटी।

चार बजे मैं फिर से उसी द्वार पर पहुँच गया। टिकट और पहचान-पत्र दिखाने के बाद आराम से अन्दर चला गया। सुरक्षाकर्मी से ही पूछ लिया था कि मेरी फ्लाइट एयर इंडिया की है, अब आगे कहाँ जाऊँ? उसने बा-अदब इशारा करके बता दिया कि वो रहा एयर इंडिया का इलाका, वहाँ चले जाओ। आगे एयर इंडिया के कई काउंटर थे, मैं उनमें से एक पर पहुँचा। काउंटर पर एक महिला बैठी थीं, मैंने अपने टिकट का प्रिंट-आउट उन्हें दे दिया। उन्होंने कम्प्यूटर में कुछ खटर-पटर की और शीघ्र ही मुझे 'बोर्डिंग पास' मिल गया। इस पर सीट नम्बर भी लिखा था- सोलह-सी।

मुझे बताया गया था कि बोर्डिंग पास बनवाते समय खिड़की वाली सीट के लिये बोलना पड़ता है, तभी मिलती है। मुझे पता ही नहीं

था कि यह बोर्डिंग पास नामक बला कहाँ बनती है। अब जब पास हाथ में आ गया, तब पता चला। अगली यात्राओं के लिये सबक मिल गया। सीट सोलह-सी का मतलब है खिड़की से अधिकतम दूर।

एक और सुरक्षा द्वार से निकलना पड़ा। यहाँ मेरे बैग पर 'सिक्योरिटी चेक्ड' का ठप्पा लग गया। सुरक्षा-बलों यानी सी.आर.पी.एफ. के जवानों का व्यवहार बहुत अच्छा लगा। जिस तरह ये लोग उच्च मानसिक दबाव में लगातार काम करते हैं, उससे उन्हें चिड़चिड़ा हो जाना चाहिये था, लेकिन जब मैंने पहचान-पत्र के तौर पर अपना मेट्रो का आई-कार्ड दिखाया तो उन्होंने पूछा कि लद्दाख में मेट्रो चलाने जा रहे हो क्या? हालाँकि इसका उत्तर उन्हें भी पता था और मुझे भी, लेकिन माहौल हल्का-फुल्का रखने के लिये इस तरह की छोटी-छोटी बातें बड़े काम की होती हैं।

अभी पाँच भी नहीं बजे थे और मैं पूरी तरह विमान में बैठने का अधिकारी हो चुका था।

फिर एक प्रतीक्षालय में बैठना पड़ा। एक तरफ कुछ स्क्रीन थीं जिन पर विमानों की उड़ानों का समय, दरवाजे खुलने का समय और बन्द होने का समय आ रहा था। दो-तीन उड़ानें तीन-चार घण्टे विलम्ब से भी चल रही थीं। बड़ी खुशी मिली कि विमान भी विलम्ब करते हैं। यह 'कलंक' हमारी ट्रेनों के मत्थे ही ज्यादा मढ़ा जाता है। एक फ्लाइट अल्माटी जा रही थी। बाकी सभी गन्तव्य तो समझ में आ गये, लेकिन अल्माटी का नहीं पता था मुझे। तुरन्त मोबाइल निकाला और देखा कि यह तो कजाकिस्तान में है। फ्लाइट तिब्बत के ऊपर से उड़कर जायेगी यानी हिमालय को पार करेगी। उधर मैं भी हिमालय को पार करूँगा। हिमालय को पार कर लिया तो क्या लेह और क्या अल्माटी? पुराने जमाने में काफ़िले चला करते होंगे लेह और अल्माटी के बीच में। इन दोनों शहरों के ठीक मध्य में जो बड़ा शहर है, वो है काशगर। रेशम मार्ग का बेहद महत्वपूर्ण नगर। आज काशगर तिब्बत में है, यानी चीन में है।

यह काशगर भी था जो अप्रत्यक्ष रूप से लद्दाख में भारत और चीन की लड़ाई का कारण बना। 1962 के आसपास चीन ने तिब्बत में पैर पसारने आरम्भ कर दिये थे और धीरे-धीरे पूरे तिब्बत को अपने नियन्त्रण में ले लिया था। काशगर भी चीनी नियन्त्रण में आ गया। अब उन्हें काशगर तक सड़क बनाने की आवश्यकता महसूस हुई, लेकिन चीन की मुख्य-भूमि और काशगर के बीच में गोबी का विशाल मरुस्थल था। चीन ने इस मरुस्थल को एक किनारे छोड़कर ल्हासा और काशगर को जोड़ती हुई सड़क बनानी शुरू कर दी। यह सड़क अक्साई-चिन से होकर गुजरती है। अक्साई-चिन भारतीय इलाका था। भारत ने इस पर आपत्ति की, लेकिन चीन तिब्बत पर कब्जा करने के बाद मदमस्त था। दोनों देशों की लड़ाई हुई और अक्साई-चिन भारत के नियन्त्रण से बाहर हो गया। इस प्रकार इसके लिये अप्रत्यक्ष रूप से काशगर भी जिम्मेदार है।

चलिए, वापस एयरपोर्ट पहुँचते हैं! दूसरी तरफ एक टीवी स्क्रीन लगी थी जिस पर समाचार आ रहे थे। अंग्रेजी में थे, इसलिए अपने पल्ले नहीं पड़े। मेरे सामने वाले सोफे पर एक लद्दाखी जोड़ा बैठा था। उनसे मात्र इतनी ही बात हुई कि मैं भी लेह जा रहा हूँ।

अरे यह क्या? इंडियन एयरलाइंस की एक उड़ान थोइस जा रही है। हालाँकि इंडियन एयरलाइंस का 2011 में ही एयर इंडिया में विलय हो गया था, लेकिन पता नहीं थोइस की उड़ान का क्या चक्कर था। थोइस लेह से आगे खारदुंग-ला पार करके नुब्रा घाटी में हुण्डर के काफ़ी नज़दीक है। खारदुंग-ला और नुब्रा जाने के लिये उन दिनों परमिट की आवश्यकता होती थी, तो सीधी सी बात है कि थोइस भी बिना परमिट के नहीं जाया जा सकता था। यह परमिट उड़ान बुक कराने से पहले हासिल किया जाता था या थोइस पहुँचकर? मेरे ख्याल से थोइस में ही 'परमिट ऑन एराइवल' की सुविधा मिलती होगी।

पौने छः बजे के आसपास स्क्रीन पर दिखने लगा कि लेह वाली फ्लाइट के दरवाजे खुल चुके हैं। हम दरवाजे खुलने की ही प्रतीक्षा कर

रहे थे। बिना विलम्ब किये चल पड़े और सीधे विमान के अन्दर पहुँचकर ही दम लिया। विमान अन्दर से हमारी ट्रेनों के एसी चेयरकार के जैसा लग रहा था, लेकिन हमारे यहाँ खिड़कियाँ बड़ी-बड़ी होती हैं, यहाँ छोटी-छोटी-सी थीं।

जब पता चला कि मेरी सीट खिड़की से अधिकतम दूर है, तो दिमाग खराब हो गया। हालाँकि मेरी सीट पर एक सज्जन बैठे थे, मैंने उनसे कहा कि भाई, आपकी सीट कौन सी है तो बोले कि पन्द्रह-बी। खिड़की के ज्यादा नजदीक सोलह-सी के मुकाबले पन्द्रह-बी है तो मैंने उन्हें और उन्होंने मुझे धन्यवाद दिया। उनके घर-परिवार के बाकी सदस्य सोलह-सी के आसपास ही बैठे थे, इसलिये उन्होंने मुझसे सीटों की अदला-बदली कर ली। फिर मैंने खिड़की वाले सहयात्री से बदली करने की सोची, लेकिन उसने मना कर दिया।

मैंने कल से कुछ नहीं खाया था। पता था कि विमान में मुफ़्त में भरपेट खाने को मिलेगा, लेकिन जब सामने जरा-सा नाश्ता आया तो भूख कम होने की बजाय और बढ़ गई।

जिस समय विमान ने इन्दिरा गांधी विमानपत्तन से उड़ान भरी, वो समय बड़ा ही रोमांचकारी था। मेरे सामने एक छोटी-सी स्क्रीन थी, जिसमें फिल्में भी देखी जा सकती थीं और मानचित्र में यह भी देखा जा सकता था कि विमान इस समय कहाँ उड़ रहा है और उसकी गति, ऊँचाई आदि कितनी है। जहाँ बराबर वाले दोनों सहयात्री पिक्चर देखने में व्यस्त थे, मैं मानचित्र देखने में लगा था। मैं यह देखकर हैरान था कि विमान ४०० किलोमीटर प्रति घण्टे से भी ज्यादा की स्पीड से उड़ रहा था, लेकिन नीचे देखने पर इतनी गति का पता ही नहीं चल रहा था। खिड़की वाली सीट पर बैठा होता तो मैं स्वयं भी पहचान लेता कि इस समय कहाँ से उड़ रहे हैं।

पन्द्रह मिनट भी नहीं लगे हमें हरियाणा पार करके हिमाचल की पहाड़ियों के ऊपर पहुँचने में। मैदान और पर्वतीय भूभाग का भूगोल ऊपर से देखने पर स्पष्ट अन्तर पता चल रहा था। फिर कहीं-कहीं

पहाड़ियों पर बर्फ दिखने लगी, और जल्दी ही कुल्लू से आगे रोहतांग पार करके लाहौल में जा घुसे। यहाँ तो इंच-इंच पर बर्फ का साम्राज्य था। इस दौरान हालाँकि मुझे फोटो खींचने का मौका तो नहीं मिला, लेकिन मेरी निगाहें जहाँ तक जा रही थीं, विलक्षण नजारा था। ठान लिया कि वापसी में खिड़की वाली ही सीट लूँगा और तब जी-भरकर फोटो खींचूँगा।

इसी दौरान अचानक ध्यान गया कि विमान समुद्र तल से 11000 मीटर ऊपर उड़ रहा है, जबकि नीचे जो भी कोई उच्चतम चोटी रही होगी, वो 6500 मीटर के आसपास ही होगी। बाहर का तापमान माइनस साठ डिग्री बताया जा रहा था। यह इतनी ऊँचाई पर और इतनी गति से उड़ने के कारण तापमापी यन्त्र बतायेगा ही; नीचे का तापमान इतना नहीं होगा।

जब लाहौल पार हो गया तो विमान लद्दाख के पर्वतों के ऊपर से उड़ने लगा। अब बर्फ काफ़ी कम हो गई थी और ज्यादातर पहाड़ नग्न हिम-वनस्पति-विहीन नज़र आ रहे थे। लद्दाख एक मरुस्थल है; वहाँ बारिश नहीं होती, लेकिन सर्दियों में बर्फ गिर जाया करती है, लेकिन उन दिनों तब तक बर्फ भी नहीं गिरी थी। धीरे-धीरे एकदम भूरे-लाल पहाड़ आ गये और बर्फ का नामोनिशान भी नहीं रह गया। विमान गोता भी लगाने लगा। जिसका मतलब था कि अब लैंडिंग होने वाली है। जिस समय विमान नीचे गोता लगाता, उस समय भारहीनता महसूस होती, लेकिन मुझे काफ़ी अच्छा लगता। सिंधु नदी को मैं पहचान गया। विमान रनवे के ऊपर से ही गया और थोड़ा चक्कर लगाकर रनवे की सीध में आकर लैंड करने लगा। बाहर थोड़ी चहल-पहल भी दिख रही थी और धूप भी खिली थी।

मैं लद्दाख पहुँच चुका था। जिन्दगी में पहली बार। कभी सोचा नहीं था कि लद्दाख भी देखूँगा; और यह तो बिल्कुल भी नहीं सोचा था कि वायुयान से आऊँगा यहाँ।

राम-राम से जुले-जुले तक

लेह उतरने से कुछ मिनट पहले उद्घोषणा हुई कि विमान लेह के कुशोक बकुला रिम्पोछे हवाई अड्डे पर उतरने वाला है। कुशोक बकुला रिम्पोछे नाम से ही पता चल रहा है कि हम लद्दाखी जमीन पर आ गये हैं। असल में कुशोक बकुला पिटुक गोम्पा के प्रधान लामा थे। लेह के हवाई अड्डे के एक तरफ तो लेह शहर है, जबकि दूसरी तरफ पिटुक गोम्पा है। पिटुक को अंग्रेजी में स्पिटुक (Spituk) लिखा जाता है, जिससे कुछ लोग इसे स्पिटुक मोनेस्ट्री भी कहते हैं।

जब विमान पौने आठ बजे लेह के रनवे पर लैंड कर चुका और रुकने के लिये दौड़ता जा रहा था, तब पुनः उद्घोषणा हुई कि हम अपने मोबाइल चालू कर सकते हैं। हालाँकि मुझे कोई जल्दी नहीं थी, इसलिये चालू नहीं किया। थोड़ी ही देर पहले यानी दिल्ली में हम 200 मीटर की ऊँचाई पर थे; अब 3400 मीटर की महा-ऊँचाई पर हैं, इसलिये शरीर पर कुछ असर तो होना ही था। असर होना तभी शुरू हो गया जब विमान का दरवाजा खोला गया। अभी तक हम दिल्ली वाले वायुदाब पर ही थे, क्योंकि वायुयान एयरटाइट था। अब जब अचानक दरवाजा खोला गया तो दिल्ली की भारी हवा निकल गई और लेह की हल्की हवा अन्दर भर गई। सीट से उठकर दरवाजे की ओर जाते समय यह अन्तर साफ़ महसूस हो रहा था।

उद्घोषणा हुई कि बाहर तापमान माइनस दस डिग्री है। उस समय तेज धूप निकली थी। लद्दाख में धूप निकलने का अर्थ है कि आपको बहुत गर्मी लगेगी। मैंने दिल्ली के हिसाब से कपड़े पहन रखे थे, लेकिन जब बाहर निकला तो एहसास हो गया कि यही कपड़े लेह में भी पर्याप्त होंगे। अगले दिन चिलिंग पहुँचने तक मैंने यही कपड़े पहने रखे, जबकि तापमान माइनस पन्द्रह से भी कम पहुँच गया था। लद्दाख की जमीन पर पैर रखने के आधे घण्टे के अन्दर मैंने जान लिया कि मेरे पास माइनस पच्चीस डिग्री तक के लिये पर्याप्त कपड़े हैं। जितने कपड़े मैंने पहन रखे हैं, बैग में उससे भी ज्यादा हैं।

बाहर निकलकर विकास को फोन किया। विकास सी.आर.पी.एफ. में है और इस समय उसकी ड्यूटी जेल में है। बुआ का लड़का है; भाई है। लेह के मुख्य चौक से चार-पाँच किलोमीटर दूर श्रीनगर रोड पर हवाई अड्डा है, जबकि मनाली रोड पर सात-आठ किलोमीटर दूर जेल है। टैक्सी वाले ने डेढ़ सौ रुपये माँगे। मैंने विकास से कहा कि दस किलोमीटर के लिये मैं डेढ़ सौ रुपये नहीं दूँगा। उसने कहा कि एयरपोर्ट से बाहर निकलकर सड़क पार कर ले, दस-दस रुपये वाली टैक्सियाँ चलती हैं; वहाँ से मुख्य चौक पर दोबारा टैक्सी बदलकर फिर से दस रुपये वाली टैक्सी में बैठकर जेल पर आ जा।

सी.आर.पी.एफ. की एक टुकड़ी हवाई अड्डे पर भी थी। बाद में विकास की सलाह के अनुसार खाना बाँटने वाली गाड़ी से मैं जेल में पहुँच गया।

जिन्दगी में पहली बार लद्दाख आया और आते ही जेल में! आप अगर वायुयान से दिल्ली से लेह पहुँचते हैं, तो यह शरीर के साथ भीषण अत्याचार है। मैं वैसे भी कमजोर शरीर वाला हूँ, तो मेरे लिये यह अत्याचार और भी भीषण है। मस्तिष्क ने तापमान परिवर्तन तो स्वीकार कर लिया, लेकिन वायुदाब परिवर्तन स्वीकार करना बहुत बड़ी बात थी।

पिछले दिनों दिल्ली में तापमान एक डिग्री तक पहुँच गया था और आर्द्रता सौ प्रतिशत। सौ प्रतिशत आर्द्रता का अर्थ है कि वायु में और अधिक पानी नहीं समा सकता; गीले कपड़े नहीं सूख सकते। सूखे कपड़ों को थोड़ी देर बाहर डाल दो, गीलापन आ जायेगा। रात में ओस इसी वजह से पड़ती है। दिल्ली की सर्दी की यही समस्या है कि कितने ही कपड़े पहनकर चलो, कपड़ों में गीलापन आ ही जाता है। इस प्रकार दिल्ली में तापमान जब एक डिग्री हुआ तो दो-तरफा मार पड़ी - कम तापमान और उच्च आर्द्रता।

लद्दाख में ऐसा नहीं है। यह चूँकि मरुस्थल है, इसलिये आर्द्रता

कम ही रहती है। इन दिनों यह पचास प्रतिशत थी। कपड़ों के गीले होने का सवाल ही नहीं। हालाँकि ठण्ड ज़बरदस्त होती है, लेकिन रात में ओस नहीं पड़ती, बर्फ भी नहीं गिरती। शायद इसी कारण दिल्ली की सर्दी और लेह की सर्दी मुझे समान मालूम हुई।

वायुदाब की कमी का अन्दाजा इस बात से लगाया जा सकता है कि जब शाम को मैंने अपनी पानी की खाली बोतल भरने के लिये खोली तो ढक्कन को हल्का-सा ढीला करते ही ढक्कन बड़ी तेजी से उड़ गया और काफ़ी दूर जा गिरा। बोतल दिल्ली में ही खाली हो चुकी थी, उसमें पानी नहीं था, मात्र हवा भरी थी। जब मैं लेह आ गया तो बोतल में दिल्ली के प्रेशर वाली हवा ही भरी रही जबकि यहाँ हवा का प्रेशर क़रीब चालीस प्रतिशत कम है। ढक्कन के ढीला करते ही उसमें उच्च दाब वाली हवा के कारण ढक्कन का दूर जा गिरना पक्का था। इसी कारण मैंने सोच रखा था कि दो दिनों तक लेह में खाली पड़ा रहूँगा; इस कम वायुदाब के अनुसार शरीर अपने आप सन्तुलित हो जायेगा।

रात सोते समय पैर का पंजा सो गया। पंजे व दो-तीन उँगलियों में चींटी-सी चलने लगी; बेचैनी हो गई। किसी तरह पैर हिला-हिलाकर पंजा जगाया गया। नींद आई तो कुछ देर बाद एड़ी सो गई। बड़ी समस्या है - अजीब अजीब बीमारियाँ। कहीं यह वायुदाब के कारण ही तो नहीं है? हृदय ने पैर के सुदूर सीमावर्ती इलाकों में खून की सप्लाई कम कर दी; इसका मतलब निम्न रक्तदाब... क्या वायुदाब कम होने से रक्तदाब भी कम हो जाता है?

लेह में ज्यादातर दुकानें बन्द थीं; कुछ खुली थीं। विकास के मित्र राजेन्द्र के साथ एक ट्रेकिंग वाली दुकान पर गया। चादर ट्रैक के लिये पूछताछ की। खर्चा बताया, एक आदमी का चौबीस हजार रुपये। इससे पहले कि आँखों के सामने अँधेरा छाता, हम वहाँ से खिसक लिये।

इतने कम तापमान में लद्दाख में नदियाँ जम जाती हैं। जमी हुई

जांस्कर नदी पर ट्रैकिंग भी होती है। इसे चादर ट्रैक कहते हैं। भारत में ऐसी ट्रेकिंग केवल लद्दाख में ही सम्भव है और वो भी सर्दियों में। मैं सर्दियों में लद्दाख में था तो इस मौके को नहीं छोड़ने वाला था। दोबारा कभी जनवरी में लद्दाख आना हो या न हो, इसलिये इस कार्य को भी मैं इसी बार निपटा लेना चाहता था।

सभी टूर ऑपरेटरों का अपना बँधा-बँधाया रूटीन है। मेरी जरूरत किसी ने नहीं सुनी। मैं कहता कि मुझे मात्र स्लीपिंग बैग और एक पोर्टर चाहिये, जो चार दिनों का राशन ले जा सके; ज्यादा सामान हो तो दो का खर्चा भी उठा लूँगा। वे कहते कि एक गाइड, दो पोर्टर व एक हेल्पर के बिना काम नहीं चलेगा। चार की बजाय छह दिन लगेंगे; स्लीपिंग बैग के अलावा टैंट भी चाहिये।

मैं अपने जी पर पत्थर रखकर दस हजार तक खर्च करने को तैयार था। आख़िर सर्दियों में लद्दाख बार-बार नहीं आया जाता; लेकिन मेरी किसी ने नहीं सुनी।

एक टैक्सी वाले से बात की। वो कल मुझे चिलिंग ले जाएगा। लेह से क़रीब 70 किलोमीटर दूर है चिलिंग; जांस्कर नदी के किनारे बसा हुआ। चिलिंग से ही चादर ट्रैक शुरू होता है। वहाँ पहुँचकर तब की तब देखी जायेगी।

शाम को लेह शहर में घूमने निकल गये। चादर ट्रैक के मद्देनज़र ऐसा करना ज़रूरी भी था। शरीर का एक्लीमेटाइज होना बेहद आवश्यक है। अभी तक बर्फ नहीं पड़ी थी इसलिये चारों तरफ के पहाड़ बिल्कुल नग्न थे। दिन ढलते ही ठण्ड एकदम बढ़ जाती है। अगर विमान उतरते समय तापमान माइनस दस डिग्री था तो अब माइनस पन्द्रह से भी कम पहुँच गया होगा। हालाँकि पर्याप्त कपड़े पहन रखे थे, लेकिन हाथों की उँगलियाँ और पैरों की उँगलियाँ ठण्डी ही रहीं- दस्ताने और जूते पहनने के बावजूद। एक समस्या और थी जिसके बारे में मैंने कभी सोचा भी नहीं था। सड़क किनारे नालियों में पानी जम गया था। दैनिक उपयोग के बाद जो पानी घरों से निकलकर

नालियों में जाता, वो सड़क पर आने लगा और जमने लगा। इस तरह सड़क पर भी धुर से धुर तक कठोर बर्फ बिछी हुई थी। इस पर चलना बड़ा मुश्किल होता। कई बार तो मैं गिरा भी; लेकिन जैसे-जैसे अभ्यास बढ़ता गया, मैं गिरने से बचने लगा। कई बार तो सड़क पर फैली यह बर्फ इतनी पारदर्शी होती कि मुझे लगता कि सूखी सड़क है। मैं गिर पड़ता, तब धोखे का पता चलता। अच्छी बात ये थी कि किसी के गिरने पर कोई हँसता नहीं था। इसका मतलब सभी यहाँ गिरते-पड़ते ही आना-जाना करते हैं। ज्यादा परेशानी वहाँ होती जहाँ ढलान होता था। चिकनी ठोस बर्फ पर न ऊपर चढ़ते बनता था और न ही नीचे उतरते।

बर्फ का यह खौफ, या कहिये अभ्यास इतना अधिक हो गया कि वापस दिल्ली आने पर भी कहीं गीला रास्ता देखते ही होश उड़ जाते कि अब गिरूँगा।

लद्दाख में सर्दियों में ज्यादा लोग घूमने नहीं जाते, इसलिये होटल, गेस्ट हाउस वाले बन्द करके मैदानों में चले जाते हैं। बेहद सीमित गेस्ट हाउस खुले मिलते हैं। गर्म पानी आने का नियत समय होता है, अक्सर सुबह के समय। बिजली रहती है, इसलिये हीटर और इलेक्ट्रिक कम्बल गर्म हो जाते हैं। वैसे मैं बैरक में था, जहाँ मिट्टी के तेल से एक अँगीठी लगातार जलती रहती है जो कमरे को भी गर्म रखती है और खाना भी गर्म हो जाता है।

खाने की ज्यादा समस्या नहीं आती। मुख्य बाजार के एक कोने पर सरदारजी की एक दुकान थी, जहाँ उत्तर भारतीय मैदानी भोजन मिलता था; जैसे समोसे, पकौड़े, जलेबी आदि। यह हालाँकि लद्दाखी भोजन नहीं है, लेकिन इस दुकान पर लद्दाखियों की भीड़ लगातार लगी ही रहती। मैंने कई बार इस दुकान पर जाकर समोसे, जलेबी खाने का आनन्द लिया।

लद्दाख में अभिवादन के लिये 'जुले-जुले' कहा जाता है। एक पक्ष पहले बोलता है - जुले, फ़िर दूसरा आदमी जवाब देता है - जुले।

बल्कि इसे अगर 'जुलेय' लिखा जाये तो ज्यादा उपयुक्त होगा। 'राम-राम' की धरती का प्राणी जल्दी ही 'जुले-जुले' कहना सीख गया।

लेह के ज्यादातर हिस्सों से खारदुंग-ला जाने वाली सड़क दिखती है। जेल से तो यह सड़क और भी अच्छी दिखती है। दुनिया की सबसे ऊँची कही जाने वाली सड़क पर कहीं भी बर्फ नहीं दिख रही थी, इसका अर्थ है कि खारदुंग-ला खुला है। बस अड्डे से लद्दाख के विभिन्न इलाकों के लिये बसें चलती हैं। मारुती ओमनी वैन, शेयर्ड टैक्सी के तौर पर चलती है। लेह से चोगलमसर और आगे शे, ठिक्से तक खूब टैक्सियाँ चलती हैं। चोगलमसर से लेह का किराया पन्द्रह रुपये था। जैसे हमारे यहाँ ऑटो चलते हैं, वैसा ही दर्जा ओमनी का था; लेकिन ओमनी का एक फायदा यह भी था कि शून्य से कम तापमान में इसमें खुली ठण्डी हवा नहीं लगती थी।

सिन्धु घाट और चिलिंग को प्रस्थान

17 जनवरी 2013

सुबह उठा तो सी.आर.पी.एफ. वाले साथी नहाने को कहने लगे। बोले कि गर्म पानी है, नहा ले। भला उनके यहाँ बिजली व मिट्टी के तेल की क्या कमी - पानी गर्म करने के लिये। मैंने मना कर दिया कि लद्दाख की इस दस दिन की यात्रा में एक बूँद भी पानी सिर पर नहीं डालना है। फिर कहने लगे कि फ्रेश तो हो ले। मैंने उसके लिये भी मना कर दिया कि जब शरीर को आवश्यकता होगी, अपने आप संकेत मिल जायेंगे। बे-वजह इतनी ठण्ड में मैं कपड़े उतारने वाला नहीं हूँ। आख़िरकार उनकी घेराबंदी व ज़िद के आगे गर्म पानी से मुँह धोना पड़ ही गया।

नाश्ता करके सिन्धु घाट की तरफ चल पड़ा। थोड़ा आगे चोगलमसर है। लेह से चोगलमसर क़रीब आठ किलोमीटर है, लेकिन

जेल से इसकी दूरी एक किलोमीटर ही है। इस पूरी दूरी में अच्छी-खासी बसावट है, जिससे चोगलमसर लेह का ही हिस्सा लगता है। चोगलमसर के बाद आबादी ख़त्म हो जाती है। चोगलमसर से क़रीब एक किलोमीटर आगे सिन्धु घाट है। मैं पैदल ही गया। धूप निकली थी। टहलते-टहलते चला गया।

सिन्धु नदी मानसरोवर से शुरू होकर कराची के पास ख़त्म होने से पहले तीन देशों - चीन, भारत व पाकिस्तान में बहती है। पंजाब की पाँच नदियों में यह प्रमुख है, लेकिन लद्दाख की भी यह प्रमुख नदी है। सिन्धु के नाम से ही हमारे देश का हिन्दुस्तान नाम पड़ा। कभी यह नदी देश की प्रमुख नदी हुआ करती थी, लेकिन आज़ादी के बाद पाकिस्तान में चले जाने के कारण केवल लद्दाख में ही रह गई है। सिन्धु के साथ भावनात्मक लगाव अब भी है। अभी भी पश्चिमी हिमालय का सारा पानी विभिन्न नदियों के माध्यम से सिन्धु में ही गिरता है।

मुम्बई के एक मित्र का आग्रह था कि मैं उनके लिये सिन्धु जल लेकर आऊँ। वे भारत की सात नदियों के जल का संग्रह करना चाहते थे, जिनमें से छः नदियाँ यानी गंगा, यमुना, सरस्वती, नर्मदा, गोदावरी व एक और उनके पास संग्रहीत थीं, सातवीं के रूप में वे सिन्धु को चाहते थे; कोशिश करूँगा उनके लिये सिन्धु जल लेकर जाने की। हालाँकि मैं चाहता था कि वे अपने संग्रह को बढ़ाएँ। इसमें प्रेम का प्रतीक चेनाब, मोहपाश रहित विपाशा यानी ब्यास, मानसरोवर से आने वाली सतलुज, पूर्वोत्तर का जीवन ब्रह्मपुत्र, बिहार का शोक कोसी, अयोध्या वाली सरयू, दक्षिण की गंगा कावेरी के अलावा महानदी, चम्बल, काली, गण्डक, सोन, रावी, झेलम आदि इक्कीस नदियों को अपने यहाँ पनाह दें।

ठण्ड की वजह से सिन्धु के किनारे जम गये थे। कुछ लोग इस जमे बर्फीले पानी से अपनी गाड़ियाँ धो रहे थे। मैं हैरान भी हुआ कि इतने ठण्डे जल में वे किस हिम्मत के बल पर काम कर रहे हैं? साथ ही

चिन्ता भी थी कि सिन्धु जल की बोतल कैसे भरूँगा।

यहाँ सिन्धु के किनारे पक्का घाट बना हुआ था। सिन्धु का पानी ही कहीं-कहीं जमा हुआ था; इसके अलावा कहीं भी बर्फ नहीं थी। मैं घाट की सीढ़ी पर बैठा तो एकदम उठ जाना पड़ा। बर्फ से भी ज्यादा ठण्डी सीढ़ी थी। हालाँकि धूप निकल आई थी, लेकिन अभी उसमें उतनी ऊष्णता नहीं थी कि सीढ़ियों की शीतलता कम कर सके। सिन्धु का प्रवाह भी ज्यादा नहीं था। एक बार तो मैंने सोचा कि यह कोई उप-धारा होगी; नदी कुछ और आगे जाकर है, लेकिन यही सिन्धु थी। सर्दियों में जहाँ पानी का हर स्रोत बर्फ बन जाने की होड़ करने में लगा हो तो कैसे नदी को प्रवाह मिलेगा?

कुछ बत्तखें नदी में तैर रही थीं। जल ही जहाँ जीवन हो, वहाँ गर्मी और सर्दी की क्या चिन्ता करनी?

साढ़े बारह बजे वापस जेल में पहुँच गया।

ठीक एक बजे ड्राइवर इब्राहिम का फोन आया। वो गाड़ी लेकर आ चुका था। उस समय हमारा खाने का दौर चल रहा था। साथी लोग उसे भी जेल में ले आये। बिना गुनाह के जेल में आना पीड़ा देता है, लेकिन जिन्दगी बर्बाद न हो और स्वेच्छा से जेल से बाहर जा सकें तो आनन्द भी मिलता है। वो भी अपने मित्रों से कहेगा कि आधे घण्टे के लिये जेल की हवा खाकर आया हूँ।

डेढ़ बजे यहाँ से चल पड़े चिलिंग के लिये। चलने से पहले विकास से स्लीपिंग बैग ले लिया। विकास ने यह बैग 1100 रुपये में मेरठ से खरीदा था। इतने पैसों में जो स्लीपिंग बैग आता है, वो माइनस तापमान वाली ठण्ड से बचाने के लिये नहीं होता, फिर भी मैंने इसे साथ ले लिया। रास्ते में एक दुकान से कोल्ड क्रीम भी ले ली। यह पाले से भी बचायेगी और सूरज की तेज किरणों से भी। भले ही यहाँ ठण्ड का साम्राज्य हो, लेकिन ऊँचाई पर होने के कारण सूर्य की अल्ट्रावायलेट किरणें ज्यादा होती हैं, जिससे शरीर के नंगे हिस्से धूप

से जल जाते हैं।

एक जगह एक जमे हुए तालाब में कुछ लड़के आइस हॉकी खेल रहे थे। तालाब पूरा जमा हुआ था और बर्फ पारदर्शी थी। आइस हॉकी के जूतों के कारण बर्फ में लकीरें भी पड़ गई थीं जो यह दिखा रही थीं कि बर्फ कितनी सख्त है। लेह में मैंने और भी कई जमे हुए तालाब देखे हैं। पानी जब बर्फ बनता है तो इसका आयतन बढ़ जाता है, इसी वजह से एक तालाब तो जमने पर ओवरफ्लो हो गया था और पानी सड़क पर आ गया, जो निःसन्देह बर्फ बन गया। मुझे यह हिस्सा पार करना था जिसमें मेरे पसीने छूट गये थे।

सर्दियों में लद्दाख बाकी दुनिया से पूरी तरह कट जाता है। जोजी-ला व द्रास में भयंकर बर्फ पड़ जाने से श्रीनगर वाली सड़क बन्द हो जाती है जबकि उधर रोहतांग, बारालाचा-ला आदि दर्रों पर बर्फ की वजह से मनाली रोड भी बन्द हो जाती है। कई बार तो बर्फ की वजह से खारदुंग-ला और चांग-ला भी बन्द हो जाते हैं और लद्दाख के मुख्य आकर्षण, जैसे पेंगोंग झील भी पहुँच से दूर हो जाते हैं।

ऐसे में एक ऐसी जगह है जहाँ सर्दियों में भी रौनक होती है - जांस्कर नदी। मैंने अभी जिक्र किया था कि अत्यधिक ठण्ड की वजह से जांस्कर नदी जम जाती है। इस जमी हुई नदी पर स्थानीय लोग जहाँ आना-जाना करते हैं, वहीं साहसी लोग ट्रेकिंग करते हैं। नदी के ऊपर जमी बर्फ को चादर कहते हैं और इस ट्रैक को चादर ट्रैक। चादर ट्रैक केवल सर्दियों में ही किया जा सकता है। मेरा सर्दियों में लद्दाख आने का एक मकसद चादर ट्रैक भी करना था।

श्रीनगर रोड पर लेह से निकलते हैं तो पहले पत्थर साहिब गुरुद्वारा आता है। मैंने गाड़ी में बैठे-बैठे ही ड्राइवर से पूछा कि क्या यहाँ जूते उतारने पड़ेंगे? उसने कहा कि हाँ। मैंने कहा कि फिर रुक मत, सीधा चलता रह! इतनी ठण्ड में जूते उतारने की बात भी करना अपराध है।

आगे मैग्नेटिक हिल नामक पहाड़ी आई। इस पहाड़ी में चुम्बकीय गुणधर्म विद्यमान हैं। बताते हैं कि सड़क पर बिल्कुल समतल में एक निशान बना है, जहाँ अगर गाड़ी खड़ी कर देंगे और गाड़ी को न्यूट्रल में छोड़ देंगे तो वो पहाड़ी की तरफ चलने लगती है। उस समय वहाँ कई गाड़ियाँ खड़ी थीं। मुझे पता नहीं चला कि वो निशान कहाँ लगा है। दो मिनट में दो फोटो खींचकर शीघ्र ही गाड़ी में बैठे और निम्मू की ओर रवाना हो गए।

इब्राहिम ने बताया कि कारगिल तक रास्ता खुला है। जिस तरह खारदुंग-ला तक भी बर्फ नहीं थी, उसे देखते हुए मुझे लग भी रहा था कि फोतू-ला और नामिक-ला पर बर्फ नहीं होगी और कारगिल तक सड़क खुली होगी। कारगिल और श्रीनगर के बीच में सबसे ऊँचा स्थान जोजी-ला है। वहाँ तो निःसन्देह भयंकर बर्फ पड़ती है। इसी के साथ एक बात और मेरे मन में आई। क्या पंजी-ला भी खुला होगा? इब्राहिम ने इसके बारे में अनभिज्ञता जता दी। पंजी-ला अगर खुला होगा तो कारगिल-पदुम सड़क भी खुली होगी। पदुम जांस्कर क्षेत्र का मुख्यालय है और वहाँ जाने की एकमात्र सड़क कारगिल से है, लेकिन इसकी सम्भावना कम ही है क्योंकि पंजी-ला लगभग उसी पर्वतीय श्रंखला में स्थित है जिसमें जोजी-ला। यदि पंजी-ला खुला होगा तो सर्दियों में पदुम भी जाया जा सकता है। फिलहाल पदुम जाने के लिये ज्यादातर लोग चादर ट्रैक का प्रयोग करते हैं।

निम्मू में सिन्धु और जांस्कर नदियों का संगम है। जांस्कर नदी पंजी-ला के पास द्रांग-द्रंग ग्लेशियर से निकलती है और एक लम्बी यात्रा करती हुई यहाँ सिन्धु में मिल जाती है। निम्मू से नदी के साथ-साथ पदुम तक जाने के लिये सड़क भी बन रही है। यह सड़क इधर चिलिंग के पास तक बन गई और उधर पदुम से आगे जांगला के पास तक। बीच में थोड़ा-सा हिस्सा बचा हुआ है। चिलिंग तक तो सभी लोग सड़क मार्ग का प्रयोग करते हैं, उसके बाद जमी हुई नदी पर उतर जाते हैं और चादर ट्रैक से आगे जाते हैं। हमें भी यहाँ से श्रीनगर रोड़ छोड़कर जांस्कर के किनारे वाली यही सड़क पकड़नी थी। यहाँ से 28

किलोमीटर दूर चिलिंग है, जहाँ आज मुझे रुकना है और कल चादर ट्रैक शुरू कर देना है। ज्यादातर हिस्से में नदी जमी हुई मिलती है। जहाँ सिन्धु नदी चौड़ी घाटी में बहती है, वहीं जांस्कर इसके विपरीत तंग घाटी को अपनाती है। चौड़ा होने की वजह से सिन्धु को काफ़ी गर्मी मिल जाती है, इसलिये नहीं जम पाती। जांस्कर नदी जम जाती है। रास्ते में कई जगह जमे हुए झरने भी मिले जो अच्छे भी लग रहे थे और डरावने भी।

साढ़े तीन बजे चिलिंग पहुँच गये। यहाँ कहीं रुकने का ठिकाना ढूँढ़ना था। इसमें ड्राइवर इब्राहिम ने काफ़ी सहायता की। यहाँ कोई होटल नहीं है, लेकिन होमस्टे है; जहाँ घर के सदस्यों के साथ मेहमान बनकर रुकना होता है। हमारे पहुँचते ही घर की मालकिन ने कमरे के बीच में रखी अँगीठी सुलगा दी।

मैंने इब्राहिम से पूछा कि कितने पैसे हुए। लेह से चलते समय हमने पैसों के बारे में कोई बात नहीं की थी। बोला कि चौबीस सौ। मैं एक हजार तक के लिये तैयार था। चौबीस सौ रुपये देने मेरे बस से बाहर की बात थी। लेह से चिलिंग क़रीब सत्तर किलोमीटर दूर है। आख़िरकार मैं हजार से बढ़कर बारह सौ पर पहुँच गया; वो सोलह सौ तक आ गया। वो एक ही ज़िद पकड़े रहा कि बारह सौ में उसे भयंकर घाटा हो जायेगा। मैंने कहा कि इससे ज्यादा देने में मुझे भयंकर घाटा होगा। उसने क्रोधित होकर कहा कि तुम कुछ मत दो, ये बारह सौ भी रख लो। मैंने उससे लेकर अपने पास रख लिये और सीधे कह दिया कि इससे ज्यादा बिल्कुल नहीं दूँगा। आख़िरकार वो बारह सौ लेकर ही चला गया।

होमस्टे का मतलब है घर में मेहमान। बाल्टी भरकर सूखी लकड़ियाँ आ गईं, अँगीठी जलती रही। चाय भी आती रही। कमरे में ज़मीन पर ही तीन बिस्तर बिछे थे। मुझे एक रजाई और मोटा कम्बल मिला, रात में ओढ़ने के लिये।

अगर कल विमान के उतरते समय तापमान माइनस दस डिग्री

था, तो अब कम से कम माइनस बीस तक पहुँच गया होगा। मौसम भी अच्छा नहीं लग रहा था। बादल थे। लद्दाख में अगर आसमान में बादल हों, तो समझना कि अच्छी-खासी ठण्ड हो जाती है। अजीब जगह है - धूप हो, तो परेशानी; और धूप न हो, तो भी परेशानी।

रात को खाने में राजमा-चावल मिले। इस घर में बूढ़े-बुढ़िया के अलावा उनकी दो बेटियाँ और दो नाती भी थे। रात को कुछ समय उन सबके पास बैठने का मौका मिला। बौद्ध परिवार है, तो पूजा-पाठ करने में ज्यादा समय लगाता है। उस समय बूढ़ा, मन्त्रों वाला चक्र घुमाते हुए भजन गाने में व्यस्त था। बुढ़िया और एक बेटी सूत कात रही थीं। बच्चे किताब पढ़ रहे थे, होमवर्क कर रहे थे, हालाँकि आजकल सर्दियों की छुट्टियाँ चल रही थीं। दूसरी बेटी खाना बनाने में लगी थी।

दोनों बच्चों की नाक नीचे तक बह रही थी। लगता है सर्दियों में मुँह धोने की परम्परा नहीं है। मैंने सुना है कि तिब्बत में साल में एक ऐसा त्यौहार आता है जब वे लोग सामूहिक रूप से नदियों में नहाना-धोना करते हैं। यानी साल में एक बार नहाना। तिब्बत की ठण्ड को देखते हुए ऐसा करना मुझे ज़रूरी भी लगता है। लद्दाख भी भौगोलिक रूप से तिब्बत ही है। यहाँ अगर दिल्ली की देखा-देखी नहाने लगे हों तो अलग बात है, फिर भी सर्दियों में मुँह धोना अपने साथ अत्याचार करना ही है। ठीक है बच्चों, मुझे तुम्हारा मुँह गालों पर जम चुके 'नक्कू' के कारण अच्छा तो नहीं लग रहा, लेकिन मैं तुम्हारी मजबूरी समझता हूँ; मैं स्वयं भी चार दिन पहले ही नहाया था... चार दिन और न नहाऊँ तो मैं भी तुम्हारे जैसा ही हो जाऊँगा।

आख़िरकार गुडनाइट और जुले कहकर मैं सो गया। ज़मीन पर मोटे-मोटे गद्दे बिछे थे। ओढ़ने को एक रजाई और पश्म का एक मोटा कम्बल मिला। पश्म का कम्बल बेहद नरम होता है और साथ में गरम भी। कम्बल मैंने पहले ओढ़ा, फिर रजाई ओढ़ ली। फिर भी बड़ी देर तक ठण्ड लगती रही। कुछ देर तक तो कमरे के बीचोंबीच रखी अँगीठी में आग जलती रही, लेकिन जब उसमें लकड़ी नहीं डालेंगे, तो

वो कब तक जलती रहेगी? आख़िरकार जल्दी ही वो भी बुझ गई। इसके बुझते ही ठण्ड ने कमरे में धावा बोल दिया। रजाई, कम्बल और गद्दों की ठण्ड से भिडन्त चलती रही। मैं मजे से इनके बीच में दबकर सोता रहा।

चिलिंग में बर्फ़बारी

18 जनवरी 2013

आज मुझे चादर ट्रैक की शुरूआत कर देनी थी। चिलिंग गाँव से आठ किलोमीटर आगे तक सड़क बनी है, उसके बाद असली ट्रैक शुरू होता है। रात घर के सदस्यों से मैंने बात की, कि सुबह मुझे कुछ दिनों के लिये एक आदमी चाहिये, जो चादर ट्रैक में साथ देगा; जो भी पैसे बनेंगे, उसे मिल जायेंगे। घरवालों ने, सुबह पता करेंगे, ऐसा कह दिया।

सुबह जल्दी ही आँख खुल गई, लेकिन पड़ा रहा। रजाई से मुँह बाहर निकालता तो भयंकर ठण्ड फिर से मुँह अन्दर करने को मज़बूर कर देती। कभी पैरों के पास कहीं से ठण्डी हवा आती; उसे ठीक करता तो हवा कोई दूसरा रास्ता तलाश लेती। इसी में समय कटता रहा। मुझे जगा हुआ देखकर घर की एक सदस्या चाय ले आई। लद्दाख में प्रत्येक घर में चाय चौबीस घण्टे उपलब्ध रहती है - चाहे सर्दी हो या गर्मी हो। ठण्ड की वजह से आग जलती रहती है। कोई और काम न हो तो इस आग पर चाय ही चढ़ा देते हैं। बड़े-बड़े थर्मस होते हैं जिनमें घण्टों रखी रहने पर भी यह ठण्डी नहीं होती। दो तरह की चाय बनाते हैं - मीठी और नमकीन। मक्खन दोनों में डालते हैं। लद्दाखी लोग ज्यादातर नमकीन चाय पीते हैं, लेकिन मुझे नमकीन चाय बिल्कुल भी अच्छी नहीं लगती इसलिये मेरे लिये मीठी चाय आई। गर्मागरम चाय का कप दोनों हथेलियों के बीच में पकड़ लिया। बड़ा अच्छा लगा।

बाहर कुछ बूँदाबाँदी जैसी आवाज आ रही थी, लेकिन लद्दाख में बारिश नहीं होती; सर्दियों में तो बिल्कुल भी नहीं। न ही ओस पड़ती कि पेड़ से ओस टपक रही होगी। बिस्तर के पास ही एक बड़ी खिड़की थी जिस पर पर्दा लटका था। पर्दा हटाकर खिड़की से बाहर झाँका तो होश उड़ गये। बाहर सबकुछ सफेद था। बर्फ पड़ रही थी। आँख मलकर फिर से देखा - वाकई बर्फबारी ही हो रही थी। यकीन नहीं हुआ। रजाई में से बाहर निकलकर दूसरी खिड़की से देखा तो दूर-दूर तक केवल सफेद रंग ही दिखाई दे रहा था। कल तक जो दिगम्बर पहाड़ थे, अब श्वेताम्बर हो चुके थे। निराश होकर फिर से रजाई में घुस गया। पैर और ज्यादा सिकुड़ गये। मेरे पैर कभी भी बर्फ पर चलने के लिये राजी नहीं हुए हैं। मैं हमेशा बर्फ पर चलने से कतराता हूँ।

यह बर्फबारी अप्रत्याशित थी। दूर-दूर तक उम्मीद भी नहीं थी कि आज बर्फ भी पड़ सकती है। कल जब लेह में था तो पिताजी ने फोन करके बताया था कि मेरठ में ज़बरदस्त ओले पड़ रहे हैं। रात सपना दिखाई दिया कि मेरठ में बर्फ के फाहे गिर रहे हैं। आँख खुली तो सपना सच मिला; मेरठ की बजाय लद्दाख ही सही।

सर्दियों में उत्तर भारत में पछुवा हवाएँ चलती हैं। इन्हें पश्चिमीं विक्षोभ भी कहते हैं। ये यूरोप व साइबेरिया की तरफ़ से आती हैं, तो ज़ाहिर है कि ये ज़बरदस्त ठण्डी होती हैं। जब ये भूमध्य सागर और कैस्पियन सागर के ऊपर से गुजरती हैं, तो इनमें पर्याप्त नमी भी आ जाती है। जैसे ही ये अफ़गानिस्तान पार करके पाकिस्तान व हिमालय में घुसती हैं, तो हिमालय के पहाड़ों के कारण दो भागों में विभक्त हो जाती हैं। एक भाग पंजाब, हरियाणा, यूपी के मैदानों से होकर दक्षिण-पूर्व की ओर बढ़ने लगता है और कभी-कभी ओलावृष्टि कर देता है। इन्हीं की वजह से उत्तर भारत के मैदानों में सर्दियों में बारिश होती है। उत्तर भारत में सर्दियों की बारिश पछुवा हवाओं से और गर्मियों यानी मानसून की बारिश पुरवाई से होती है।

दूसरा भाग हिमालय में घुस जाता है। कश्मीर, डलहौजी,

मनाली, शिमला व उत्तराखण्ड में इसी की वजह से बर्फबारी होती है। इनके रास्ते में कश्मीर सबसे पहले पड़ता है, इसीलिये घाटी में 1700 मीटर तक की ऊँचाई पर भी कई-कई फीट बर्फ पड़ जाती है। जैसे-जैसे पूर्व में बढ़ते जाते हैं, बर्फ की मात्रा कम होती जाती है और मसूरी, नैनीताल जैसी 2000 मीटर तक ऊँची जगहों पर कभी-कभार नाम-मात्र की बर्फ गिरती है। लद्दाख हिमालय के पार की धरती है। ये हवाएँ अक्सर हिमालय को पार नहीं कर पातीं, इसलिये लद्दाख इनके प्रकोप से बचा रहता है। फिर भी कुछ दुस्साहसी हवाएँ हिमालय के छः-छः हजार मीटर ऊँचे पहाड़ों को पार कर जाती हैं व लद्दाख भी पहुँच जाती हैं। ऊँचाई के कारण लद्दाख में ज़बरदस्त ठण्ड होती है, लेकिन वर्षा-विमुख क्षेत्र में स्थित होने के कारण बारिश और बर्फबारी बहुत ही कम होती है। बारिश न होने के कारण घर मिट्टी के बनाये जाते हैं, जो शीतकाल में अपेक्षाकृत गर्म रहते हैं।

कल मेरठ में जो ओले पड़े थे और आज यहाँ जो बर्फ पड़ रही हैं, ये सब सहोदर हैं।

अभी तक तकरीबन चार इंच बर्फ पड़ चुकी है। अत्यधिक ठण्ड की वजह से यह बर्फ अगले एक महीने तक पिघलने वाली भी नहीं है। इस बर्फबारी की वजह से मुझे गाँव में कोई सहयात्री भी नहीं मिला। अब मुझे या तो अकेले आगे चादर ट्रैक पर जाना है या वापस लेह लौटना है।

चादर ट्रैक के लिये मेरी योजना जांगला (Zangla) तक जाने की थी। वैसे तो चादर ट्रैक सौ किलोमीटर से भी ज्यादा होता है और ट्रैकर जांस्कर के मुख्यालय पदुम तक चले जाते हैं। कुछ लोग आधा चादर करते हैं, जो एक तरफ का क़रीब चालीस किलोमीटर होता है और नेरक या लिंगशेड तक जाते हैं। नेरक और लिंगशेड जांस्कर नदी के किनारे आमने-सामने स्थित दो गाँव हैं। नेरक से क़रीब बीस किलोमीटर आगे जांगला है।

मुझे चूँकि बर्फ पर चलने में डर लगता है। पहले भी मैंने कई ट्रैक

किये हैं; बर्फ पर चलने की मज़बूरी आई तो या तो लम्बा रास्ता काटकर बर्फ से बचकर निकला हूँ या कभी-कभी वापस भी लौटा हूँ। कई बार रो-रोकर बर्फ पर चलना भी पड़ा है। चूँकि नदी जम जाती है, इसलिये पैरों ने कभी भी इस जमी नदी पर चलना मंजूर नहीं किया। नदी से कुछ ऊपर चिलिंग से नेरक और आगे जांगला तक जाने के लिये पगडण्डी है। इसी पगडण्डी पर जाने की मेरी योजना थी। जमीन वृक्ष-वनस्पति विहीन है, इसलिये नीचे नदी में बर्फ की वजह से कैसी संरचना बन रही है या कोई जमा हुआ झरना है, सब ऊपर पगडण्डी से देखा जा सकता है। आवश्यकता पड़ी तो फोटो खींचने के लिये पगडण्डी से नीचे नदी तक उतर लूँगा, लेकिन चादर पर कम से कम चलूँगा - ऐसी योजना थी।

लेकिन अब बर्फबारी की वजह से यह पगडण्डी और भी खतरनाक हो गई होगी। सीधे खड़े पहाड़ों पर पतली-सी पगडण्डी और उस पर जमी बर्फ। इस तथ्य से पैरों ने इस पगडण्डी पर चलने से इंकार कर दिया। नीचे जमी हुई नदी पर चलना पहले से ही निषिद्ध था, इसलिये चादर पर चलना खटाई में पड़ने लगा। एक बार तो यह भी लगने लगा कि कहीं मैं यहीं चिलिंग में ही न फँस जाऊँ। क्या पता आने वाले समय में और ज्यादा बर्फ पड़ जाये और सड़क बन्द हो जाये और मैं कई सप्ताहों के लिये यहीं चिलिंग में ही पड़ा रहूँ। एक नौकरीपेशा इंसान के लिये ऐसी परिस्थितियाँ मुश्किल पैदा करने वाली होती हैं। बड़ी मुश्किल से मिन्नतें करके छुट्टियाँ माँगी जाती हैं और फिर जब समय पर ऑफिस न जाओ तो आगे के लिये मुश्किल हो जाती है। बॉस को कभी भी अन्दाज़ा नहीं हो सकता कि सामने वाले के सामने कैसी परिस्थिति थी। लाख सफाई दो, बॉस समझेगा कि झूठ बोल रहा है। मैं अब किसी भी तरह यहाँ से निकलकर लेह पहुँचने के बारे में सोचने लगा। घर के सदस्यों से इस बारे में बात की। उन्होंने बताया कि जो बर्फ पड़नी थी, पड़ चुकी है, अब और ज्यादा बर्फ पड़ने की सम्भावना कम ही है। फिर इतनी बर्फ में लद्दाख में खूब गाड़ियाँ चलती हैं। लेह से यहाँ सप्ताह में दो दिन जो बस आती है, इससे भी

ज्यादा बर्फ में भी वो आयेगी। वो बस अब परसों आयेगी, इसलिये मैं आज और कल चिलिंग से बाहर कहीं नहीं जा सकता।

जैम लगी रोटी खाता रहा, चाय पीता रहा और भगवान से यही मनाता रहा कि और बर्फ न गिरे।

अंगमो - घर की एक सदस्या - ने दो-तीन घण्टे तक बाहर बर्फबारी के बीच सड़क पर घूमने के लिये हामी भर ली। घर से बाहर बर्फ में डरते-डरते पैर रखा। मैं कई बार बर्फ में फिसल चुका हूँ, इसलिये खौ़फ़ होना लाज़िमी था। ढलान पर उतरने में पहले बड़ा डर लगा, लेकिन थोड़ी ही देर में सब डर जाता रहा। यह ताजी बर्फ थी और क़रीब चार इंच ही थी, इसलिये न तो बर्फ में धँसा और न ही फिसला। कुछ दूर तक बच्चे भी साथ चले, लेकिन फिर वे लौट गये। जब हम गाँव से चलकर सड़क पर पहुँचे तो बर्फ से ढकी सड़क पर गाड़ी के पहियों के निशान दिखे। यानी कुछ देर पहले कोई गाड़ी यहाँ से गुजरी है। यह गाड़ी तिलत यानी सड़क के आख़िरी बिन्दु तक गई होगी। इस मौसम में यहाँ चादर ट्रैक बेहद लोकप्रिय होता है, तो ट्रैकर लेह से सुबह गाड़ी से आते हैं और दो किलोमीटर नदी पर चलकर तिलत सुमड़ो नामक जगह पर पहुँचकर तम्बू लगाकर आराम करते हैं।

बर्फबारी मैंने पहले भी देखी है, लेकिन बेहद अल्प समय तक के लिये। इतना अल्प कि उससे बर्फ की सफेद चादर बिछना तो दूर, जमीन पर बर्फ का कोई निशान भी नहीं रहता है, हालाँकि पुरानी जमी बर्फ पर का़फ़ी चला हूँ। आज पहला मौका था बिल्कुल ताजी बर्फ पर चलने का। पक्की सड़क पर चल रहा था तो पैरों के पास सन्देश गया कि बर्फ पर चलना कोई खतरनाक काम नहीं है, वो भी सड़क पर। रेत भरी सड़क पर चलने के मुकाबले बर्फ भरी सड़क पर चलना ज्यादा सुरक्षित लगा। बर्फ में चिपकने का गुण जो होता है।

चार किलोमीटर आगे एक छोटी-सी बस्ती मिली, इसे काठमाण्डू कहते हैं। यह कोई गाँव नहीं है। असल में निम्मू से पदुम होते हुए दारचा तक सड़क बनाने का प्रोजेक्ट चल रहा है। दारचा लेह-

मनाली रोड पर है। उसी प्रोजेक्ट का एक केन्द्र यहाँ काठमाण्डू में भी है। कुछ ट्रक और मशीनें यहाँ हैं। मजदूरों के रहने के लिये छोटे-छोटे तम्बू और घर भी बने हैं। इसके अलावा काठमाण्डू का एक और महत्व है। यह स्थान मारखा नदी और जांस्कर नदी के संगम पर है। मारखा घाटी अपने सौन्दर्य के लिये काफ़ी प्रसिद्ध है। मारखा घाटी में जो भी गाँव हैं, उनके लिये बाहरी दुनिया से सम्पर्क करने का यह पहला स्थान है। जांस्कर नदी के उस तरफ़ जाने के लिये पुल तो नहीं है, लेकिन तारझूला ज़रूर है। पुल का काम चल रहा है। लेह से सप्ताह में दो दिन रविवार और गुरुवार को आने वाली बस यहाँ तक आती है।

काठमाण्डू से एक किलोमीटर आगे भी इसी तरह की एक बस्ती है। यहाँ ज्यादातर सेना के लोग रहते हैं या सीमा सड़क संगठन के लोग। हमें देखते ही पाँच-छः कुत्ते हम पर भौंकते हुए दौड़े, जिससे अंगमो काफ़ी डर गई। तुरन्त बर्फ उठाकर गोला बनाकर फेंकने से ये कुत्ते हमसे दूर ही रहे। लद्दाखी कुत्ते दिखने में बड़े ही हट्टे-कट्टे होते हैं। देखते ही डर लगता है, लेकिन जितने सीधे लद्दाखी लोग होते हैं, उतने ही सीधे ये कुत्ते होते हैं। इन्हें कभी एहसास ही नहीं होता कि इंसान इनसे इतना डरता है। मैदानों में मज़ाल कि कोई आदमी सन्नाटे में चार-पाँच भौंकते कुत्तों के बीच से सही-सलामत निकल जाये।

यहाँ से आगे जांस्कर नदी पूरी तरह जमी हुई दिखती है। तीन किलोमीटर आगे वो स्थान है जहाँ तक सड़क बनी है। यहाँ हमें वो गाड़ी खड़ी मिल गई। एक ग्रुप आज ट्रेकिंग की शुरूआत कर रहा है, जबकि एक अन्य ग्रुप का आज आख़िरी दिन है। शुरूआत करने वाले लोग आज लेह से आये हैं और ख़त्म करने वाले लोग इसी गाड़ी से लेह चले जायेंगे। यहाँ से क़रीब दो किलोमीटर आगे तिलत सुमड़ो है, जहाँ कैम्पिंग ग्राउंड और एक गुफा है। ये दो किलोमीटर, जमी नदी पर चलकर तय करने होते हैं। यहाँ सुमड़ो दो नदियों के संगम को कहते हैं। आम बोलचाल में इस जगह को तिलत ही कहकर काम चल जाता है।

चिलिंग से तिलत की दूरी आठ किलोमीटर है। हमें ढाई घण्टे लगे यहाँ तक आने में। आख़िरी दो किलोमीटर तय करने में मेरे पैरों में खासकर घुटने और ऊपर वाले जोड़ में दर्द होने लगा।

दस-पाँच मिनट रुककर मैं और अंगमो वापस चल पड़े। कुत्ते फिर भौंके। काठमाण्डू में एक नेपाली दुकान में चाय और मैगी खाये गये। मना करने पर भी चाय-मैगी के सत्तर रुपये अंगमो ने दिये। शाम पाँच बजे अँधेरा होने तक चिलिंग पहुँच गये। दो घण्टे के लिये निकले थे, पाँच घण्टे लगा दिये। धूप निकल आई थी। लद्दाख में धूप निकलने का एक ही अर्थ होता है - तेज धूप। बिना काले चश्मे के काम नहीं चल सकता, और अगर ताजी बर्फ भी पड़ी हो, तो यह धूप बिना चश्मे के आँख भी नहीं खोलने देगी। मेरे पास काला चश्मा नहीं था, लेकिन अंगमो के यहाँ से एक चश्मा मिल गया। चश्मा नहीं मिलता तो गुज़ारा होना मुश्किल होता।

वापस चिलिंग पहुँचने में तो जान ही निकल गई। घुटनों का दर्द बढ़ता ही रहा। हर कदम आगे बढ़ाना मुश्किल हो रहा था। जब चिलिंग पहुँचे तो बड़ा आराम मिला।

खाने में सुबह रोटी मिली थी, लेकिन सब्जी नहीं, बल्कि मक्खन और कई तरह के जैम मिले। रोटी पर मक्खन और जैम लगाकर रोल बनाकर खाने में आनन्द आ गया। चाय भी मक्खन डालकर पी; स्वादिष्ट लगी।

अब शाम के खाने में दाल-चावल मिले, साथ में आमलेट भी। एक थाली में चावल, उसके ऊपर दाल, फिर आलू-गोभी की थोड़ी सी सब्जी और सबसे ऊपर आमलेट। मैं चूँकि आमलेट खा लेता हूँ, इसलिये मुझे कोई परेशानी नहीं हुई। अगर कोई आमलेट न खाने वाला होता, तो वो समूची थाली को वापस फेर देता। मैंने घरवालों को समझाया कि हमारे मैदानों के सभी लोग अण्डा नहीं खाते। आपको पहले पूछ लेना चाहिये कि अण्डा खा लेते हो या नहीं। मान लो कि मैं अण्डा नहीं खाता तो आपके चावलों के ऊपर से आमलेट हटा लेने पर

भी मैं ये चावल नहीं खा सकता था क्योंकि ये आमलेट के सीधे सम्पर्क में थे।

शरीर के सभी अंगों में बहस होने लगी कि चादर ट्रैक करना है या नहीं। इस ट्रैक में पैरों को सबसे ज्यादा आपत्ति थी। ये अभी भी जमी नदी पर चलने को राजी नहीं थे; फिर थके भी बहुत ज्यादा थे। आज दर्द भी था। दिमाग ने पैरों को आदेश दिया कि आज सोलह किलोमीटर बर्फ पर चले हो, आदत पड़ गई है; कल चादर पर चलना ही होगा, सुबह तक दर्द भी ठीक हो जायेगा। सर्दियों में लद्दाख आने का एक मक़सद यह भी था। पैरों का तर्क था कि कई फीट चौड़ी सड़क पर चार-पाँच इंच ताजी बर्फ में चलना अलग बात है और नदी पर जमी बर्फ की चादर पर अलग बात। उस बर्फ के नीचे नदी बह रही है; पता नहीं कहाँ कमजोर चादर हो और टूट जाये, उस मामले में हमें ही सर्वाधिक नुकसान होगा...। आखिरकार निर्णय अन्तरात्मा पर छोड़ दिया गया।

निर्णय आया - चूँकि ट्रेकिंग का मकसद पगडण्डी पर चलने का था, न कि नदी पर। अब पगडण्डी बन्द हो गई है तो और ख़राब परिस्थियों को देखते हुए चादर ट्रैक रद्द किया जाये। घुमक्कड़ी कोई दौड़ नहीं है कि जो जीता वही सिकन्दर। चादर के मुहाने तक पहुँच गये, जनवरी में लद्दाख में घूमना मिल रहा है, यही बहुत बड़ी उपलब्धि है।

सभी अंगों ने अन्तरात्मा के इस निर्णय का स्वागत किया। सबसे पहले पैरों ने।

आज शुक्रवार था। परसों लेह जाने वाली बस आयेगी। कल यहीं रुककर यहाँ का जनजीवन देखूँगा, परसों लेह चला जाऊँगा।

चादर ट्रैक की शुरूआत

19 जनवरी 2013

आज शनिवार है। लेह वाली बस कल आयेगी। सुबह के दस बजे हैं। अभी-अभी सोकर उठा हूँ। हालाँकि आँख तो दो घण्टे पहले ही खुल गई थी, लेकिन बस पड़ा रहा। घरवाले भी थोड़ी-थोड़ी देर बाद दरवाजा खोलकर झाँककर चले जाते हैं कि महाराज उठेगा तो चाय-नाश्ता परोसेंगे। उन्हें झाँकते देखते ही तुरन्त अपनी आँख मीच लेता हूँ। भारी भरकम पश्मीना कम्बल और उस पर रजाई - दोनों के नीचे दबे होने में एक अलग ही आनन्द मिल रहा है।

आख़िरकार साढ़े दस बजे उठ गया। तुरन्त चाय और रोटी आ गईं। दोनों तरफ से जुले-जुले का आदान-प्रदान हुआ। आज एक अलग तरह की रोटी बनी है। राजस्थान में जैसी बाटी होती है, उससे भी मोटी। लकड़ी की आग और अंगारों की कमी तो है नहीं; अच्छी तरह सिकी हुई है। इसे मक्खन और जैम के साथ खाया। आज का लक्ष्य है कि ग्रामीण जनजीवन को देखूँगा, कुछ फोटो खींचूँगा। रोटी पर जैम लगाते समय दरवाज़े से बाहर झाँक लेता कि कोई देख तो नहीं रहा। फिर चम्मच भरकर जैम निकालता, रोटी पर लगाता और टपकते जैम और मक्खन के साथ इसे खाता रहता और चाय की चुस्कियाँ लेता रहता। आज का दिन तो ऐसे ही काटना था। कुछ देर बाद गन्दी नाक वाले बच्चे आ गये। अब तक तो इनके साथ रहने की आदत हो गई थी।

एक कुतिया ने पिल्ले दिये थे। साल में दो बार ऐसा होता है, लेकिन कठिन होता है दिसम्बर की सर्दियों में, खासकर पिल्लों के लिये। कुदरत का अपना इंतजाम है यह। जो ताकतवर होता है, वो बच जाता है, कमजोर मर जाता है। हमारे यहाँ भी ठण्ड में बहुत-से पिल्ले मरते हैं। इसमें किसी का कोई दोष नहीं है। कुदरत का अपना इंतज़ाम है यह। वो शक्तिशाली को ही पसन्द करती है। तो यहाँ चार पिल्ले थे।

चारों झबरीले। खेलते देखता तो लगता कि इन सर्दियों में ये चारों जिन्दा रहेंगे। शायद छः -सात पिल्ले दिये होंगे, लेकिन दो-तीन मर भी गये होंगे। शक्तिशाली बचे रह गये। ये पिल्ले और घर के बच्चे एक-दूसरे के साथी थे। दिन में सब एक-दूसरे के घरों में घूमते रहते। रात के लिये पिल्लों का घर आदमी के घर के बाहर था; लेकिन आदमी, खासकर लद्दाखी आदमी इतना निष्ठुर भी नहीं है कि इतनी ठण्ड में पिल्लों को बाहर मरने को छोड़ दे। बाहर तो इन्हें इसलिये रखना होता है कि अगर रात को अन्दर रखेंगे तो देर रात कभी भी ये बाहर जाने की ज़िद करने लगते हैं। दरवाजा न खोलने पर रोने भी लगते हैं। तो बाहर आदमियों ने इनके लिये छोटा-सा घर बना रखा था। इसमें आने-जाने का एक ही छोटा-सा दरवाजा था।

मैं जब खाना खा रहा था तो बच्चे चारों पिल्लों को मेरे पास ले आये। मेरी निगाह सबसे पहले नाक पर गई। आप लद्दाख जाओ तो आपकी निगाहें न चाहते हुए भी सामने वाले की नाक पर चली ही जाती हैं; अगर सामने वाला कोई बच्चा हो तो 'डेफ़ीनेटली' जाती हैं। आपको अगर इन्हीं के बीच रहना है तो कब तक घिन करोगे? मैंने भी घिन करनी छोड़ दी थी, लेकिन फिर भी सबसे पहले निगाह नाक पर ही जाती थी। पिल्लों की भी नाक ऐसी ही थी और बच्चों की भी। पिल्लों के लम्बे-लम्बे बाल थे और बच्चे फ़र वाले कपड़ों में लिपटे हुए थे। बच्चे ऐसे लग रहे थे जैसे कोई बड़ा पिल्ला हो और पिल्ले ऐसे लग रहे थे जैसे कोई छोटा-सा बच्चा हो। ऐसे ही मुझे समय व्यतीत करना था।

अचानक अन्तरात्मा ने आदेश दिया - नेरक चलो। यह आदेश इतना तीव्र और तीक्ष्ण था कि शरीर के किसी भी अंग को सँभलने और बचाव करने का मौका भी नहीं मिला। सभी ने चुपचाप इस आदेश को मान लिया। हालाँकि पैरों ने कहा भी कि दर्द हो रहा है, लेकिन अन्तरात्मा ने फौरन कहा - चुप!

नेरक, चिलिंग से क़रीब चालीस किलोमीटर आगे जांस्कर

किनारे एक गाँव है। आठ किलोमीटर तक सड़क बनी है, उसके बाद पगडण्डी है। यह पगडण्डी बर्फ के नीचे दबी है, इसलिये जमी हुई नदी के ऊपर से जाना होता है। यही चादर ट्रैक है।

मेरी वापसी पच्चीस तारीख को है। इस प्रकार मेरे हाथ में अभी भी छः दिन हैं। चार दिन में बड़े आराम से नेरक से लौटकर वापस आ सकता हूँ। घरवालों से अपनी मंशा बता दी, साथ ही एक डण्डे, एक चश्मे और एक रस्सी के लिये भी कह दिया। बैग के ऊपर रस्सी से स्लीपिंग बैग बाँध दिया। भले-मानुसों ने दो रोटियाँ मक्खन और जैम के साथ बाँधकर मुझे दे दीं। वैसे खाने के लिये मेरे पास काफ़ी सामान था।

पाँच सौ रुपये रोजाना के हिसाब से एक हजार रुपये का भुगतान कर दिया। पाँच सौ में दिनभर ठहरना और खाना-पीना सबकुछ शामिल था। मैं दो दिन रुका था, इसलिये एक हजार रुपये हुए।

साढ़े ग्यारह बजे चल पड़ा। पीछे कमर पर नौ किलो से ज्यादा सामान टँगा था। दिल्ली से चलते समय वजन नौ किलो था, बाद में स्लीपिंग बैग से और वृद्धि हो गई।

अगर आज चादर ट्रैक ना किया, तो जिन्दगी भर पछतावा रहेगा कि सर्दियों में लद्दाख जाकर भी चादर पर नहीं चल सका। बाद में कठिनाइयाँ भुला दी जायेंगी और यही कहा जायेगा कि उतनी बर्फ के बावजूद चादर पर चलना मुश्किल नहीं होता, आख़िर दूसरे लोग भी तो चलते हैं।

रातभर बर्फबारी नहीं हुई, इसलिये सड़क पर कल गुजरी गाड़ियों के पहियों के निशान अभी भी अमिट हैं। मैं शाम अँधेरा होने तक इसी सड़क पर टहल रहा था, तो मुझे मालूम था कि सबसे आख़िरी गाड़ी का निशान कौन सा है। उसके बाद से अब तक कोई भी गाड़ी नहीं गुजरी है।

कल के मुकाबले अब बर्फ कुछ कठोर हो गई है, इसलिये पैर

रखते समय ज्यादा आवाज कर रही है। आज सुबह से ही धूप निकली है। धूप में बर्फ कुछ नर्म हो गई है, यह आवाज से साफ मालूम पड़ रहा है। जहाँ धूप होती, वहाँ अलग आवाज आती और जहाँ छाँव होती, वहाँ अलग आवाज आती।

आसपास और दूर-दूर के सभी पहाड़ श्वेताम्बर हो चुके हैं। बर्फ में धूप निकलने पर शरीर के नंगे हिस्सों और आँखों को ज़बरदस्त नुकसान पहुँचता है। दस्ताने और बन्दर-टोपी लगाने से शरीर का कोई हिस्सा नंगा तो नहीं रहा। बचे हुए चेहरे पर क्रीम पोत ली। चश्में के सौ रुपये दे दिये, क्योंकि वापसी में मैं यक़ीन के साथ नहीं कह सकता कि चिलिंग में रुकना होगा। अगर तिलत से ही कोई गाड़ी मिल गई, तो फिर चिलिंग रुकने का सवाल कहाँ?

रास्ते भर मुझे आने-जाने वाले मिलते रहे। पूछते कि अकेले हो क्या? कहाँ तक जाओगे? आज कहाँ रुकोगे? किसी ने हतोत्साहित नहीं किया। जब मैंने बताया कि तिलत में गुफा में रुकूँगा तो कहते कि अच्छी बात है।

इन्हीं लोगों से पता चला कि आज अभी तक कोई भी ग्रुप लेह से नहीं आया है। यानी मुझे तिलत में अकेले रुकना पड़ेगा। हालाँकि कल एक ग्रुप गया था, वे आज तिलत सुमड़ो से नौ-दस बजे चले होंगे; आठ-दस किलोमीटर आगे पहुँच गये होंगे। अगर मैं तेजी दिखाऊँ तो उन्हें पकड़ सकता हूँ। फिर सोचा कि अभी बारह एक बजा है, शाम तक कोई ना कोई ग्रुप आ ही जायेगा।

एक भले-मानुस ने कहा कि कल अगर सुबह जल्दी निकल पड़ो तो शाम होने तक नेरक पहुँच सकते हो। यह मेरे लिये बड़ी शानदार बात थी। ठान लिया कि सुबह पाँच बजे ही तिलत से निकल पड़ना है। कल नेरक पहुँचने में जी-जान लगा देनी है। मैं लगातार दो रातों तक गुफा में रुकने के लिये तैयार नहीं था। नेरक में मुझे मोटे-मोटे रजाई गद्दे दिखने शुरू हो गये।

आज ज्यादातर लोग चादर ट्रैक से वापस लौट रहे हैं। सड़क के आख़िरी तीन किलोमीटर में नदी पूरी तरह जमी पड़ी है। अभी भी वापस आने वाले उसी से आ रहे हैं। ज्यादातर के पीछे रस्सी से स्लेज बँधी है, जिससे उन्हें सामान नहीं उठाना पड़ रहा। स्लेज से सामान बर्फ पर आसानी से खिंच रहा है। अब मुझे भी कम से कम अगले तीन दिनों तक इसी पर चलना है। मेरे पास स्लेज नहीं है, इसलिये कन्धों पर ही सारा बोझ आयेगा। सड़क पर मैं चलता जा रहा था। काठमाण्डू की दुकान के सामने कुछ लोग बैठे धूप ले रहे थे। उन्होंने मेरी तरफ देखा, लेकिन कहा कुछ नहीं, फिर आज कुत्ते भी नहीं भौंके। कल तो जाते समय भी भौंके थे और आते समय भी। एक बार तो सोचा कि हालचाल पूछता चलूँ कि ठीक-ठाक तो हैं कि नहीं, या कल अनमो को देखकर भौंक रहे थे। तो क्या मुझसे डर गये? यानी इन्हें भी पुरुष और महिला के भेद का पता होता है। कुत्ता समझदार तो होता है, लेकिन इस कदर भी होता है, यह पहली बार दिमाग में आया।

क्या मैं इस ट्रैक को सफलतापूर्वक पूरा करके वापस भी आ सकूँगा? क्या पूरे रास्ते भर जमी हुई नदी मिलेगी? सीधे खड़े पहाड़ हैं, अगर कहीं थोड़ी बहुत दूर नदी जमी हुई न मिली तो या तो नदी में उतरकर आगे जाना पड़ेगा या फिर चट्टानों पर लटककर निकलना पड़ेगा। मैं न तो नदी के पानी में उतरने को तैयार था और न ही इतनी ठण्ड में चट्टान पकड़ने में अपने हाथों की शक्ति खर्च करना चाहता था। मान लो मैं नेरक पहुँच गया और किसी वजह से उधर से वापस आने लायक परिस्थिति न बनी तो...? वापस कैसे आऊँगा? किसी तरह जांगला जाऊँगा, वहाँ सड़क मिल जायेगी, गाड़ी भी मिल जायेगी और मैं पदुम पहुँच जाऊँगा। पदुम से कारगिल जाना पड़ेगा, लेकिन अगर पंजी-ला बन्द मिला तो?

खैर, ऐसा नहीं होता है। तू अकेला नेरक भी जायेगा और इसी रास्ते वापस भी आयेगा! क्या हो जायेगा? जो भी होगा, इससे अच्छा ही होगा।

वैसे उस पगडण्डी का भी प्रयोग किया जा सकता है जिससे ये लोग गर्मियों में आना-जाना करते हैं। हालाँकि उस पर बर्फ गिरी होगी; वो बन्द भी हो गई होगी, लेकिन बर्फ गिरी ही कितनी है? लगभग चार इंच... अब तो अभ्यास भी हो गया है बर्फ पर चलने का। उस पगडण्डी का भी प्रयोग किया जा सकता है।

नीचे नदी में जो लोग चादर ट्रैक पूरा करके वापस लौट रहे हैं, उनमें से ज्यादातर लोग अपना यात्रा-वृत्तान्त अवश्य लिखेंगे। पता नहीं मैं उनमें से किस-किस का वृत्तान्त पढ़ पाऊँगा। मैं इनके फोटो खींच रहा हूँ। फोटो अपने ब्लॉग पर लगाऊँगा, तो पता नहीं कोई उनमें स्वयं को पहचान भी पायेगा या नहीं। ये लोग हजारों-हजार खर्च करके ग्रुप में इस ट्रैक को कर रहे हैं, मैं अकेला सस्ते में कर लूँगा।

गुफा में एक रात

तिलत सुमड़ो से क़रीब दो किलोमीटर पहले जहाँ सड़क ख़त्म होती है; आने वाली गाड़ियाँ वापस मुड़ जाती हैं, वहाँ नीचे नदी तक उतरने के लिये पहले आवागमन कर चुके लोगों की वजह से पगडण्डी बन गई है। उतराई ज्यादा तो नहीं है, लेकिन है बड़ी खतरनाक। ऊपर से कल गिरी बर्फ ने इसे और खतरनाक बना दिया है। किसी तरह नीचे उतर ही गया।

चादर पर पहला कदम रखा। इस समय बस एक ही बात दिमाग में आ रही थी और वो थी कि अब अचानक बर्फ टूटेगी और मैं धड़ाम से नीचे पानी में जा गिरूँगा। ऐसे में पानी में गिरने की बात सोचना भी रोंगटे खड़े कर देने वाला काम था। ओखली में सिर दिया है तो मूसल से क्या डरना? यह कहावत कहनी बड़ी आसान है, लेकिन अगर ओखली में सिर फँस गया हो और मूसल सिर पर पड़ने वाला है, यह दिख भी रहा हो तो क्या कहेंगे? यही मेरी हालत थी इस समय। कसम से मैं बस यही सोच रहा था कि अब के बाद कभी भी चादर ट्रैक पर तो

आऊँगा ही नहीं, अपनी जान-पहचान में किसी को आने भी नहीं दूँगा।

चादर ट्रैक वैसे तो मुश्किल नहीं है, लेकिन क्रान्तिक तापमान इसे मुश्किल बना देता है। भारत मुख्यतः एक गर्म देश है। कर्क रेखा से दक्षिण में रहने वालों को तो पता भी नहीं होता कि ठण्ड किस चिड़िया का नाम होता है। उत्तरी मैदानी भारत भी जनवरी में ही ठण्ड के रिकार्ड तोडता है, बाकी साल गर्मी ही ज्यादा रहती है, ऐसे में हम भारतीयों के लिये इतनी ठण्ड सहन करना बड़ी मुश्किल बात होती है। दूसरी बात यह है कि आपको एक-एक कदम बेहद चौकसी से रखना होता है। हर समय बर्फ के टूटने का डर बना रहता है और आप हर समय इस बात के लिये तैयार रहते हैं कि अब बर्फ टूटेगी और हम बचकर भागेंगे। इससे पैरों पर अतिरिक्त जोर पड़ता है।

इतने क्रान्तिक तापमान में पानी जम जाता है, बर्फ काँच की तरह कठोर और फिसलन भरी हो जाती है। हालाँकि कल बर्फबारी हुई तो इस काँच पर भुरभुरी बर्फ की तीन-चार इंच मोटी परत जम गई। इससे फिसलन निःसन्देह कम हुई है। यह भुरभुरी बर्फ अभी भी वैसी ही चर्र-चर्र की आवाज कर रही है, जैसी कि सड़क पर कर रही थी।

धूप निकली है। चश्मा लगा रखा है, नहीं तो कभी का अन्धा हो गया होता।

अचानक पैरों के नीचे से खोखलेपन जैसी आवाज आने लगी। आपातकालीन इन्द्रियाँ वैसे तो पहले से ही सजग होकर बैठी हैं, अब आदेश दे दिया कि नीचे बर्फ की मोटाई काफ़ी कम है, बर्फ के नीचे हवा भी है, तभी इस तरह की आवाज आ रही है। आवाज कुछ कदम तक ही रही, लेकिन इन कदमों में ही बुरी हालत हो गई।

बर्फ पानी पर क्यों तैरती है? क्योंकि बर्फ का घनत्व पानी के मुकाबले कम होता है, यानी बर्फ पानी से हल्की होती है। जब पानी का बर्फ बनाते हैं तो आपने देखा होगा कि फ्रिज में पानी से भरी ट्रे से बर्फ बनने पर बाहर छलकने लगती हैं, तल तो उसका ऊँचा हो ही जाता है।

यही कारण है कि पानी जब बर्फ बनता है तो फैलता है। नदियों पर भी यही नियम लागू होता है।

जब नदी के पानी की बर्फ बनती है और फैलती है तो उसमें टूट-फूट भी होती है। दरारें पड़ जाती हैं। कहीं कहीं छोटे-छोटे ज्वालामुखी जैसी संरचनाएँ बन जाती हैं। यहाँ भी पूरी सतह पर दरारें पड़ी हुई हैं। हालाँकि ये दरारें हजारों सालों से चलते आये ग्लेशियरों जैसी बड़ी-बड़ी विशाल दरारें तो नहीं होतीं, इंच इंच भर की दरारें होती हैं। इधर से उधर पैर रखने में भी मुझे बड़ा डर लग रहा था।

एक स्थान पर कुछ मीटर तक पगडण्डी ऐसी है जैसे किसी ने खुदाई कर रखी हो। काँच जैसी बर्फ के काफ़ी टुकडे दिख रहे हैं। पक्का डर है कि यहाँ बर्फ की मोटाई बिल्कुल भी नहीं है। सिर में घण्टे बजने लगे कि बेटा, यहाँ पैर रखते ही तू नदी में गिर पड़ेगा, इसलिये पगडण्डी से इतर नज़र घुमाई। सोचा कि इस खुदी हुई बर्फ से बचकर निकलता हूँ। जैसे ही पगडण्डी से बाहर पहला कदम रखा, बरफ चर्र की आवाज के साथ टूट गई और पैर छः इंच नीचे जा धँसा। चीख निकल गई, हालाँकि कोई सुनने वाला नहीं था।

पैर उठाकर देखा तो कुदरत का सारा खेल समझ में आ गया। यह भी समझ में आ गया कि सामने खुदी हुई बर्फ क्यों है।

यहाँ बर्फ की कई परतें हैं। सबसे ऊपर एक इंच मोटी परत और फिर चार पाँच इंच का खाली स्थान। उसके नीचे फिर मोटी बर्फ। जैसे ही सबसे ऊपर वाली पर पैर रखा, वो टूट गई, पैर चार इंच नीचे खाली स्थान में जा धँसा। जब यहाँ लगातार आदमियों के पैर पड़ते रहे तो ऊपर वाली इंच भर मोटी परत खुदी हुई लगने लगी। इस अनुभव के बाद समझ में आया कि इस खुदाई के नीचे मोटी सुरक्षित परत है, कोई दिक्कत की बात नहीं है।

एक स्थान पर बर्फ में दो फीट व्यास का एक कुंड था, जिसमें पानी दिख रहा था। इसके पास पैरों के निशान भी दिख रहे थे, जिससे

पता चल रहा था कि लोगों ने यहाँ कुण्ड के ऊपर बर्फ पर बैठकर पानी पीया है। मेरी बोतल भी खाली हो चुकी थी, लेकिन आगे भर लूँगा, यह सोचकर मैंने बोतल नहीं भरी। हालाँकि बोतल न भरने का मुझे अगले दिन तक पछतावा रहा। उस समय मैंने यही सोचा कि मैं उस जलकुण्ड के पास जाऊँगा जो कि असल में नदी के बीचोंबीच है, तो कहीं उसके किनारे वाली बर्फ न टूट जाये। नदी के बीच में मैं अगर पानी में गिर पड़ा तो गया काम से। आगे कहीं किनारे पर जलकुण्ड मिलेगा तो पानी भर लूँगा, लेकिन ऐसा नहीं हुआ और मैं अगले दिन तक प्यासा ही रहा।

एक बड़ा अजीब-सा वातावरण बन गया था। वायुमण्डल सबसे ठण्डी जगह है जबकि नदी में बहता पानी सबसे गर्म। हालाँकि दोनों का तापमान शून्य से नीचे ही है। वायु और पानी के बीच में जो बर्फ की परत है, वो वायु और पानी के संघर्ष की गाथा कहती है। जहाँ वायु प्रबल है, वहाँ बर्फ की मोटाई ज्यादा है और जहाँ पानी प्रबल है, वहाँ बर्फ या तो है नहीं या पतली है। इन दोनों के संघर्ष का फायदा प्रत्यक्ष रूप से मुझे मिल रहा है। मैं चाहता हूँ कि मेरे रास्ते में वायु की प्रबलता रहे। बर्फ जितनी मोटी होगी, उतना ही मैं सुरक्षित रहूँगा।

तिलत सुमड़ो। सुमड़ो कहते हैं दो नदियों के संगम को। यहाँ भी जांस्कर नदी में कोई दूसरी नदी आकर मिलती है। जांस्कर के उस तरफ कैम्प साइट है, जहाँ ट्रैकर तम्बू लगा लेते हैं। मेरे पास तम्बू तो था नहीं, इसलिये मेरी निगाहें एक गुफा को ढूँढ़ रही थीं। ज्यादा समय नहीं लगा गुफा मिलने में। गुफा नदी के इसी तरफ कुछ ऊपर चढ़कर थी और इसके मुँह पर चार फीट ऊँची पत्थरों की एक दीवार भी बनी थी। गुफा तक पहुँचने का रास्ता बड़ा तीक्ष्ण था और रेत व बर्फ के मिश्रण से होकर जाता था। एक ही झटके में ऊपर पहुँच गया और बड़ी देर तक हाँफता रहा।

यह एक मध्यम आकार की गुफा थी, जिसमें पाँच-छः आदमी आराम से सो सकते थे। कुछ राख और अधजली लकड़ियाँ भी पड़ी

थीं। गुफा की छत और दीवारों पर धुआँ आसानी से चिपका देखा जा सकता था। गुफा के मुख पर पत्थर रखकर छोटा-सा द्वार बनाने की कोशिश की गई है। इसका एक फायदा ये हुआ कि बाहर जो तेज हवा चल रही थी, वो यहाँ गुफा में नहीं लग रही थी, लेकिन ठण्ड बरकरार थी।

बोतल में पानी नहीं था। नीचे दोनों नदियाँ पूरी तरह जमी हुई थीं, इसलिये वहाँ भी कोई सम्भावना नहीं दिख रही थी। कुछ देर पहले बर्फ में एक 'कुआँ' दिखाई पड़ा था, मुझे वहाँ से बोतल भर लेनी थी। गुफा के बाहर चारों तरफ भुरभुरी बर्फ जमी पड़ी थी; काफ़ी मशक्कत के बाद थोड़ी-सी बोतल में भर ली। आप ताजी गिरी बर्फ को कभी बोतल में भरने की कोशिश करना। बड़ा कठिन काम है यह। बोतल का मुँह कहीं बर्फ पर लगाता और उसे खींचता हुआ ऊपर की तरफ लाता। थोड़ी-सी बर्फ बोतल में आ जाती। इस तरह कई बार कोशिश की। बाद में गौर किया तो देखा कि इससे बर्फ में ऐसी आकृति बन गई है जैसे किसी जानवर ने पंजे मारे हों। मेरे जाने के बाद कोई यहाँ आयेगा तो एकबारगी तो डर ही जायेगा। क्या पता यह शोध का विषय ही न बन जाये कि ये निशान किस जानवर के हैं। फिर वे लोग इसका फोटो खींचेंगे और वापस घर पहुँचकर अपने यार-दोस्तों को दिखायेंगे कि किसी बड़े जानवर के खौफ़ के तले हमने रात गुजारी थी।

बाद में स्लीपिंग बैग के अन्दर घुसकर अपने साथ यह बोतल रख ली; बर्फ पिघली तो दो घूँट पानी मिल गया।

मैं तीन बजे के आसपास यहाँ पहुँच गया था। अच्छी धूप निकली थी। मैं अभी भी दो घण्टे तक चलकर और आगे जा सकता था, लेकिन गुफा की उपलब्धता के कारण यहीं रुक जाना पड़ा। अभी तक उम्मीद थी कि कोई न कोई ग्रुप आ जायेगा, लेकिन जैसे-ज़ैसे समय बीतता गया, कोई नहीं आया तो घबराहट भी होने लगी। आदमी भी कितना अजीब है! जब शहरों में चारों तरफ आदमियों से घिरा रहता है, तब भी घबराता है और जब कहीं सन्नाटेदार स्थान पर होता है, तब भी

घबराता है। यहाँ दूर-दूर तक कोई नहीं था; मैं अभी से रात अकेला होने के बारे में सोचकर घबराने लगा।

इस इलाके में हिम तेंदुआ और भेड़िया देखे जाने की बातें आती रहती हैं। मारखा घाटी से लगा हुआ रुम्बक इलाका तो हिम तेंदुओं के लिये प्रसिद्ध ही है। इससे डर और भी बढ़ गया। चार बजे तक मैं वापस जाने की सोचने लगा था - अगर अभी भी निकल पड़ता हूँ तो दो घण्टे में काठमांडू यानी मारखा-जांस्कर संगम तक पहुँच सकता हूँ, वहाँ रुक जाऊँगा। फिर सोचा - जो होगा, देखा जायेगा।

स्लीपिंग बैग में घुसकर जमीन पर ही लेट गया। मेरे पास कोई मैट्रेस भी नहीं थी। शून्य से कम तापमान में जमीन भी अत्यधिक ठण्डी थी। पूरी रात मेरे नीचे की जमीन ठण्डी ही रही। समय समय पर नदी में पत्थर गिरने और बर्फ के चटकने की आवाजें आती रहीं, जिससे एक मिनट के लिये भी डर कम नहीं होने पाया। हमेशा लगता रहा कि कोई तेंदुआ गुफा की तरफ आ रहा है; उसके चढ़ने से पत्थर गिर रहे हैं और आवाज आ रही है; हालाँकि समय बीतने के साथ आदत पड़ती गई और डर भी कम होता गया।

सामने की ऊँची चोटियों पर साढ़े छः बजे तक भी धूप रही। उसके बाद भी अँधेरा नहीं हुआ। आज शुक्ल पक्ष की नवमी या दशमी थी, इसलिये सूरज छिपने से पहले चाँद निकल आया। घाटी में उजाला बरकरार रखने का जिम्मा उसने ले लिया, लेकिन सूरज था तो थोड़ी बहुत ऊष्णता भी थी; चाँद मेरे किस काम का? चाँद तो शीतलता का पर्याय है। चाँद ने आते ही अपना काम किया; शीतलता और बढ़ गई।

स्लीपिंग बैग विकास का था। उसने इसे मेरठ से ग्यारह सौ का खरीदा था। इसमें घुसने से पहले ही इसके दोष सामने आने लगे। यह मुझ से भी छोटा था। बड़ी मुश्किल से काफ़ी मशक्कत के बाद इसकी चेन बन्द कर सका। इसके अन्दर ही पानी की बोतल रखनी पड़ी, साथ ही मोबाइल भी ताकि रात-बेरात समय का अन्दाजा हो सके। चाहता था

कि कैमरा भी अन्दर ही रखूँ, लेकिन इतनी जगह नहीं बची। कैमरे को इस क्रान्तिक तापमान में बाहर रहना पड़ गया।

सीधा नहीं लेट सकता था। करवट लेकर लेटना पड़ा ताकि शरीर और जमीन के बीच कम से कम सम्पर्क हो। शून्य से पच्चीस-तीस डिग्री नीचे तापमान में एक ऐसी गुफा में, जिसमें कभी भी धूप नहीं पहुँचती हो, गर्मी की उम्मीद बेकार ही थी। मैं कभी भी स्लीपिंग बैग में मुँह अन्दर करके नहीं सोता, लेकिन आज मुँह अन्दर करना पड़ा। हमारे शरीर की बहुत सारी गर्मी साँस के ज़रिये बाहर निकल जाती है। मैं इस क़ीमती गर्मी को ऐसे बर्बाद नहीं कर सकता था। अगर अगली सुबह मैं सही-सलामत मिला तो ऐसा करना उसका सबसे बड़ा कारण था।

रात एक बजे मेरी आँख खुली। नींद तो हालाँकि नहीं आ रही थी, लेकिन फिर भी इसे मैं आँख खुलना ही कहूँगा। ठण्ड से बुरी तरह काँप रहा था। सिर पर दो मंकी कैप, हाथों में दस्ताने, पैरों में दो गर्म लोवर और उनके ऊपर एक पैंट, ऊपर तीन गर्म इनर, एक गर्म ऊनी शर्ट और सबसे ऊपर शक्तिशाली जैकेट पहने हुए था। तीन जोड़ी जुराबें पहन रखी थीं, जो ऊनी और मोटी-मोटी थी। अच्छा था कि जूते नॉर्मल साइज से कुछ बड़े थे अन्यथा तीन ऊनी जुराबें कभी नहीं पहनी जा सकती थीं। जूते भी नहीं निकाले थे। जूते पहने हुए ही स्लीपिंग बैग में घुसा हुआ था, फिर भी पैर की उँगलियाँ इतनी सर्द हो चुकी थीं कि मालूम होता था कि कहीं ठण्ड से गल न जाएँ। हालाँकि बैग में अभी भी कुछ गर्म कपड़े और थे, लेकिन उनमें से किसी भी एक को पहनने के लिये मुझे जैकेट उतारनी पड़ती, जिसके लिये मैं इस समय सोच भी नहीं सकता था। हाँ, एक काम ज़रूर किया कि जूतों के ऊपर भी एक जोड़ी जुराबें चढ़ा लीं, फिर भी उँगलियों की सर्दी कम नहीं हुई। उँगलियाँ गलने के बारे में बहुत पढ़ा था, लेकिन अनुभव आज हो रहा था। आज पहली बार कल्पना कर सका कि जब ठण्ड से किसी की उँगलियाँ गलती होंगी तो कैसा महसूस होता होगा। बार-बार पैरों की उँगलियाँ हिलाता रहा। जब तक उँगलियाँ मेरे इशारों पर हिलती रहेंगी,

तब तक ये नहीं गलेंगी। जब उँगलियों तक 'कमाण्ड' पहुँचनी बन्द हो जायेगी, तब समझना कि मामला खतरनाक है।

अगर चार दिन पहले, यानी बर्फ पड़ने से पहले, दिन में जबकि अच्छी धूप निकली हुई थी, हवा नहीं चल रही थी - तापमान माइनस दस डिग्री था तो अब यह कम से कम माइनस पच्चीस से नीचे पहुँच गया होगा।

करवट बदल ली। हाथों को छाती से चिपका लिया, जिससे छाती को और गर्मी मिलने लगी। जूतों पर जुराबें चढ़ा लेने से भी कुछ आराम मिला। नींद आ गई।

पाँच बजे आँख खुली। बारह घण्टे पहले सोच रहा था कि इस समय तिलत सुमड़ो से आगे के लिये चल देना है, तभी शाम तक नेरक पहुँच सकता हूँ। वह बात याद आई, लेकिन जिस स्थिति में इस समय पड़ा हुआ था, उसमें इंच भर भी हिलना नामुमकिन था, उठकर चलना तो बहुत दूर की बात है। जिन्दगी में पहले इतने कपड़े कभी नहीं पहने थे और इतनी सर्दी भी कभी महसूस नहीं हुई थी।

फिर आँख खुली नौ बजे। यहाँ जांस्कर एक तंग घाटी में बहती है, इसलिये बारह बजे से पहले यहाँ धूप का सवाल ही नहीं, लेकिन दूर के पहाड़ों पर अच्छी धूप दिखाई पड़ रही थी। रात समाप्त हो चुकी थी। इस बात की बड़ी खुशी थी और जश्न मनाने का मन कर रहा था। ठण्डी उँगलियाँ अभी भी हिलाने पर हिल रही थीं, इसका अर्थ था कि ठण्ड से शरीर को कोई नुकसान नहीं हुआ है। एक विजेता का सा एहसास होने लगा। अब अगर मैं अपने शरीर का गर्व करने लगूँ कि इसने तिलत सुमड़ो में एक गुफा में जनवरी की एक रात सही-सलामत गुजारी है तो शायद कोई बुराई नहीं होगी।

सोचने लगा कि अगर अब नेरक के लिये निकलता हूँ तो शाम तक पहुँचना नामुमकिन है। इसका अर्थ है कि अगली रात फिर किसी गुफा में इसी तरह काँपते हुए बितानी पड़ेगी।

शरीर ने विद्रोह कर दिया। हर अंग को पता था कि आज रविवार है और दोपहर एक बजे चिलिंग से लेह के लिये बस जायेगी। यहाँ से चिलिंग पहुँचने में क़रीब साढ़े तीन घण्टे लगेंगे। नौ बज चुके हैं, इसलिये शीघ्र ही सामान बाँध दिया और चिलिंग चलने की तैयारी होने लगी।

हाथों में दो जोड़ी दस्ताने पहन रखे थे, लेकिन फिर भी सामान समेटने के दौरान उँगलियाँ पूरी तरह सुन्न हो चुकी थीं। स्लीपिंग बैग बाँधना बड़ी मेहनत का काम होता है। आप अगर कभी चादर ट्रैक पर जाओ तो एक बार अपना स्लीपिंग बैग स्वयं बाँधकर देखना।

जब साढ़े नौ बजे गुफा से निकला तो नेरक की तरफ से तीन जने आते दिखाई दिये। पूछने पर पता चला कि वे सुबह पाँच बजे पिछले कैम्प से चल पड़े थे।

वाकई कुछ लोगों को ऊपर वाला स्पेशल मिट्टी से बनाता है।

ये लद्दाखी ही थे। ये एक ग्रुप के साथ थे। उनका इरादा आज तिलत में ही रुकने का था। ये लोग पहले यहाँ आ गये हैं ताकि ग्रुप के आने से पहले टैंट आदि लगा दें और चाय भी बनाकर तैयार कर दें। एक ने मुझसे पूछा कि कहाँ तक जाओगे, मैंने बता दिया - लेह तक; चिलिंग से एक बजे वाली बस पकड़नी है। बोला कि आज हमारा एक ग्रुप लेह से आयेगा। पता नहीं कब हमारी गाड़ी आ जाये। अभी आपको नौ दस किलोमीटर और पैदल चलना है चिलिंग जाने के लिये; अगर हमारी गाड़ी पहले आ गई और आप हमें रास्ते में मिल गये तो हम आपको अपनी गाड़ी से ले जायेंगे। मैंने कहा तथास्तु।

कल जब मैं चादर पर चलकर गुफा तक गया था, उसके मुकाबले अब चादर की मोटाई ज्यादा हो गई होगी - रातभर अति निम्न तापमान के कारण। फिर भी रास्ता वही था, जिस पर मैं कल चला था, लेकिन अब बिल्कुल भी डर नहीं लग रहा था। कब वो स्थान आ गया, जहाँ चादर छोड़कर ऊपर सड़क पर चढ़ना था, पता ही नहीं चला।

सड़क पर धूप थी। सूरज की तरफ मुँह करके तक़रीबन बीस मिनट तक बैठा रहा। उँगलियों में रक्त संचार शुरू हुआ; इनमें चेतना लौटनी शुरू हो गई।

ऐसे में फोटो कैसे खिंच सकते थे?

वाकई चादर ट्रैक पर फोटो खींचना महान हिम्मत का काम है, जहाँ दो-दो जोड़ी दस्तानों के बावजूद उँगलियाँ सुन्न पड़ी हों। फोटो खींचने के लिये दस्ताना उतारना पड़ता है। अगर हमें कहीं इंटरनेट पर चादर ट्रैक के फोटो देखने को मिलते हैं, तो हमें फोटोग्राफर के प्रति कृतज्ञ होना चाहिये। चादर ट्रैक के फोटो महा-विपरीत परिस्थितियों में खींचे जाते हैं।

चादर ट्रैक वैसे तो 100 किलोमीटर से भी लम्बा है। पदुम तक आना-जाना 200 किलोमीटर से ज्यादा होता है। ज्यादातर लोग नेरक तक जाते हैं, जो आना-जाना 80 किलोमीटर के आसपास है। मैं मात्र तिलत सुमड़ो तक ही गया, जो आना-जाना तकरीबन चार किलोमीटर है। इस बात का मुझे कोई अफ़सोस नहीं है, बल्कि खुशी है कि मैं भी उस बिरादरी में शामिल हो गया जिसने चादर देखी है और उस पर चले हैं।

यदि आप भी कभी चादर ट्रैक पर जाना चाहो तो मेरी गलती मत करना। मैंने जो गलती की, वो थी अकेले आने की; कम से कम एक साथी अवश्य साथ रखना; इससे बहुत मानसिक ताकत मिलती है। आपके साथ बस एक इंसान ऐसा होना चाहिए जो कह सके कि वापस मत चलो, ट्रैक जारी रखो। या फिर अगर वो कमजोर पड़ रहा हो, तो आप उसे हिम्मत बँधा सको और ट्रैक पूरा कर सको। आप अकेले हो तो आप स्वयं ही सबकुछ होंगे - कमजोर भी आप ही होंगे और हिम्मत बढ़ाने वाले भी आप ही, लेकिन अगर बारह घण्टे तक आपको अति निम्न तापमान वाली एक गुफा में अकेले रात बितानी पड़े तो आप स्वयं की कितनी हिम्मत बढ़ाओगे? सुबह तक आप भी वही निर्णय लेंगे, जो आज मैंने लिया - वापस मुड़ लेने का।

वापस लेह

20 जनवरी, रविवार। मैं तिलत सुमड़ो की गुफा में एक बेहद सर्द रात काटकर वापस लेह के लिये चल पड़ा। पता था कि आज एक बजे चिलिंग से लेह जाने वाली बस मिलेगी। तीन दिन बर्फ गिरे हो चुके थे। अब यह बर्फ काफ़ी ठोस हो गई थी, ऊपर से सड़क पर चलती गाड़ियों ने इसे और भी ठोस बना दिया, जिससे अब इस पर चलना पहले दिन के मुकाबले मुश्किल हो रहा था।

तीन किलोमीटर चलने के बाद सड़क बनाने वालों की बस्ती आई। यहाँ कई कुत्ते थे और वे रास्ते पर किसी को आते-जाते देखते ही भौंकते थे। मैं अब से पहले तीन बार यहाँ से गुजर चुका था। मुझे पता चल गया था कि कालू कुत्ता भौंकने की शुरूआत करता है, बाकी कुत्ते उसके बाद ऐसे भौंकते हैं जैसे मजबूरी में भौंक रहे हों। अब कालू नहीं दिखाई दिया, बाकी सभी इधर-उधर पसरे पड़े थे, भौंका कोई नहीं। थोड़ा आगे चलने पर कालू दिखा। देखते ही आदतन भौंका, लेकिन किसी दूसरे ने उसका साथ नहीं दिया। दो-तीन बार बाऊ-बाऊ करके चुप हो गया। जैसे ये सब मुझे दो दिन के अन्दर चौथी बार देखकर पहचान गये हों। रोज इन्हें नया आदमी दिखता होगा, तो ये भौंक पड़ते होंगे; मैं अब पुराना हो गया, तो पहचान गये।

मेरे पास कल से ही पानी नहीं था। रात थोड़ी-सी भुरभुरी बर्फ बोतल में भरकर स्लीपिंग बैग में रख ली तो सुबह दो घूँट पानी मिल गया, लेकिन यह पर्याप्त नहीं था। बी.आर.ओ. का एक इंजीनियर मिला। मैंने उनसे पानी माँगा। उन्होंने अविलम्ब गर्म पानी लाकर दे दिया। यह मिट्टी के तेल के स्टोव पर गर्म हुआ था। पानी से मिट्टी के तेल के धुएँ की गन्ध आ रही थी। वो केरल का रहने वाला था। मैंने पूछा कि अभी कोई ट्रक लेह जायेगा क्या। उन्होंने बताया कि आधे घण्टे पहले गया है, अब कल जायेगा। अभी तक मैं यही सोचता था कि बी.आर.ओ. केवल गर्मियों में ही काम करता है, लेकिन यहाँ ऐसी जगह जहाँ सड़क समाप्त हो जाती है, बी.आर.ओ. के इंजीनियरों को

देखकर हैरानी भी हुई। यह तो निश्चित है कि ये लोग सर्दियों में तिलत से आगे सड़क नहीं बनायेंगे; सड़क बनेगी तो गर्मियों में ही बनेगी, फिर अब ये यहाँ क्या कर रहे हैं? उस समय तो मुझे बस पकड़ने की जल्दी थी, इसलिए इंजीनियर साहब से ज्यादा बातचीत नहीं हुई।

जांस्कर में केवल एक ही सड़क है और वो है कारगिल-पदुम सड़क। यही एकमात्र सड़क इसे बाकी दुनिया से जोड़ती है, लेकिन अब वहाँ जाने के लिये और भी सड़कें बनाई जा रही हैं। एक सड़क चिलिंग से बन रही है, एक लामायुरू से और एक हिमाचल में दारचा से। पदुम की तरफ से भी इन तीनों स्थानों के लिये सड़क बनाने का काम चल रहा है। देखते हैं पदुम कब किसी दूसरी सड़क से बाहरी दुनिया से जुड़ेगा।

इंजीनियर साहब ने अन्दर आने को और कुछ खाने को कहा, लेकिन मैंने बताया कि मुझे चिलिंग से एक बजे वाली बस पकड़नी है। बोला कि चिलिंग जाने की क्या आवश्यकता है; बस तो यहाँ काठमांडू तक आती है। चिलिंग यहाँ से पाँच साढ़े पाँच किलोमीटर आगे है, काठमांडू आधा किलोमीटर ही आगे है। मैंने उसे धन्यवाद दिया और काठमांडू की ओर चल पड़ा। यह जानकर बड़ी राहत मिली कि मुझे अब चार किलोमीटर कम चलना पड़ेगा। बस यहीं तक आयेगी, इससे अच्छी बात मेरे लिये कुछ नहीं थी।

मैंने पहले भी बताया है कि जांस्कर नदी और मारखा नदी का जहाँ संगम है, वही जगह काठमांडू कहलाती है। कुछ मजदूरों के घर हैं और एक नेपाली दम्पत्ति की चाय-पानी की दुकान है, लेकिन यह जगह मारखा घाटी के कई गाँवों के लिये बड़े काम की है। आज चूँकि बस आयेगी, इसलिये लोगबाग दूर-दूर से यहाँ आ रहे हैं। तार वाले पुल से जांस्कर पार करके इस तरफ आ रहे हैं। काफ़ी भीड़ हो गई है। अभी तक बस नहीं आई है। चाय भी पी ली। तेज धूप निकली है, अच्छी लग रही है। चारों ओर सफेद बर्फ भी।

बस आई। आते ही भर गई। मैंने परिस्थितियों का पूर्वानुमान

लगाते हुए पहले ही अपनी पसन्दीदा सीट कब्जा ली। छत पर सामान रखकर ठीक एक बजे बस यहाँ से लेह के लिये चल पड़ी। सड़क पतली थी और इस पर बर्फ भी जमी थी। बस के पहियों में जंजीर नहीं बँधी थी, इसलिये मैं कहीं न कहीं डरा भी हुआ था कि कहीं यह फिसलकर नदी में न गिर जाये। यहाँ बर्फ में चलने के लिये गाड़ियों के पहियों में जंजीर बाँध लेते हैं जिससे पहियों को घर्षण मिलता है और वे बर्फ पर फिसलते नहीं हैं। सेना के हर ट्रक में यह जंजीर अनिवार्य रूप से बँधी होती है जिससे ये ट्रक बर्फ न होने पर खाली सड़क पर घुँघरू जैसे बजाते हुए चलते हैं।

रास्ते में चिलिंग पड़ा। अन्य सवारियों के साथ अंगमो भी आ गई। इन्हीं के घर पर मैं दो दिन तक रुका रहा। मेरे पास चूँकि इनका चश्मा भी था, जो कि मैंने सौ रुपये में इस शर्त पर लिया था कि अगर मौका मिला तो आ जाऊँगा; चश्मा वापस करके पैसे ले लूँगा, लेकिन अगर मौका नहीं मिला तो यह चश्मा मेरा। अब चश्मा वापस करने का मौका तो मिल गया, लेकिन पैसों की बात अंगमो की बड़ी बहन से हुई थी; इसे पैसों की बाबत कुछ भी जानकारी नहीं है, इसलिये लेह उतरते समय मैंने चश्मा अंगमो को दे दिया, पैसे नहीं माँगे।

बस में ज्यादातर महिलाएँ ही थीं। बस पूरी भरी थी। कुछ महिलाएँ खड़ी भी थीं। मेरा उठकर इन्हें सीट देने का भी मन हुआ, लेकिन मुझे बड़ा आराम मिल रहा था। कुछ घण्टे पहले जिस अवस्था में मैं था, उसे देखते हुए इस समय कम से कम दो घण्टों के लिये मेरा खड़े होने का बिल्कुल भी मन नहीं किया। हालाँकि इन्हें धीरे-धीरे सभी को सीट मिलती चली गई। रास्ते भर बर्फ मिली। चूँकि चार-पाँच इंच बर्फबारी ही हुई थी, जो अब तक धीरे धीरे गलती जा रही थी। पहाड़ श्वेताम्बर से फिर दिगम्बर होने लगे थे, लेकिन पूर्ण दिगम्बर होने में इन्हें अभी भी कई दिन लग जायेंगे; अगर फिर से बर्फ न पड़ी तो।

लद्दाख के पहाड़ों को न तो हरिताम्बर होना पसन्द है, न ही श्वेताम्बर होना; बस दिगम्बर बने रहना चाहते हैं।

लेह पहुँचे। सभी सवारियाँ उतर गईं, लेकिन बस फिर से एकदम भर गई। सवारियाँ जैसे इसी बस की प्रतीक्षा कर रही थीं। अब यह बस चिलिंग तो नहीं जायेगी; कहीं और जायेगी, लेकिन स्थानीय लोग जानते हैं कि कौन-सी बस कहाँ से आकर कितने बजे कहाँ जायेगी।

मोमो खाने की इच्छा थी। लेह बस अड्डे पर उतरकर सबसे पहले मुख्य बाजार की तरफ चला गया। ज्यादातर दुकानें बन्द मिलीं। वही होटल खुला था, जहाँ छोले भटूरे और समोसे वगैरह मिल रहे थे, मोमो नहीं थे उसके पास। समोसे खाकर वापस जेल की तरफ चल पड़ा।

लेह शहर में ताजी गिरी बर्फ के कारण बुरे हाल थे। लोगों ने अपनी-अपनी दुकानों के सामने से बर्फ हटाकर एक तरफ इकट्ठी कर दी थी। बर्फ अभी पिघलने वाली तो है नहीं, लेकिन इसमें धूल-मिट्टी और अन्य गन्दगी भी मिल गई और यह बिल्कुल भी आकर्षक नहीं रह गई।

23 या 24 तारीख को मेरे वापस लौटने की ख़बर थी सभी के पास, लेकिन तीन चार दिन पहले मुझे वापस आया देखकर पूछा; जिसका जवाब मैंने यही दिया कि ठण्ड मेरी सहनशक्ति से बाहर थी, इसलिये वापस आ गया हूँ। सभी ने मेरे चादर ट्रैक पर जाने की भी आलोचना की और यह भी समझाया कि लद्दाख सर्दियों में आने की जगह नहीं है; दोबारा कभी इधर सर्दियों में मत आना। उधर मेरा व्यवहार आक्रामक किस्म का है। वे समझाते कि इधर दोबारा मत आना, हालाँकि मैं भी यही सोचे बैठा था कि कभी यहाँ सर्दियों में नहीं आऊँगा, लेकिन यही बात जब उन्होंने कही तो मैं अड़ गया - आऊँगा अगले साल भी यहाँ; चादर ट्रैक पूरा नहीं हुआ है, उसे पूरा करूँगा; और अच्छी तैयारियों के साथ आऊँगा। उनके पास भी कोई काम नहीं था और न ही मेरे पास। बड़ी देर तक इस बारे में बहस होती रही।

बर्फ गिरने के बाद सर्दी और भी बढ़ गई थी। तापमान मापने का हमारे पास कोई तरीका नहीं था, इसलिये मैं विमान से उतरते समय के

माइनस दस डिग्री को एक आधार बना लेता था। उस समय अच्छी धूप निकली थी और हवा भी नहीं थी, जब मैं लेह हवाई अड्डे पर उतरा था। वो तापमान सहनशक्ति के अन्दर था। बिना दस्ताने पहने आराम से बाहर घूमा जा सकता था, जबकि अब तापमान इतना कम हो गया था कि धूप में भी बिना दस्ताने के बाहर नहीं निकला जा रहा था। माइनस पन्द्रह से कम ही रहा होगा।

मैं चूँकि जेल में था इसलिये दो-चार बातें यहाँ की भी बतानी ज़रूरी हो जाती हैं। जेल एक अत्यन्त संवेदनशील जगह होती है, इसलिये मैंने हर तरह की छूट होने के बावजूद इसमें ज्यादा दिलचस्पी नहीं ली। कैदियों की बैरक सिपाहियों की बैरक के पास ही थी। कैदियों की सुरक्षा के लिये जम्मू-कश्मीर पुलिस के साथ सी.आर.पी.एफ. के जवान भी थे। सुबह नौ बजे के आसपास कैदियों को बाहर निकाला जाता। कुछ छोटा-मोटा काम कराया जाता, खासकर लकड़ी की चिराई, जो कि रात को जलाने के काम आती। कुछ लकड़ी कैदी ले जाते, कुछ पुलिस वाले, और कुछ सी.आर.पी.एफ. वाले। बाकी समय कैदी और पुलिस वाले साथ बाहर धूप में बैठकर ताश खेलते रहते। पता नहीं हर जेल में ही ऐसा होता है या केवल लेह की ही जेल में। सभी मौसम की मार से परेशान थे और अच्छा भ्रातृभाव था। हालाँकि कैद में रहना किसी को भी अच्छा नहीं लगता। अवश्य कुछ कैदी भाग जाने की कोशिश भी करते होंगे। कोई सफल होता होगा, कोई नहीं होता होगा।

सी.आर.पी.एफ. की बैरक में मिट्टी के तेल के हीटर लगातार जलते रहते जिससे अन्दर का तापमान काफ़ी बढ़ा होता। इन्हीं हीटरों पर सब्जी गर्म करने और रोटी सेंकने का काम किया जाता। लकड़ी का एक हीटर भी था जिसके लिये कोयले आते। बिजली का हीटर भी था। कुछ जवान अण्डा भी नहीं खाते थे। हालाँकि प्रावधान यह है कि ऐसे जवानों को अण्डे के ऐवज में कोई और चीज दी जाती है, लेकिन अण्डा न खाने वाले जवान भी अपने लिये अण्डा मँगवाते। इकट्ठा करते रहते और फिर किसी दिन बाजार जाकर बेच आते। उनका यह

काम मुझे तो अच्छा नहीं लगता था। 50-60 रुपये भी नहीं मिलते होंगे 36 अण्डों की एक ट्रे के, उसके लिये ये लोग ऐसा करते हैं। इसका उत्तर यह हो सकता है कि अभी भी सेना और अन्य बलों में जवान मध्यम-पिछड़े परिवारों से ही आते हैं; उनके लिये सप्ताह में 50-60 रुपये ऊपर से कमा लेना भी बड़ी बात होती है। मैंने हालाँकि इन्हें समझाया भी कि क्यों अपना पेट काटते हो? तुम्हें अण्डे के बदले दूसरी चीजें मिल सकती हैं, उन्हें मँगाया करो और जमकर खाया करो। क्यों 50 रुपये के मारे अपना ज़मीर ख़राब कर रहे हो? ये लोग मेरी सलाह नहीं मानेंगे, इसलिये अपने संक्षिप्त प्रवास में मैंने इनकी कई ट्रे खाली कर दीं। कभी अण्डे उबाल लेता तो कभी आमलेट बना लेता।

बैरक की खिड़कियों पर शीशे लगे थे। अन्दर काफ़ी आदमियों के होने के कारण उनकी साँस से जो नमी निकलती, सुबह तक शीशों पर जम जाती। दोपहर तक भी यह नमी बर्फ के रूप में शीशों पर देखी जा सकती थी।

अगले दिन मुझे नहला दिया गया। विकास ने बाल्टी भरकर हीटर से पानी गर्म कर दिया, बाथरूम में रख दिया और मेरे नहाने का ऐलान कर दिया। उसका समर्थन बाकी सभी ने किया। नहाना पड़ा। नहाने के बाद तौलिया बाहर बरामदे में टाँग दिया। घण्टे भर में ही ठण्ड से यह ऐसा हो गया जैसे कि प्लास्टिक की चादर हो। बाद में इसे अन्दर बैरक में सुखाया गया।

एक दिन भारत की क्रिकेट टीम का कोई मैच था। विरोधी टीम ने काफ़ी रन बनाये। इस मैच को पुलिस के दो-तीन कश्मीरी जवान भी देख रहे थे। ये मुसलमान थे। इधर सी.आर.पी.एफ. में सबसे वरिष्ठ मुहम्मद युसुफ थे। युसुफ ने सिपाहियों से पूछा कि बताओ, तुम्हें क्या लगता है, कौन जीतेगा? उन्होंने तपाक से कहा कि भारत हारेगा। इतना सुनते ही युसुफ उन पर उबल पड़े - कश्मीरियों, तुम्हारे मुँह से कभी भी भारत के बारे में शुभ वचन नहीं निकल सकते; यहीं का खाते हो और यहीं का विरोध करते हो; बाकी भारत के मुसलमानों को उतना

नहीं मिलता, जितना कश्मीर के मुसलमानों को मिलता है, लेकिन तुम रहोगे हमेशा पाकिस्तान के साथ ही। सिपाहियों ने कहा कि पाकिस्तान में हमारी कौम रहती है, वहाँ हमारे भाई-बन्धु रहते हैं। युसुफ ने उनकी हर बात काटी - क्या मैं मुसलमान नहीं हूँ? क्या मैं तुम्हारा भाई-बन्धु नहीं हूँ? अबे, जितने मुसलमान कुल मिलाकर पाकिस्तान में हैं, उससे ज्यादा तो अकेले यूपी में ही हैं; तुम्हें पाकिस्तान के मुसलमान भाई लग रहे हैं और हम जो वास्तव में तुम्हारे भाई हैं, वे दुश्मन दिख रहे हैं?

मामला काफ़ी गर्म हो गया। दो मुसलमान, देश के मुद्दे पर बहस कर रहे हैं। मैं भी कुछ कहना चाहता था, संकोचवश नहीं कह सका, आख़िर धर्म का मामला हमारे यहाँ बड़ा प्रबल है। खैर, इसकी पूर्ति युसुफ साहब ने बखूबी की। मैंने मन ही मन में युसुफ साहब के लिये तालियाँ बजाईं।

मैच में जब भारत की अच्छी पकड़ हो गई, कश्मीरी सिपाही वापस चले गये।

मेरा लेह से जेल आना-जाना काफ़ी रहा। मारुति ओमनी टैक्सी के रूप में चलती हैं, जो लोकल सवारी का भी काम करती हैं। लेह से जेल तक किराया पन्द्रह रुपये था। लेह से जब भी मुझे जेल जाना होता, मैं किसी से नहीं पूछता था, बल्कि चोगलम, चोगलम आवाज सुनकर चुपचाप टैक्सी में जा बैठता था। चोगलम यानी चोगलमसर।

पानी की बड़ी समस्या थी। एक काफ़ी बड़ी प्लास्टिक की टंकी जमीन में दबा रखी थी। हर दूसरे-तीसरे दिन टैंकर आता और इसमें पानी भरकर चला जाता। रोज सुबह इन लोगों को बड़ी मशक्कत करनी पड़ती। जमीन में दबे होने के कारण इसमें पानी पूरी तरह जमता तो नहीं था, लेकिन ऊपर मुँह के पास जम जाता था। सुबह यह बर्फ तोड़ी जाती। मोटे-मोटे सरिये इसमें मारे जाते, तब यह थोड़ी बहुत टूटती। फिर इसमें बाल्टी डालकर पानी निकाल लिया जाता, जिसे शीघ्र ही गर्म करके अन्दर बैरक में रख लिया जाता। यही पानी नहाने के काम आता और यही पीने के और यही बर्तन धोने के।

एक दिन कम्बल लेने गया। टैक्सी स्टैण्ड के पास ही एक चादर बाजार है। मुझे एक दुकान पर एक मोटा पश्मीना कम्बल पसन्द आ गया। इसकी कीमत बताई 3500 रुपये। दूसरे कम्बलों की कीमतें क्रमशः 2500, 2000 और 1600 रुपये पता चलीं। मैंने मोलभाव करके 3500 वाले को 2000 रुपये में तय कर लिया। पैक हो जाने के बाद जब मैं पैसे देने लगा, तभी दुकान पर एक लद्दाखी महिला आई। उसने 1600 वाले कम्बल की कीमत पूछी। दुकानदार ने बताया 480 रुपये। महिला 'ज्यादा है' कहकर चली गई। यही कम्बल उसने मुझे 1600 का बताया था और उस महिला को 480 रुपये का। महिला के अनुसार यह अभी भी ज्यादा था।

बस, मेरा माथा ठनक गया। अगर वह महिला मोलभाव करती तो यह कम्बल, जो मुझे 1600 का बताया था, उसे 200 तक में दे दिया जाता। मैंने पैक हो चुका कम्बल नहीं लिया। पश्मीना ऊन लद्दाख के लिये स्थानीय ऊन है। इसे बस भेड़ों से उतारकर 'प्रोसेस' होने के लिये भेज दिया जाता है। प्रोसेसिंग कुछ कश्मीर में होती है; अब शायद लद्दाख में भी होने लगी है। न बाहर कुछ जाता है और न ही बाहर से कुछ आता है इसके लिये, इसलिये पश्मीना कपड़ों की क़ीमत लद्दाख में काफ़ी कम है। राज्य से बाहर जाते ही इनकी क़ीमत कई गुना बढ़ जाती है।

लेह पैलेस और शांति स्तूप

21 जनवरी को पूरे दिन आराम करता रहा। अगले दिन यानी 22 जनवरी को लेह घूमने निकल पड़ा। 25 तारीख़ को वापसी की फ्लाइट है और मेरे पास इतने दिनों तक कुछ भी काम नहीं है। ये तीन दिन अब लेह और आसपास दस पन्द्रह किलोमीटर तक घूमने में बिताने पड़ेंगे।

सबसे पहले पहुँचा लेह पैलेस। इस नौ मंजिले महल का निर्माण

तिब्बत स्थित पोटाला राजमहल के अनुरूप किया गया है। नामग्याल सम्प्रदाय के संस्थापक सेवांग नामग्याल ने 1533 में इसका निर्माण शुरू किया और इनके भतीजे सेंगे नामग्याल ने इसे पूरा किया। इसमें मुख्यतः मिट्टी की ईंटों का प्रयोग हुआ है, जैसा कि लद्दाख में हर जगह होता है।

पैलेस बन्द था। मुख्य द्वार पर ताला लगा हुआ था। इसके सामने सेमो पहाड़ी पर एक गोम्पा भी दिख रहा था। यहाँ से गोम्पा तक जाने के लिये कच्ची पगडण्डी बनी थी, मैं इस पर चल पड़ा। ज्यादा चढ़ाई नहीं थी। ऊपर गोम्पा से लेह शहर का बड़ा भव्य नजारा दिख रहा था। कमी थी बस समय की कि सूर्य मेरे सामने था, अगर सूर्योदय का समय होता तो यहाँ से शहर का और भी शानदार नज़ारा देखने को मिलता व और भी शानदार फोटो आते।

मैं गोम्पा के अन्दर नहीं गया। बाहर ही बाहर से कुछ फोटो खींचे और वापस चल पड़ा। गोम्पा तक एक सड़क भी आती है, जो यहीं पर ख़त्म हो जाती है। लद्दाख के बाकी सभी हिस्सों की तरह यहाँ भी तीन-चार इंच बर्फ जमी पड़ी थी। मैं पिछले कई दिनों से बर्फ पर ही चल रहा था, इसलिये अब वैसा डर नहीं लगता था, जैसा पहले लगता था। इस सड़क पर कुछ दूर चलने पर पता चला कि यह खारदुंग-ला वाली सड़क से निकली हुई है।

खारदुंग-ला - यानी भारतीय दावे के अनुसार दुनिया की सबसे ऊँची सड़क - 5600 मीटर से भी ज्यादा। यह ऊँचाई ब्रिटिश समय में मापी गई थी। अब अत्याधुनिक जी.पी.एस. यन्त्र आ गये हैं, जिनसे पता चला है कि खारदुंग-ला की ऊँचाई 5300 मीटर के आसपास है और यह दुनिया की सबसे ऊँची सड़क नहीं है। तिब्बत और चिली में इससे भी ऊँची सड़कें हैं, यहाँ तक कि भारत में भी इससे ऊँची सड़कें हैं जैसे मारसिमिक ला, माणा पास आदि। इस गलत जानकारी के कारण भारत की किरकिरी तो होती ही है। अब समय है कि भारत को अपने इस 'विलक्षण' रिकार्ड को अपडेट कर लेना चाहिये।

जिस दिशा से मैं गोम्पा तक चढ़ा था, अब उससे विपरीत दिशा में नीचे उतरा। यह पगडण्डी पहाड़ी के उत्तर दिशा में है और इस कारण इधर बर्फ काफ़ी है। जल्दी ही नीचे उतरकर मैं एक सड़क पर पहुँचा।

ऊपर पहाड़ी से दूर एक और इमारत दिख रही थी। वो शान्ति स्तूप है। मैं इसी दिशा के अनुसार चल पड़ा। सड़क पर जगह-जगह पानी जमा हुआ था जिससे भयानक फिसलन बन गई थी। रास्ते में दो-तीन छोटे-छोटे तालाब भी मिले जो पूरी तरह जमे थे। एक तालाब पर बच्चे आइस हॉकी खेल रहे थे। मुझे सड़क पर पैदल चलते हुए फिसलने का डर लग रहा था और ये बेधड़क इधर से उधर भाग-भागकर आइस हॉकी खेलने और जीतने में लगे पड़े थे।

ढलानदार सड़क पर जहाँ भी जमी बर्फ मिलती, मेरा हलक सूख जाता। फिसलने का डर था, हालाँकि अति सावधानी के कारण कहीं फिसला नहीं।

शान्ति स्तूप का निर्माण जापानियों ने कराया है। जापान में बौद्ध धर्म है और वे भारत को बुद्ध भूमि होने के कारण काफ़ी पवित्र मानते हैं। भारत और नेपाल में उन्होंने कई स्थानों पर इस तरह के शान्ति स्तूपों का निर्माण कराया। मैंने एक शान्ति स्तूप नेपाल के पोखरा में भी देखा था।

स्तूप तक पहुँचने के लिये वैसे तो सड़क भी बनी है, लेकिन पैदल मार्ग से जाने पर साढ़े पाँच सौ सीढ़ियाँ चढ़नी होती हैं। स्तूप 4000 मीटर से भी ज्यादा ऊँचाई पर है। मैं आज पाँचवीं बार 4000 मीटर से ऊपर चढ़ा हूँ। इससे पहले अमरनाथ, श्रीखण्ड महादेव, तपोवन और रूपकुण्ड़ की यात्रा में इस ऊँचाई को पार कर चुका हूँ। अच्छा लगता है इस तरह के लेवल पार करना। हिमालय-पार में यानी लद्दाख में 4000 मीटर तक पहुँचना आसान है क्योंकि औसत ऊँचाई ही 3500 मीटर के आसपास होती है, लेकिन हिमालय में 4000 मीटर तक पहुँचना बड़ी बात होती है। केवल ट्रेकिंग द्वारा ही

यहाँ तक पहुँचा जा सकता है। हिमाचल में केवल साच पास, बारालाचा-ला और कुंजुम दर्रे ही ऐसे हैं जहाँ 4000 मीटर से ऊपर सड़क है, लेकिन उत्तराखण्ड में माणा पास को छोड़कर कोई और सड़क इतनी ऊँचाई पर नहीं है। माणा पास भी तिब्बत सीमा के पास स्थित होने के कारण आम आदमी की पहुँच से बहुत दूर है। ये चारों स्थान ऐसी जगह पर हैं जहाँ हिमालय और हिमालय-पार की सीमा है। बारालाचा-ला तो पूरी तरह हिमालय-पार में है।

शान्ति स्तूप से लेह और इसके आसपास का दृश्य और भी शानदार दिखता है। सूर्य छिपने जा रहा था। दूर उत्तर दिशा में सफ़ेदी ओढ़े पहाड़ नज़र आ रहे थे। अचानक ध्यान आया कि वहीं पर खारदुंग-ला है। मैं गूगल मैप और गूगल अर्थ पर नक्शे देखता रहता हूँ, इसलिये पता था कि खारदुंग-ला वहीं पर है। और गौर से देखा तो सफ़ेदी के बीच टेढ़ी-मेढ़ी जाती सड़क भी दिख गई। यहीं से अनुमान लगाया कि खारदुंग-ला खुला है। बाद में यह अनुमान सही निकला। बर्फबारी होने के बावजूद खारदुंग-ला खुला था।

लद्दाख को अक्सर बर्फीली जगह समझ लिया जाता है। जो कभी लद्दाख नहीं गये, वे यही सोचते हैं कि वहाँ चारों ओर बर्फ का साम्राज्य रहता होगा। सर्दियों में बर्फ के नीचे दबे रहते होंगे सब। नीचे ही नीचे सुरंगें बनाकर यहाँ से वहाँ जाते होंगे; लेकिन ऐसा नहीं है। लद्दाख एक मरुस्थल है और यहाँ बारिश नाममात्र को होती है। बर्फबारी भी बादलों के ही कारण होती है, तो बर्फ भी कम ही पड़ती है। आप कभी लद्दाख जाओ तो बर्फ की उम्मीद लेकर मत जाना।

जब तक शान्ति स्तूप से नीचे उतरकर लेह के मुख्य बाजार में आया, तो छः बज चुके थे और अँधेरा होने लगा था। आज मोमो की एक दुकान मिल गई। साढ़े छः के बाद जब जेल पहुँचा तो सर्दी सहनशक्ति से बाहर हो चुकी थी। सभी साथी परेशान हो गये थे कि अँधेरा हो गया है, अभी तक आया नहीं। पहुँचा तो सभी हिदायतें देने लगे।

एक बात मन को कचोटने लगी। मैं परसों से यहाँ खाली पड़ा हूँ। कल तो जेल से बाहर भी नहीं निकला। जेल से खारदुंग-ला बिल्कुल स्पष्ट दिखता है, फिर क्यों ध्यान में नहीं आया कि खारदुंग-ला पार करूँ? मैं कल अगर परमिट ले लेता तो आज खारदुंग-ला पार करके दो दिनों के लिये नुब्रा घाटी जा सकता था, जहाँ दो कूबड़ वाले ऊँट मिलते हैं। कल 23 तारीख़ की दोपहर तक परमिट मिलेगा; 24 को केवल खारदुंग-ला तक ही जाया जा सकेगा। लेह से सुबह के समय सभी दिशाओं में बसें चलती हैं। नुब्रा घाटी की बस सुबह ही चली जायेगी; दोपहर तक परमिट मिलेगा, तो दोपहर बाद उधर जाने के लिये कोई बस नहीं मिलेगी। इसलिये परसों ही उधर जाया जा सकता है। अगले दिन यानी 25 को मेरी फ्लाइट है इसलिये परसों शाम तक लेह लौटना भी है, इसलिये खारदुंग-ला ही देखने जाऊँगा, आगे नुब्रा घाटी नहीं जाऊँगा।

उस समय खारदुंग-ला और नुब्रा घाटी में जाने का परमिट लगता था जो डी.सी. ऑफिस से बनता था। अब (मई 2014 के बाद से) यह परमिट हटा लिया गया है। कोई भी भारतीय नागरिक बिना परमिट के उधर जा सकता है। हाँ, आपको सेल्फ डिक्लरेशन फॉर्म साथ ले लेना चाहिये जो लेह में फोटोस्टेट की दुकानों पर आसानी से मिल जाता है। इसे स्वयं भरकर अपने हस्ताक्षर करके चेकपोस्ट पर जमा करना होता है, वो भी तब जब माँगा जाये। कभी इसकी ज़रूरत पड़ जाती है, कभी नहीं पड़ती। पुलिस और सेना आदि यह जानने के लिये यह फॉर्म भरवाते हैं कि आगे कितने लोग गये हैं।

हालाँकि साल 2017 में फिर से परमिट लेना अनिवार्य कर दिया गया था।

खैर, मेरे लिये इतना भी काफ़ी है। कल खारदुंग-ला जाने का परमिट लूँगा और पता करूँगा कि सुबह कितने बजे वहाँ के लिये बस जायेगी।

खारदुंग-ला का परमिट और शे गोम्पा

23 जनवरी 2013

आज तो खारदुंग-ला का परमिट ले ही लेना था। डी.सी. ऑफिस नौ बजे खुलेगा और जैसा कि सरकारी कार्यालयों में होता है, कम से कम बारह बजे से पहले परमिट नहीं मिलेगा। ऐसा मैंने सोचा था, हालाँकि यहाँ ऐसा नहीं होता। आपके पास पूरे कागज हों तो काम फटाफट हो जाता है। तो मैंने यही सोचा कि परमिट मिलने में बारह बज जाने हैं; उस समय खारदुंग-ला जाने के लिये कोई बस नहीं मिलेगी, इसलिये कल का ही परमिट लूँगा और कल ही जाऊँगा। मैंने अपनी यह इच्छा साथियों से बताई। सुनते ही युसुफ साहब ने कहा कि परमिट की चिन्ता मत करो, तुम्हें सी.आर.पी.एफ. की तरफ से परमिट दिला देंगे; जल्दी मिल जायेगा और कोई कागज-पत्र भी नहीं चाहिये होंगे। हालाँकि बाद में सी.आर.पी.एफ. की तरफ से परमिट नहीं बन सका। अब मुझे खुद डिप्टी कमिश्नर के कार्यालय से परमिट बनवाना था।

विकास के साथ परेड वाली बस में बैठकर परेड ग्राउंड पहुँचा। यहाँ 26 जनवरी के मद्देनजर रोज दो-दो तीन-तीन घण्टे की परेड हो रही थी। परेड में सेना, भारत तिब्बत पुलिस, सी.आर.पी.एफ., राज्य पुलिस, एन.सी.सी. आदि थे। सुबह का समय और इन सबको दो-दो घण्टे परेड में लगाने पड़ रहे थे, माइनस तापमान में। इस समय मेरे हाथ जेब में होने के बावजूद अत्यधिक ठण्डे थे। इन्हें खुले मैदान में परेड भी करनी होती है और सीमित कपड़े भी पहनने होते हैं। इस बारे में साथियों से बात भी की थी। वाकई सब बड़े परेशान थे, लेकिन गणतन्त्र दिवस की परेड तो करनी ही थी, इसे छोड़ा नहीं जा सकता था।

परेड मैदान के बगल में डिप्टी कमिश्नर का कार्यालय है। मुख्य प्रवेश द्वार से अन्दर घुसते ही बायें हाथ एक ऑफिस है। यहाँ से

खारदुंग-ला समेत हर जगह का परमिट बनता है। उन्होंने मुझसे कहा कि बाहर जाकर किसी भी फोटो-स्टेट वाली दुकान से दो इंडिया फार्म खरीदकर लाओ, साथ ही अपने पहचान-पत्र की छायाप्रति भी।

काफी दूर जाकर एक फोटोस्टेट वाली दुकान मिली। आसानी से इंडिया फार्म मिल गया। इंडिया फार्म अर्थात भारतीयों के लिये परमिट-फार्म। विदेशियों के लिये अलग फार्म होता है और अलग प्रक्रिया होती है। विदेशियों की पूरी प्रक्रिया का तो मुझे नहीं पता, लेकिन सुना है कि उन्हें लेह से आगे अकेले जाने की अनुमति नहीं है। उन्हें कम से कम दो के ग्रुप में जाना होगा और किसी रजिस्टर्ड ट्रैवल एजेण्ट के माध्यम से ही जा सकते हैं। कुछ देशों, जैसे पाकिस्तान, अफगानिस्तान, चीन आदि के निवासियों को लेह से आगे जाने का परमिट यहाँ से नहीं मिलता; उन्हें यह दिल्ली स्थित गृह-मन्त्रालय ही जारी करता है।

पहचान-पत्र की छायाप्रति कराके वापस डी.सी. ऑफिस पहुँचा। बोले कि एक प्रार्थना-पत्र लिखो कि खारदुंग-ला जाना है। इधर मैंने प्रार्थना-पत्र लिखा, उधर इंडिया फार्म पर मोहर और हस्ताक्षर हो गये। परमिट तैयार। कल यानी 24 जनवरी को वहाँ जाऊँगा।

नीचे बस अड्डे पर पहुँचा। इरादा था आज शे और ठिक्से गोम्पा देखने का। जाते ही शे की बस मिल गई। बीस रुपये लगे शे जाने में। बस जेल के सामने से ही निकलकर गई। हालाँकि शे तक शेयर्ड टैक्सियाँ भी चलती हैं, लेकिन बस सस्ती पड़ती है।

शे गोम्पा में आज कोई धार्मिक आयोजन चल रहा था। काफ़ी लोग थे और मेले का माहौल था। गोम्पा के सामने पंडाल लगा था और लोगबाग बैठे थे। लद्दाखी भाषा में धर्मगुरु प्रवचन कर रहे थे। यह गोम्पा नया बना है। सजावट शानदार है। लोग इसकी परिक्रमा कर रहे थे। परिक्रमा लद्दाखी जनजीवन में अहम है। पवित्र चीज की परिक्रमा करके ही लद्दाखी आगे बढ़ते हैं। मैंने भी गोम्पा का एक चक्कर लगाया। यह स्थान काफ़ी बड़े समतल मैदान में स्थित है इसलिये

परिक्रमा करने में न कहीं चढ़ना पड़ा और न ही उतरना पड़ा। अच्छी धूप निकली थी। एक छोटी-सी दीवार पर बैठ गया। हालाँकि दीवार अत्यधिक ठण्डी थी, लेकिन तेज धूप मुझे गर्मी प्रदान कर रही थी। यहीं दूर-दराज से आये लोग भी बैठे आराम कर रहे थे, खाना खा रहे थे और धूप सेंक रहे थे। एक भिखारिन मोटे-मोटे दस्ताने पहने कटोरा पकड़े थी। कोई-कोई उसमें पैसे भी डाल देता। जिन्दगी चल रही थी, मैं देख रहा था।

मुझे पता था कि शे गोम्पा में बुद्ध की बड़ी विशाल मूर्ति है। इसे देखने की इच्छा थी। एक से इस बारे में पूछा तो पता चला कि वह मूर्ति पुराने गोम्पा में है, इस नये गोम्पा में नहीं है। पुराना गोम्पा यहाँ से क़रीब एक किलोमीटर दूर लेह की तरफ है।

पैदल एक किलोमीटर गया। रास्ता ढलान वाला था। लेह जाने वाली सड़क पर ही चलते जाना था। शे पैलेस का एक सूचना-पट्ट मिला। इसे सन 1650 के आसपास देल्दन नामग्याल ने बनवाया था। बताते हैं कि यहीं शाक्यमुनि बुद्ध की तीन मंजिली ऊँची प्रतिमा है।

राजमहल नीचे से ऊपर तक एक छोटी पहाड़ी पर बना हुआ है। इसके अन्दर से होता हुआ मैं पहले इस पहाड़ी के शीर्ष पर पहुँचा। जाकर पता चला कि मैं गलत आ गया हूँ, बुद्ध प्रतिमा कहीं और है। बताने वाला कोई नहीं था। मुझे लगा कि प्रतिमा तक जाने के लिये पहले नीचे महल तक उतरना पड़ेगा, फिर दूसरी दिशा में पुनः चढ़ना पड़ेगा।

बुद्ध मूर्ति देखने की चाहत थी, इसलिये ऐसा करना पड़ा। राजमहल के पीछे से रास्ता जाता दिखा। आदमजात कोई नहीं मिली। सब के सब एक किलोमीटर दूर वाले गोम्पा में पूजा में भाग ले रहे थे।

कुछ खण्डहर मिले। इनकी दीवारें मिट्टी की ईंटों की थी - कच्ची ईंटें। लद्दाख में चूँकि बारिश नाममात्र की होती है, इसलिये मिट्टी के घर कामयाब रहते हैं। यह पुराना महल था; काफ़ी पुराना... इसलिये

ऐसी जगहों पर खण्डहर भी मिल जाते हैं।

बर्फ ने कभी भी पीछा नहीं छोड़ा - थी तो थोड़ी ही, लेकिन ढाल ऐसा था कि एक स्थान से आगे बढ़ना मेरे लिये असम्भव हो गया। वापस नीचे उतर आया। बर्फ पर कुछ ही पैरों के निशान पड़े थे, जबकि बर्फ पड़े चार दिन हो चुके थे। इसका अर्थ था कि अब इस स्थान को त्याग दिया गया है। कोई नहीं आता यहाँ, या फिर गर्मियों में आते होंगे।

वापस नीचे राजमहल में उतरा। सोचा कि शे की प्रसिद्धि तीन मंजिल ऊँची बुद्ध प्रतिमा के कारण है; वह बुद्ध प्रतिमा वहाँ ऊपर हो सकती है, जहाँ तक मैं नहीं पहुँच सका। नीचे से देखने पर बुद्ध प्रतिमा तो नहीं दिखाई पड़ी, लेकिन इतना अनुमान अवश्य हो रहा था कि वहाँ ऊपर कोई छत आदि नहीं है।

तो क्या प्रतिमा खुले में है?

या फिर राजमहल में है?

राजमहल में भी कोई नहीं था। ज्यादा बड़ा भी नहीं था। इसमें अन्दर घूमा तो देखा कि एक कमरा बन्द है। इसमें कई ताले और मोहरें लगी हैं। यह कमरा काफ़ी ऊँचा मालूम हुआ। हो सकता है कि बुद्ध प्रतिमा इसी के अन्दर हो; लेकिन मुझे नहीं लगता कि राजमहल के अन्दर प्रतिमा होगी... या फिर हो भी सकती है।

मैंने लगभग दो घण्टे यहाँ बिताये। इस दौरान कोई नहीं आया। एकाध आदमी नीचे सड़क के पास ज़रूर खड़ा दिखाई पड़ा। निराश होकर मैं भी सड़क पर पहुँचा और ठिक्से जाने के लिये बस की प्रतीक्षा करने लगा। ठिक्से गोम्पा भी लद्दाख का बड़ा प्रसिद्ध गोम्पा है। लद्दाख जाने वाले ज्यादातर लोग ठिक्से भी जाते हैं। ठिक्से चूँकि लेह-मनाली रोड पर है, इसलिये या तो इसे मनाली से लेह जाते हुए देखते हैं या लेह से मनाली जाते हुए। कुछ लोग एक दिन में शे, ठिक्से, स्टैक्ना, स्टोक और हेमिस गोम्पाओं को भी देख आते हैं। ये

सभी स्थान इसी सड़क के इर्द-गिर्द पास-पास ही हैं।

शे महोत्सव की वजह से शे से आगे जाने के लिये कोई गाड़ी नहीं मिली। आख़िरकार आधे घण्टे बाद वापस लेह की टैक्सी पकड़ी और जेल पहुँच गया।

लेह में परेड और युद्ध संग्रहालय

24 जनवरी - आज मुझे खारदुंग-ला जाना था। कोई और दिन होता तो मैं नौ-दस बजे सोकर उठता, लेकिन आज सात बजे ही उठ गया। आज का पूरा दिन खारदुंग-ला को समर्पित था। सोच रखा था कि हर हाल में वहाँ तक जाना है और टैक्सी भी नहीं करनी है। बस मिलेगी तो ठीक है, नहीं तो कुछ आगे जाकर किसी ट्रक में बैठ जाऊँगा। ट्रक इस सड़क पर चलते रहते हैं। परमिट था ही मेरे पास। खारदुंग-ला को दुनिया की सबसे ऊँची सड़क कहा जाता है, हालाँकि यह सबसे ऊँची सड़क नहीं है, फिर भी इसका इतना नाम है कि गर्मियों में यहाँ जाने के लिये गाड़ियों की लाइनें लगी रहती हैं। मैं सर्दियों में लेह में था, तो कम से कम खारदुंग-ला तक जाना तो बनता था। अगर आप सर्दियों में लद्दाख में हैं तो तीन जगहें देखनी ज़रूरी हो जाती हैं - जमी हुई जांस्कर नदी यानी चादर, खारदुंग-ला और पेंगोंग झील। मैंने चादर तो देख ली, अब खारदुंग-ला और पेंगोंग बचे। कई दिनों से देखता आ रहा था कि खारदुंग-ला खुला है; तो पेंगोंग के रास्ते में पड़ने वाला चांग-ला भी खुला होगा। सर्दियों में पेंगोंग झील जम जाती है और यह इतनी कठोर हो जाती है कि इस पर गाड़ियाँ भी चलाई जा सकती हैं।

लेकिन एक तो परमिट का चक्कर और...। मुझे कहीं भी परमिट लेना अच्छा नहीं लगता, हालाँकि यहाँ परमिट आसानी से मिल जाता है। आप केवल परमिट के लिये आवेदन करो और परमिट आपको मिल जायेगा। दूसरी बात कि पेंगोंग जाने के लिये सप्ताह में केवल एक

ही दिन बस जाती है। मैं पेंगोंग जाऊँगा तो एक रात वहाँ रुकना भी बनता है। बस, उसी दिन लेह वापस लौट आती है। मुझे रात रुकने का मौका नहीं मिलेगा। रात रुकूँगा भी तो अगले दिन कैसे वापस लेह आऊँगा? सर्दियों में वैसे भी न टूरिस्ट आते हैं और न यातायात चलता है। धुर से धुर तक जमी हुई झील को देखना विलक्षण अनुभव होता होगा, इस वजह से मैं पेंगोंग जाने से रुक गया। अगली बार कभी इस मौसम में लद्दाख आया तो पेंगोंग अवश्य जाऊँगा।

आज परेड मैदान पर गणतन्त्र दिवस परेड का रिहर्सल भी होना था। मेरे सी.आर.पी.एफ. वाले सभी साथी परेड के लिये तैयार हो रहे थे। विकास ने कहा कि मुझे लेह में गणतन्त्र दिवस देखने को तो नहीं मिलेगा, लेकिन रिहर्सल ज़रूर देखना। रिहर्सल दस बजे के बाद होनी थी। मैंने ग्यारह बजे तक लेह में रुकने में आपत्ति की, कि जल्दी से जल्दी खारदुंग-ला जाना है, लेकिन विकास ने अपने कुछ तर्क लगाकर मुझे रुकने पर बाध्य कर दिया।

अचानक गाँव से पिताजी का फोन आया। वे उधर सर्दी से त्रस्त थे और ऐसे में मेरे लद्दाख आने पर बड़ा क्रोध कर रहे थे। हालाँकि उन्हें पता था कि मैं यहाँ आया हूँ। विकास के बारे में उन्होंने ही बताया था। अवश्य उनकी विकास से कोई बात हुई होगी। शायद विकास ने उन्हें बताया हो कि मैं खारदुंग-ला जा रहा हूँ यानी ऐसी जगह जहाँ लेह से भी बहुत ज्यादा ठण्ड है। मैंने खूब समझाया, लेकिन वे और ज्यादा क्रोधित होते गए। इसका नतीज़ा यह हुआ कि मन बहुत भारी हो गया। कहाँ तो खारदुंग-ला जाने की उत्सुकता और खुशी थी, कहाँ अब सब उदासी और गुस्से में परिवर्तित हो गया। खारदुंग-ला जाने की अब कोई खुशी नहीं बची।

विकास पर भी गुस्सा आ रहा था और पिताजी पर भी। विकास अच्छी तरह जानता था कि मैं यहाँ सुरक्षित हूँ। हाँ, भयंकर ठण्ड अवश्य है, लेकिन जिस तरह मैं कई दिनों से लेह में हूँ और चादर ट्रैक भी करके आया हूँ, उसे समझ जाना चाहिये था कि ठण्ड मुझे किसी

भी तरह प्रभावित नहीं कर रही है। और उधर पिताजी तो आम भारतीय अभिभावक की ही तरह हैं। लड़के को उनसे पूछे बिना कोई कदम नहीं उठाना चाहिये। कदम उठा लिया तो फिर डाँट-फटकार आपके लिये हमेशा तैयार रहेगी, लेकिन अगर आपको आगे बढ़ना है तो इस डाँट-फटकार को नज़रअन्दाज़ करना सीखना होगा। हमेशा की तरह आज भी मैं उनकी फटकार को नज़रअन्दाज़ कर सकता था, लेकिन विकास भी मुझे खारदुंग-ला जाने से रोकने पर अड़ा था। इन सबको देखते हुए यह नन्हीं सी जान किस-किस का प्रतिरोध करता?

परेड मैदान पहुँचा। चारों तरफ काफ़ी दर्शक थे। धूप होने के बावजूद ठण्ड चरम पर थी। हाथों से दस्ताने नहीं उतारे जा सकते थे।

परेड में स्कूली बच्चे, स्काउट, गाइड, एन.सी.सी. कैडेट, राज्य पुलिस, आई.टी.बी.पी., सी.आर.पी.एफ., बी.एस.एफ., सेना के अलावा लामा भी थे। सभी का अनुशासित तरीके से पैदल मार्च अच्छा लगा। सलामी के लिये शायद डिप्टी कमिश्नर आये हुए थे। कौन-सा दूर से आना था! डिप्टी कमिश्नर कार्यालय के सामने ही परेड मैदान है। इसे पोलो ग्राउण्ड कहा जाता है, लेकिन बाकी समय यहाँ पार्किंग होती है। इन कुछ दिनों के लिये इसे परेड के लिये खाली करा दिया जाता है। यहाँ से एक गली सीधे लेह के मेन मार्किट के पास मस्जिद तक भी जाती है। यह सँकरी गली है और इस पर पोलो ग्राउण्ड से मस्जिद तक बर्फ ही बर्फ जमी थी; बर्फबारी वाली बर्फ नहीं बल्कि नाली से बाहर छलककर बहे पानी की बर्फ। पहली बार विकास के एक मित्र के साथ मुझे इस गली से गुजरना पड़ा, बड़ी मुश्किल से पार हुई। उसके बाद कई बार इधर से आने-जाने की नौबत आई, लेकिन हमेशा टैक्सी स्टैण्ड़ का चक्कर लगाकर ही गया।

परेड ख़त्म होने तक ग्यारह बज चुके थे। मैं वैसे तो अभी भी खारदुंग-ला जा सकता था, लेकिन मन बेहद उदास था। इच्छा थी कि कहीं एकान्त में धूप में दो-तीन घण्टे बैठा रहूँ। इसके लिये पिटुक गोम्पा एक उपयुक्त स्थान लगा। पिटुक को अंग्रेजी में स्पिटुक कहते

हैं। टैक्सी स्टैण्ड से एयरपोर्ट की तरफ़ जाने वाली टैक्सी पकड़ी और पिटुक के लिये चल दिया।

संयोग से यह वही टैक्सी थी जिससे मैं कुछ दिन पहले चिलिंग गया था। ड्राइवर इब्राहिम था। हाल-चाल के अलावा हममें कोई और बात नहीं हुई। आपको याद होगा कि तब चिलिंग पहुँचने पर उसने मुझसे चौबीस सौ रुपये माँगे थे, लेकिन मैंने उसे बारह सौ ही दिये थे।

एयरपोर्ट से कुछ आगे कैंटीन है। ड्राइवर ने यहीं से टैक्सी वापस मोड़ ली कि आगे नहीं जाऊँगा। मैं पैदल चल पड़ा। क़रीब एक किलोमीटर आगे युद्ध संग्रहालय है। प्रवेश शुल्क दस रुपये है और फोटो खींचने का शुल्क पचास रुपये। मैंने साठ रुपये देकर पर्ची ले ली।

दो कमरों में लद्दाख के बारे में काफ़ी जानकारी थी। लद्दाख की विभिन्न जनजातियों की वेशभूषा, जंगली जानवर, पेड़ पौधे, विभिन्न मोनेस्ट्री - जैसे हेमिस, फ्यांग, ठिक्से, लिकिर, लामायुरू, पिटुक आदि के बारे में सामान्य जानकारी दी गई थी। बाकी के हिस्से में लद्दाख के इतिहास, सैनिक जानकारी, हथियार आदि का काफ़ी अच्छा संग्रह है। कारगिल युद्ध के समय प्रसिद्ध हुई चोटियों जैसे तोलोलिंग, टाइगर हिल आदि की भौगोलिक स्थिति दर्शाता नक्शा भी था।

सियाचिन गैलरी में सियाचिन ग्लेशियर से सम्बन्धित हर जानकारी है। इसमें सैनिकों की वेशभूषा, खानपान, रहन-सहन, मानचित्र, उपकरण और चित्र संग्रहीत हैं।

युद्ध और गश्त के दौरान पाकिस्तानी सेना से मुठभेड़ होती रहती है। इसमें पाकिस्तानियों की डायरी और पत्र आदि भी मिलते हैं। ऐसे ही एक पत्र में अल्लाह से एक प्रार्थना भी की गई है -

"बिस्मिल्लाह रहमाने रहीम दुआए दुश्मन के मिसाइल, रॉकेट, बम्ब, गोला और हर किस्म के हथियार को रफ़ासुत हाफिज रहे।

या अल्लाह-ताला बलाल ओ पी में 100 साल के लिये दुश्मन के हथियार से हाफिज रखें, आमीन।

या अल्लाह मदद... या अल्लाह मदद... या अल्लाह मदद... या अल्लाह मदद...

या अल्ला-ताला खैर करे...

या वक्त के इमाम नूरे मौला साये करम सौ साल के लिये बलाल ओ पी में हर दुश्मन के हथियार से हाफिज रखे।

या अल्लाह-ताला हम सब तेरे निगाह में हैं, हमें अपना अपना मिले।

बलाल ओ पी दुश्मन के हर हथियार से हमें हाफिज रखे, आमीन सुम्मा अली।''

गौरतलब है कि बलाल ओ पी एक पाकिस्तानी सैन्य ठिकाना है। इनके अलावा जो सबसे महत्वपूर्ण जानकारी है, वो है जनरल जोरावर सिंह के लद्दाख अभियानों का विस्तृत विवरण। कश्मीर के राजा गुलाब सिंह की सेना में जनरल जोरावर सिंह थे। सन् 1835 के आरम्भ मे जोरावर सिंह ने पहला लद्दाखी अभियान किया। यह अभियान श्रीनगर, कारगिल के रास्ते किया गया था। इसी साल नवम्बर में दूसरा अभियान किया गया, जो किश्तवाड़ से जांस्कर के रास्ते किया गया था। इसी रास्ते नवम्बर 1837 और मई 1839 में जोरावर सिंह तीसरी और चौथी बार लद्दाख जा धमका। तभी से लद्दाख भारत का अंग हो गया। आज अगर कभी भी आप लद्दाख जायें तो जोरावर सिंह को अवश्य याद करना; अन्यथा लद्दाख तिब्बत और आज चीन का अंग होता।

पूर्वी लद्दाख में 1962 में चीनी आक्रमण का काफ़ी वर्णन भी यहाँ है। पता चला कि जिस तरह नेफ़ा में चीनी सेना गुवाहाटी तक पहुँच गई थी, ऐसा लद्दाख में नहीं हुआ; फिर भी चीन काफ़ी बड़े भारतीय भू-भाग पर कब्जा करने में सफल रहा।

संग्रहालय से निकलकर मैं पिटुक के लिये चल पड़ा। युद्ध संग्रहालय से पिटुक गोम्पा क़रीब दो किलोमीटर कारगिल रोड पर है। मैं पैदल ही चलता-चलता पहुँच गया। रास्ते में हवाई अड्डा है।

पहले भी कह चुका हूँ कि मन बुरी तरह उदास था; मैं किसी एकान्त धूपदार स्थान पर घण्टे भर के लिये बैठना चाहता था। पिटुक के पास इसी पहाड़ी पर एक छोटा-सा मैदान है, जिसके एक सिरे पर बुद्ध मूर्ति है। मैं वहाँ चला गया। अभी भी हर जगह बर्फ थी, लेकिन पिछले कई दिनों से लगातार अच्छी धूप निकलने के कारण यह कितने ही स्थानों से पिघल चुकी थी। मैदान तक जाने वाली सीढ़ियों में अन्तिम कुछ सीढ़ियाँ बर्फ-रहित थीं। यह स्थान मुझे बैठने के लिये उपयुक्त लगा।

घण्टे भर तक बैठा रहा; साथ कुछ किशमिश लाया था, खाता रहा। हवाई पट्टी यहाँ से दूर नहीं है, स्पष्ट दिखती है। इस दौरान वायुसेना का एक विमान भी उतरा। कल मुझे यहाँ से वापस दिल्ली चले जाना है। आज का आधे से ज्यादा दिन बीत चुका है। कुछ देर में यहाँ से चलकर जेल जाऊँगा; खाऊँगा और सो जाऊँगा। सुबह उठूँगा तो वापसी की उल्टी गिनती शुरू हो जायेगी। घर जाकर घरवालों के प्रति भावी योजनाएँ बनाऊँगा। मुझे घुमक्कड़ी में बहुत आगे बढ़ना है। किसी की रोक-टोक सहन नहीं हो सकती। घरवाले मानते हैं तो ठीक, नहीं मानते तो भी ठीक।

बैठे-बैठे सुकून तो उतना नहीं मिला, क्योंकि पिछवाड़ा ठण्डी सीढ़ियों से सुन्न हो गया था, लेकिन धूप अच्छी लगी। सामने सिन्धु नदी बह रही थी। सिन्धु के उस पार स्टोक पर्वतमाला है, जिसमें स्टोक कांगड़ी शिखर सबसे ऊँचा है। शायद मुझे स्टोक कांगड़ी दिख भी रहा हो, लेकिन पहचान नहीं पाया। स्टोक कांगड़ी एक ऐसी चोटी है, जहाँ ट्रैकर भी जा सकते हैं, यानी ट्रैकिंग पीक है। अक्सर ट्रैकर दर्रे लाँघा करते हैं। चोटियाँ फतह करने का काम पर्वतारोहियों का होता है, लेकिन स्टोक कांगड़ी ऐसी चोटी नहीं है। मैं पर्वतारोही नहीं हूँ, एक

ट्रैकर ही हूँ, इसलिये कभी न कभी मैं भी इस चोटी पर चढ़ूँगा।

घण्टे भर बाद यहाँ से निकलकर पिटुक गोम्पा में चला गया। कोई नहीं दिखा। कुछ देर बाद एक स्थानीय परिवार भी गोम्पा देखने आया। मैं उनके पीछे-पीछे हो लिया। इससे पहले मुझे डर था कि कोई लामा मुझे या मेरे जूतों को देखकर भगा न दे, लेकिन इनके पीछे-पीछे लगे रहने से यह चिन्ता दूर हो गई। ये लोग मन्त्रों से भरे पहियों यानी माने को घुमाते हुए चल रहे थे।

यह गेलुक्पा सम्प्रदाय से सम्बन्धित है और इसकी स्थापना ग्यारहवीं शताब्दी में हुई थी। यह काफ़ी विशाल है और इसमें मुख्य प्रतिमा भगवान बुद्ध की है। प्रतिमा इस समय एक कमरे में ताले में बन्द थी। कमरे के बाहर सोयाबीन के तेल की बोतलें काफ़ी मात्रा में थीं। गोम्पा में सोयाबीन का तेल चढ़ाया जाता है।

इस पहाड़ी के सर्वोच्च स्थान पर भी कुछ बना है। हिन्दू इसे काली माता का मन्दिर कहते हैं, जबकि मुझे वहाँ जाने पर कहीं भी हिन्दुत्व के लक्षण नहीं दिखे। सोयाबीन की बोतलों का यहाँ भी विशाल संग्रह है। सोयाबीन के बीच में एकाध सरसों के तेल की शीशी भी थी। अन्दर कोल्ड-ड्रिंक से लेकर अंग्रेजी दारू तक की बोतलें मैंने यहाँ देखीं। दारू शायद काली के लिये थी। सिद्ध हो गया कि यह काली मन्दिर भी है।

केवल काली मन्दिर के अन्दर फोटो खींचने की मनाही थी। पुजारी, जिसे लामा भी कह सकते हैं, ने मुझे देखकर चार दाने चिबोनी के दे दिये और बड़ी अजीब-सी शक्ल बना ली। इशारा काफ़ी था। मैंने एक रुपया निकालने के चक्कर में जेब में हाथ डाला और पाँच का सिक्का निकल गया। काली दरबार में पाँच रुपये जमा करने पड़े। हालाँकि काली मन्दिर में काफ़ी गर्मी थी, बाहर की ठण्ड से बचकर दस मिनट मन्दिर में बैठना अच्छा लगा।

वापस मेन रोड पर आया। टैक्सी पकड़ी और दस रुपये में मेन चौक पर। यहाँ से सड़क पार करके चोगलमसर वाली टैक्सी ली और

जेल तक जाने के पन्द्रह रुपये और लगे।

दिल्ली से चलने से पहले मुम्बई के एक मित्र का फोन आया था कि लेह से सिन्धु जल लेकर आना है। अभी मेरे पास काफ़ी समय था। कल फ्लाइट वैसे तो ग्यारह बजे के बाद है, लेकिन पता नहीं समय मिल सके या नहीं, इसलिये यह कर्तव्य आज ही पूरा करना था। जिस बोतल को मैं दिल्ली से अब तक पानी पीने के लिये प्रयोग कर रहा था, उसी बोतल को लेकर पुनः सिन्धु घाट पहुँचा, लेकिन बोतल भरने में पसीने छूट गये। सिन्धु के किनारे जमे हुए थे। किसी तरह बर्फ तोड़ी और फिर बोतल भरी। इस दौरान थोड़ा-सा पानी उँगलियों को भी स्पर्श कर गया। बस यही मुख्य दिक्कत आई बोतल भरने में।

पिछले चार दिनों से मैं लेह में ही घूम रहा था, अब बोरियत होने लगी थी। रोजाना वही दिनचर्या, वही नजारे...। कल सुबह यात्रा समाप्त करके दिल्ली के लिये उड़ जाना है।

लेह से दिल्ली वापस

25 जनवरी 2013 की सुबह थी। आज मुझे दिल्ली के लिये उड़ जाना है। सी.आर.पी.एफ. के कुछ मित्र भी आज दिल्ली जायेंगे। उन्हें सरकार की तरफ से वारण्ट मिलता है, जो वायुमार्ग से लेह से जम्मू के लिये ही मान्य होता है। जम्मू से उन्हें ट्रेन पकड़नी पड़ेगी। उन्हें चूँकि दिल्ली जाना है, इसलिये वे जोड़-तोड़ करने जल्दी ही विमानपत्तन चले गये। बाद में पता चला कि उनका जोड़-तोड़ सही नहीं बैठा और उन्हें जम्मू वाली उड़ान पकड़नी पड़ी। बताया कि कई बार जब सीटें खाली होती हैं तो एयरलाइन वाले जम्मू के वारण्ट पर ही एक बोतल चढ़ा देने से दिल्ली तक की सीटें दे देते हैं।

सवा ग्यारह बजे उड़ान का समय था। मैं नौ बजे ही पहुँच गया। पहचान-पत्र दिखाकर विमानपत्तन के अन्दर घुसा तो देखा कि काफ़ी

लम्बी पंक्ति बनी हुई है। मैं समझ गया कि ये सभी दिल्ली वाली उड़ान के यात्री हैं। एक कोने में बिजली वाला हीटर चल रहा था और दूसरी तरफ एक बड़े से ब्लॉअर से गर्म हवा आ रही थी। मैं, और कुछ यात्री ब्लॉअर के पास खड़े हो गये।

जब मैं दिल्ली से यहाँ आया था तो अनुभव के अभाव में खिड़की वाली सीट नहीं ले पाया था। अब पूरी कोशिश रहेगी कि खिड़की वाली सीट ले लूँ।

साढ़े दस बजे जब प्रतीक्षा कक्ष से और आगे जाने की अनुमति मिली, तब तक लाइन और भी लम्बी हो गई थी। अगर मैं नियमों के अनुसार सबसे पीछे जा लगता, तो पसन्दीदा सीट मिलने का सवाल ही ख़त्म हो जाता। भारतीय रेल का यात्री होने का फायदा यहाँ मिला। अपने साथ दो-तीन यात्री और ले लिये तथा एक ज़बरदस्त 'लाइन-तोड़' कर दिया। पाँच-छः लोगों को लाइन तोड़ते देखकर जब तक हल्ला मचता, तब तक मैं अन्दर दाख़िल हो चुका था।

दिल्ली से आते समय बैग को हैंड-बैग की श्रेणी में रखकर अपने साथ लाने की अनुमति मिल गई थी; अब गणतन्त्र दिवस के मद्देनजर घोषणा हो गई कि छोटा-बड़ा हर सामान लगेज में जायेगा, हालाँकि इसके बावजूद कैमरे को अपने साथ ले जाने दिया।

दिल्ली से सप्ताह में तीन दिन लेह के लिये एयर इंडिया की उड़ानें थीं, जो विमान दिल्ली से लेह जाता है, वही बीस मिनट बाद दो दिन जम्मू और एक दिन श्रीनगर के लिये उड़ जाता था। वहाँ से यह शीघ्र ही वापस लेह लौट आता था तथा सवा ग्यारह बजे दिल्ली के लिये चल पड़ता था। यानी आज हम जिस विमान से जायेंगे, वह जम्मू से आने वाला है।

यह जम्मू से आधा घण्टा विलम्ब से आया। जिसकी वजह से यह दिल्ली के लिये भी विलम्ब से चला।

एक सुरक्षा द्वार पर जैकेट उतरवाई गई व कैमरे के कवर पर

सुरक्षित होने का ठप्पा लग गया। सिन्धु जल की बोतल देखकर कहा कि इसमें से एक घूँट पानी पीओ। मुझे भला क्या परेशानी होती एक घूँट पीने में? बैग जिस स्थान से लगेज में चला गया था, वहाँ से सिन्धु जल की बोतल मुझे दे दी गई कि यह लगेज में नहीं जायेगी, इसे साथ लेकर जाओ।

जब पौने बारह बजे विमान में बैठने की अनुमति मिली, तो आख़िरी सुरक्षा द्वार पार करते समय बोतल रखवा दी गई। मैंने खूब कहा कि भाई, यह साधारण पानी नहीं है, बल्कि सिन्धु जल है, लेकिन उन्होंने कुछ नहीं सुना। आख़िरकार सिन्धु जल की वह बोतल मुझे वहीं छोड़ देनी पड़ी।

ठीक साढ़े बारह बजे विमान अस्सी मिनट की देरी से दिल्ली के लिये उड़ गया। मुझे खिड़की वाली सीट मिल गई थी। अब महसूस हो रहा था, खिड़की वाली सीट पर बैठने और दूर वाली सीट पर बैठने का फ़र्क। कितना अच्छा लग रहा था अब!

दस मिनट में ही हम 11000 मीटर की ऊँचाई पर उड़ने लगे। चारों तरफ बर्फ का ही साम्राज्य था। मुझे अच्छी तरह पता था कि हम किस दिशा में उड़ रहे हैं और कहाँ से गुजर रहे हैं, इसीलिये मैं नीचे लेह-मनाली रोड ढूँढ़ने में लगा था, लेकिन भारी बर्फ की वजह से वह मिल नहीं रही थी। कई बार लगता कि बर्फ उतनी ज्यादा नहीं है, जितनी ऊपर से दिख रही है, लेकिन नीचे लद्दाख का जो इलाका था, वो एकदम निर्जन इलाका था। मुझे दाहिनी तरफ वाली सीट मिली थी, यानी मेरे दाहिने जांस्कर रेंज की प्रसिद्ध चोटियाँ नुन और कुन भी हैं। शायद वे मुझे दिख भी रही हों, लेकिन जानकारी के अभाव में पहचान नहीं पाया।

इस दौरान जमकर फोटो खींचता रहा। एक फोटो में सड़क दिखाई दे गई। यह पूरी तरह बर्फ से ढकी थी और इस समय यहाँ कोई वाहन गुजरने की सम्भावना ही नहीं थी। बाद में छः महीने बाद जब मैं पुनः साइकिल से लद्दाख आया तो पूरी मनाली-लेह सड़क अच्छी

तरह देखी और पाया कि इस फोटो में जो सड़क दिखाई दी थी, वो लाचुलुंग-ला और नकी-ला के बीच का इलाका था, यानी व्हिस्की नाला कैम्प के पास। मैंने लाचुलुंग-ला के पास से फिर उसी जगह का फोटो खींचा, जिस जगह का आज वायुयान से खींचा था। दोनों फोटो में सड़क का पैटर्न एक-सा था, जिससे पक्का हो गया कि यह यहीं की सड़क है।

मैं अक्सर एक बात सोचता हूँ। जिस तरह जनवरी में भी लेह से कारगिल की सड़क खुली थी, खारदुंग-ला और चांग-ला खुले थे, तो तंगलंग-ला भी खुला ही होगा। जब लेह से मनाली जाते हैं तो सबसे पहला दर्रा तंगलंग-ला ही मिलता है। हालाँकि खारदुंग-ला के उस पार नुब्रा घाटी है और चांग-ला के उस पार पेंगोंग है। इन दोनों जगहों पर कई गाँव भी हैं और सैनिक दृष्टि से भी ये स्थान महत्व के हैं, इसलिये आवाजाही लगी रहती है, लेकिन तंगलंग-ला के साथ ऐसा नहीं है। न उधर कोई गाँव है और न ही कोई सीमा, इसलिये अगर तंगलंग-ला खुला भी हो तो क्यों कोई वाहन इसे पार करेगा? लेकिन चलिये, अगर तंगलंग-ला पार हो गया तो उसे पार करते ही मोरे का मैदान है जिसके दूसरे सिरे पर पांग है। आप आसानी से पांग तक जा सकते हैं। पांग में आई.टी.बी.पी. का ठिकाना है। मैंने गर्मियों में यह ठिकाना देखा है; पता नहीं सर्दियों में भी यहाँ जवान रहते हैं या नहीं। पांग के बाद लाचुलुंग-ला की चढ़ाई शुरू हो जाती है। लाचुलुंग-ला पर गर्मियों में भी बर्फ मिल जाती है, इसलिये सर्दियों में तो इसे कतई पार नहीं किया जा सकता। फिर आज जो मैंने फोटो खींचा लाचुलुंग-ला के पास का, उससे भी पुष्टि हो गई कि यहाँ भारी मात्रा में बर्फ है। इस तरह सर्दियों में रोहतांग से लेकर लाचुलुंग-ला तक बर्फ का साम्राज्य रहता है।

हिमाचल प्रदेश में बारलाचा-ला के आसपास यह सड़क फिर दिखाई पड़ी। हालाँकि इस सड़क पर कम से कम ढाई सौ किलोमीटर तक जाड़ों में कोई मानव-जाति निवास नहीं करती, इसलिये इस दूरी में सड़क का कोई प्रयोग नहीं है; गर्मियों की बात अलग है।

रोहतांग पार करके बर्फ कम होने लगी और हरियाली दिखने लगी। विमान के नीचे दाहिनी तरफ मनाली और कुल्लू थे, लेकिन ये दिखाई नहीं दिये।

रामपुर के पास से विमान निकलता हुआ रोहड़ू के ऊपर पहुँचा। दाहिनी तरफ विशाल शिमला दिखने लगा। इसके बाद पौंटा साहिब के ऊपर से उड़ता हुआ यूपी में दाख़िल हुआ। दाहिने यमुना दिखने लगी। मैदान में आते ही कोहरे से सामना हुआ, लेकिन फिर भी नीचे सबकुछ समझ में आ रहा था। यमुना के उस पार कुरुक्षेत्र, करनाल के बाद पानीपत दिखने लगा। तेल शोधक कारखानों से निकलता धुआँ भी दिख रहा था।

यहाँ से विमान ने दिशा बदली और यमुना पार करके हरियाणा में प्रवेश कर गया। सोनीपत हमारे बायें से निकल गया। जब लग रहा था कि बहादुरगढ़ के ऊपर से गुजरते हुए हम एयरपोर्ट पहुँचेंगे, तभी अचानक विमान ने पलटी मारी और पुनः यमुना पार करके यूपी के गाजियाबाद जिले के आसमान में पहुँच गया। हिण्डन हवाई पट्टी के ऊपर से निकलकर दिलशाद गार्डन और वैशाली मेट्रो स्टेशनों के दर्शन कराता दक्षिण दिल्ली की तरफ बढ़ने लगा।

दिल्ली में फिर यमुना पार करके पश्चिम दिशा में रिंग रोड के सहारे चलते-चलते आख़िरकार एयरपोर्ट पहुँच गये। यहाँ लगेज में रखा बैग पाने में कोई खास परेशानी नहीं हुई। एक हैरत की बात यह है कि सामान प्राप्ति के बाद कोई चेकिंग नहीं होती और आप सीधे विमानपत्तन से बाहर निकल जाते हो; इसमें कोई आपका सामान भी ले जा सकता है, या फिर आप भी किसी का सामान ले जा सकते हो।

खुशी की बात पता चली कि एयरपोर्ट मेट्रो कई महीने बन्द रहने के बाद शुरू हो गई है। हालाँकि इसे फुल स्पीड पर नहीं चलाया जा रहा था बल्कि स्पीड कम करके चलाया गया, लेकिन बस में कश्मीरी गेट तक लगने वाले डेढ़-दो घण्टे के मुकाबले पौन-एक घण्टे में नई दिल्ली पहुँचना सुकून की बात ही थी।

2

पदुम–दारचा ट्रैक

2

पदुम दारचा ट्रैक

दिल्ली से श्रीनगर

जनवरी 2013 में चादर ट्रैक से लौटकर इसी साल जून में फिर से लद्दाख गया - लेकिन साइकिल से। इसका विस्तृत वृत्तान्त आप मेरी एक अन्य पुस्तक 'पैडल-पैडल' में पढ़ेंगे। वहाँ से लौटकर हिमालयी यात्राओं में नवम्बर में हर की दून जाने की असफल कोशिश की और इस साल यानी 2014 में अप्रैल में चूड़धार और कमरुनाग की यात्राएँ उल्लेखनीय रहीं। फिर हिमाचल में ही चन्द्रखनी दर्रे और मलाणा गाँव की ट्रैकिंग की, तो तब तक मानसून भी आ गया था। मानसून में ट्रैकिंग के लिये काफ़ी सोचना पड़ता है। 2013 के जून के महीने में केदारनाथ समेत पूरे उत्तराखण्ड में आई तबाही ने ट्रैकर्स को हिलाकर रख दिया था।

अगस्त में भारत में मानसून पूरे जोरों पर होता है। हिमालय में तो यह काल बनकर बरसता है। मानसून में घुमक्कड़ी के लिये सर्वोत्तम

स्थान दक्षिणी प्रायद्वीप माना जाता है, लेकिन एक जगह ऐसी भी है जहाँ बेफ़िक्र होकर मानसून में घूमने जाया जा सकता है। वो जगह है लद्दाख। लद्दाख मूलतः एक मरुस्थल है, लेकिन अत्यधिक ऊँचाई पर होने के कारण यहाँ ठण्ड पड़ती है। हिमालय के पार का भूभाग होने के कारण यहाँ बारिश नहीं पड़ती - न गर्मियों में और न सर्दियों में। मानसून हो या पश्चिमी विक्षोभ - हिमालय सबकुछ रोक लेता है और लद्दाख तक कुछ भी नहीं पहुँचता। जो बहुत थोड़ी-सी नमी पहुँचती भी है, वो नगण्य होती है।

लद्दाख को भी भूगोल की दृष्टि से कई भागों में बाँटा जा सकता है। इसी तरह का एक भूभाग है जांस्कर। यह ज्यादातर तो कारगिल जिले में स्थित है, लेकिन थोड़ा-सा लेह में भी है। जांस्कर का मुख्यालय पदुम है। अगर आप जम्मू-कश्मीर राज्य का मानचित्र देखेंगे तो पायेंगे कि हिमाचल प्रदेश की सीमा पदुम के काफ़ी नज़दीक है। पदुम जाने के लिये केवल एक ही सड़क है और वो कारगिल से है। बाकी दिशाओं में आने-जाने के लिये अपने पैरों व खच्चरों का ही सहारा होता है। चूँकि जांस्कर की ज्यादातर आबादी बौद्ध है इसलिये इनका सिन्धु घाटी में स्थित विभिन्न बौद्ध मठों में आना-जाना लगा रहता है। यह सारी आवाजाही पैदल ही होती है। अगर किसी को पदुम से हेमिस जाना हो तो सड़क के रास्ते जाने में दो दिन लगेंगे, कारगिल व लेह होते हुए; जबकि स्थानीय निवासी पदुम से हेमिस दो दिनों में पैदल भी तय कर सकते हैं। जाहिर है कि वे पैदल यात्रा को ही वरीयता देंगे, इसलिये जांस्कर में ट्रैकिंग काफ़ी प्रचलित है।

वैसे तो यहाँ बहुत सारे ट्रैक हैं, लेकिन सबसे प्रसिद्ध है - दारचा ट्रैक। इसमें 5000 मीटर ऊँचा शिंगो-ला दर्रा पार करके आप हिमाचल पहुँच सकते हो। इस ट्रैक को एक आसान ट्रैक माना जाता है क्योंकि ट्रैकिंग लगभग 4000 मीटर की ऊँचाई से शुरू होती है। आपको तीन दिन या चार दिन पैदल चलते हुए 5000 मीटर तक पहुँचना होता है। ऊँचाई बहुत धीरे-धीरे बढ़ती है।

चलिये, काफ़ी प्रस्तावना हो गई, अब यात्रा-वृत्तान्त पर आते हैं। मैंने इसी ट्रैक को करने का फैसला किया क्योंकि मुश्किल ट्रैकों से मुझे पसीने छूटते हैं। ऊँचाई कितनी भी हो, शरीर अनुकूलित होते ही ऊँचाई का कोई प्रभाव नहीं रह जाता, लेकिन ट्रैक आसान होना चाहिये। इसकी खबर विधान को दी तो वह भी चलने को राज़ी हो गया। उसने पहले भी कई ट्रैक कर रखे हैं तो मुझे यक़ीन था कि दारचा ट्रैक में उसे कोई समस्या नहीं आयेगी।

पता नहीं कैसे हमारी इस योजना की खबर प्रकाश यादव जी को भी हो गई। उन्होंने भी चलने को कहा, मैंने मना कर दिया। प्रकाश जी ने पहले कभी कोई ट्रैकिंग नहीं की थी, तो उन्हें सीधे चार हजार मीटर पर चढ़ा देना मुझे नहीं जँचा। वे चलने की जिद करने लगे। मैंने बहुत डराने की कोशिश की - बहुत ज्यादा ऊँचाई है, बर्फ बिल्कुल नहीं मिलेगी, हरियाली नहीं मिलेगी, पानी नहीं मिलेगा, बिल्कुल रेगिस्तान है, भयंकर धूप पड़ती है, त्वचा जल जायेगी, कुछ भी मन नहीं करेगा, न खाने का, न पीने का, न फोटो खींचने का..., लेकिन उन्हें लगा कि मैं झूठ बोल रहा हूँ। वे नहीं माने। उन्होंने विधान से कहा। विधान चाहता था कि दो से तीन हो जायें तो ज्यादा अच्छा रहेगा; उसने समझाया कि ऐसा कुछ नहीं है। जांस्कर - जहाँ कोई नहीं जाता - हम जायेंगे। आख़िरकार मुझे भी मानना पड़ा, लेकिन चूँकि मुझे वहाँ के मौसम की अच्छी जानकारी है तो हिदायतें देता ही रहा।

अक्सर ऐसा होता है। लद्दाख के शौकीन लोग लद्दाख जाते हैं और एक से एक फोटो खींचकर सोशल मीडिया के माध्यम से दुनिया को दिखाते हैं। अब जिसने लद्दाख कभी नहीं देखा, वो इन फोटो के प्रति सम्मोहित हो जाता है और उसे लद्दाख जन्नत सरीखा लगने लगता है। वहाँ जाने की तैयारियाँ करते हैं और बड़े-बड़े ख्वाब देखने लगते हैं, लेकिन जब खराब सड़क की थकाऊ यात्रा के बाद वे लद्दाख पहुँचते हैं, तो उनका सामना होता है त्वचा जला देने वाली धूप से और बदसूरत मटमैले पहाड़ों से। अब जिसे इनमें खूबसूरती दिख गई तो उसके लिये लद्दाख जन्नत होगा, और जो इन बातों से

परेशान हो गया, उसके लिये लद्दाख दुःस्वप्न हो जायेगा। एक मित्र ने एक बार बाइक से लद्दाख जाने के बारे में सुझाव माँगे। मैंने कहा कि वहाँ कहीं और जाओ या न जाओ, लेकिन पेंगोंग ज़रूर जाना। वे मित्र पेंगोंग गये और उसे गालियाँ देते हुए लौटे। कहा कि पेंगोंग कुछ भी नहीं है और रास्ता भी बड़ा ही बेकार है और अपनी मित्र-मण्ड़ली को भी कभी पेंगोंग न जाने की सलाह देने लगे। यही सलाह मैंने प्रकाश जी को दी ताकि जांस्कर पहुँचने पर धूल भरी हवाओं से वे विचलित न हो जाएँ। लद्दाख बड़ी ही कठोर जलवायु वाला इलाका है। वहाँ धूप निकलती है तो भी दिक्कत होती है, नहीं निकलती तो भी दिक्कत होती है। हवा चलती है तब भी दिक्कत और नहीं चलती, तब भी दिक्कत। वहाँ के मौसम में दिक्कतें ही दिक्कतें हैं। आपको मौसम को भूलकर या उसे सहन करके बाकी सब अच्छाइयाँ अपनाने की कला सीखनी होगी, तभी आपकी लद्दाख यात्रा सफल होगी।

श्रीनगर का हवाई जहाज का टिकट मैंने तब ही बुक करा लिया था जब विधान को भी नहीं पता था। जैसे ही बात आगे बढ़ने लगी तो प्रकाश जी ने भी टिकट बुक करा लिया - रायपुर से दिल्ली और दिल्ली से श्रीनगर। बचा विधान, वह वायुयान से नहीं जाना चाहता था। उसका बजट ज्यादा नहीं था। मैं दिल्ली से दिल्ली दस हजार का हिसाब लगाकर चल रहा था। यही हिसाब विधान को भी बता दिया। विधान के लिये यह बजट ज्यादा था, लेकिन फिर भी प्रकाश जी के कहने पर वह श्रीनगर तक वायुयान से जाने को राजी हो गया। वापसी में हमें मनाली के रास्ते आना था, इसलिये किसी वायु टिकट की कोई आवश्यकता नहीं थी।

वायुयान से क्यों? यह बात आपके मन में आ रही होगी। मेरे पास केवल नौ दिन थे। विधान भी बड़ी मुश्किल से नौ दिनों का प्रबन्ध कर सका। हमारी तत्कालीन जानकारी के अनुसार यह ट्रैक सौ किलोमीटर से भी ज्यादा है। पदुम से दारचा तक सड़क बनाने का काम चल रहा है। दोनों तरफ़ से यानी पदुम की तरफ़ से भी और दारचा की तरफ़ से भी सीमा सड़क संगठन अपना काम कर रहा है। रोज दोनों

तरफ़ से सड़क बनती जा रही है और रोज दोनों की पैदल दूरियाँ घटती जा रही हैं। यह इलाका इतना दूरस्थ है कि कितनी सड़क बन गई, इसकी कोई जानकारी उपलब्ध नहीं थी; इंटरनेट पर भी नहीं। किसी ने कभी वहाँ ट्रैकिंग की होगी, तब पैदल दूरी ज्यादा थी; अब पैदल दूरी कम है, अगले साल और भी कम हो जायेगी। तो जब मैं यहाँ जाने की योजना बना रहा था, तो इंटरनेट पर कभी दूसरों द्वारा की गई यात्राओं के आधार पर ही दूरियों का अन्दाजा लगा रहा था, जबकि वास्तव में अब पहले के मुकाबले पैदल दूरी घट चुकी है।

दिल्ली से श्रीनगर तक अगर बस और ट्रेन से लगातार चलते रहें तो लगभग चौबीस घण्टे लग जाते हैं। यानी पहला दिन श्रीनगर पहुँचने में, दूसरा दिन श्रीनगर से कारगिल पहुँचने में और तीसरा दिन कारगिल से पदुम पहुँचने में लग जाता। फिर एक दिन उधर दारचा से मनाली और दिल्ली आने के लिये भी चाहिये। अब बचे पाँच दिन, और इन पाँच दिनों में हमें चार हजार मीटर से ज्यादा की ऊँचाई पर सौ किलोमीटर से भी ज्यादा चलना था जो एक बेहद मुश्किल काम था; और जिसने कभी भी ट्रैकिंग नहीं की हो, उसके लिये तो असम्भव। इसलिये मेरी योजना थी कि भले ही कुछ पैसे ज्यादा लग जायें, लेकिन ट्रैकिंग के लिये कम से कम छः दिन तो हाथ में होने ही चाहिये। इतनी ऊँचाई पर कम से कम एक दिन अनुकूलन के लिये भी चाहिये। आप अचानक चार हजार मीटर पर पहुँचकर ट्रैकिंग शुरू नहीं कर सकते। इससे पता चलता है कि हमारे पास समय की कितनी भारी किल्लत थी। फिर हमें फोटो भी खींचने थे। विधान व प्रकाश जी अच्छे फोटोग्राफर हैं। अच्छे फोटो कभी भी भागदौड़ में नहीं खींचे जाते। इसलिये दिल्ली से श्रीनगर वायुमार्ग से जाना तय किया। योजना थी कि सुबह दिल्ली से चलकर पहले श्रीनगर और फिर उसी दिन कारगिल पहुँच जायेंगे।

अब बारी थी इस यात्रा के लिये ज़रूरी सामान जुटाने की। मेरे पास टैण्ट और स्लीपिंग बैग थे तो मुझे इन्हें खरीदने की ज़रूरत नहीं थी। विधान मेरे टैण्ट में आ जायेगा, लेकिन उसे स्लीपिंग बैग खरीदना

पड़ेगा, जबकि प्रकाश जी को टैंट भी चाहिये और स्लीपिंग बैग भी। उनकी यह समस्या मैंने हल कर दी। प्रकाश जी ने टैंट छत्तीसगढ़ में ही खरीद लिया जबकि दोनों के लिये स्लीपिंग बैग व मैट्रेस मुझे खरीदने पड़े। प्रकाश जी ज़बरदस्त तैयारी कर रहे थे। रोज विधान से व मुझसे नई-नई बातें पूछते और उसी के अनुसार सामान जुटाते चले जाते। उधर हम दोनों हाथ पर हाथ धरे बैठे थे और एक-एक दिन कम होते गिनते जाते थे।

हमने इसी ट्रैक को क्यों चुना? लद्दाख में एक से बढ़कर एक ट्रैक हैं। सबसे प्रसिद्ध तो मारखा घाटी ट्रैक है। फिर लामायुरू-पदुम ट्रैक भी है। उधर सिन्धु घाटी से नुब्रा घाटी के भी कई ट्रैक हैं। हमारे इस चुनाव का कारण था कि एक तो हमने कभी लद्दाख में ट्रैकिंग नहीं की थी सिवाय पिछले साल किये गये चादर ट्रैक के, तो किसी भी ट्रैक पर चले जाओ, क्या फ़र्क पड़ता है। इस बार यह ट्रैक किया है, अगली बार मारखा घाटी चले जायेंगे या कहीं और जायेंगे। दूसरा कारण था कि यह ट्रैक हिमाचल में समाप्त होता है। नौकरीपेशा इंसान के लिये छुट्टियाँ लेना भी मुश्किल होता है और अगर किसी वजह से छुट्टियाँ बढ़वानी पड़ जाती हैं तो और भी मुश्किल होती है। लद्दाख से दिल्ली आना और हिमाचल से दिल्ली आना - इन दोनों बातों से समय पर छुट्टियाँ ख़त्म करके ऑफिस पहुँचने में काफ़ी फ़र्क पड़ जाता है। हालाँकि दारचा भी हिमाचल से कम दूर नहीं है, लेकिन फिर भी हिमाचल नाम ही काफ़ी सुकून देता है। अगली बार जो ट्रैक करेंगे, उसमें लेह से दिल्ली तक फ्लाइट से वापसी करेंगे। इस बार बजट कम था; फिर दिल्ली से श्रीनगर तक भी फ्लाइट से गये, इसलिये काफ़ी खर्च बढ़ गया।

आख़िरकार ग्यारह अगस्त आ गया जब हमें प्रस्थान करना था। प्रकाश जी दिल्ली दस तारीख को ही आ गये थे। उनकी फ्लाइट ग्यारह को सुबह आठ बजे थी, यानी उन्हें हवाई अड्डे छः बजे तक पहुँच जाना था। यमुनापार शास्त्री पार्क से चलकर सुबह छः बजे तक हवाई अड्डे पहुँचना आसान नहीं है और सुरक्षित भी नहीं, इसलिये वे

वहीं महिपालपुर में ही रुक गये। विधान भी उसी फ्लाइट से जायेगा। वह जयपुर से शाम को चला और आधी रात तक महिपालपुर प्रकाश जी के पास पहुँच गया। मेरी फ्लाइट उनके दो घण्टे बाद यानी दस बजे थी। मुझे शास्त्री पार्क से चलकर आठ बजे तक डोमेस्टिक हवाई अड्डे पहुँचना मुश्किल नहीं था।

जब मैं चलने लगा तो वजन नापा। मेरा वजन 74 किलो था, जबकि सामान का वजन था 13 किलो। बाद में पता चला कि प्रकाश जी और विधान दोनों के पास भी पन्द्रह-पन्द्रह किलो वजन हो गया था। वास्तव में यह बहुत ज्यादा वजन था। मुझे पता था कि हमें कहीं भी टैण्ट और स्लीपिंग बैग की आवश्यकता नहीं पड़ने वाली, लेकिन समय खराब था कि ले लिये। यह मैंने विधान को भी बता दिया था कि हमें वास्तव में किसी भी चीज की आवश्यकता नहीं है; पूरे रास्ते होमस्टे मिलेंगे, लेकिन उस समय तक किसी ने भी पन्द्रह किलो वजन नहीं उठाया था, उठाया भी था तो दो चार मिनट के लिये उठाया होगा। किसी को अन्दाजा नहीं था कि चार हजार मीटर की ऊँचाई पर इतना वजन लेकर चलना कितना मुश्किल होगा।

भले ही उनकी फ्लाइट मुझसे दो घण्टे पहले हो, लेकिन शेड्यूल के अनुसार मेरी फ्लाइट को श्रीनगर उनसे पन्द्रह मिनट पहले पहुँचना था; कारण था कि उनकी फ्लाइट जम्मू होकर जाने वाली थी, जबकि मेरी वाली सीधे श्रीनगर ही जाकर उतरेगी। हालाँकि चेक-इन के बाद हम तीनों क़रीब आधे घण्टे के लिये मिल भी लिये। विधान अपने उसी चिर-परिचित अन्दाज में मिला - अरे चौधरी यार, मरवा दिये तूने तो; पन्द्रह किलो वजन बहुत ज्यादा हो गया।

खैर, निर्धारित समय पर स्पाइसजेट की श्रीनगर वाली फ्लाइट उड़ चली। नीचे कहीं बादल थे, कहीं खुला था। मैंने पहले ही चेक-इन काउण्टर पर खिड़की वाली सीट माँग ली थी, इसलिये शीशे पर मुँह लगाकर नीचे देखता रहा, लेकिन मैं पहचान नहीं सका कि कहाँ से उड़ रहे हैं। नीचे कोई बड़ा शहर नहीं दिखा। सूर्य की दिशा देखकर पता

चल रहा था कि हम पश्चिम की तरफ़ उड़ रहे थे; बाद में धीरे-धीरे पश्चिमोत्तर होते-होते उत्तर की ओर होते चले गये। बाद में दिल्ली लौटने पर किसी मित्र ने बताया कि दिल्ली से श्रीनगर जाने वाली उड़ानें पाकिस्तान के वायुक्षेत्र से होकर जाती हैं। तो क्या मैं भी पाकिस्तान के ऊपर से गुजरा था? लेकिन अगर ऐसा होता तो सीमा तो दिखती। सीमा पर तारबन्दी है और सड़क भी बनी है। सीमा दिखती तो मैं पहचान लेता। यह गूगल मैप के सैटेलाइट व्यू में भी दिखाई देती है।

छोड़ो, गये होंगे जहाँ से भी गये होंगे। बाद में पहाड़ दिखने लगे और शीघ्र ही बर्फ भी दिखाई देने लगी, लेकिन बादल ज्यादा होने के कारण बर्फ और बादलों में फ़र्क करना मुश्किल था। आख़िरकार जब वायुयान ने कश्मीर घाटी में प्रवेश किया तो मैं पहचान गया कि हम कहाँ से उड़ रहे हैं। बनिहाल के ऊपर से पीर-पंजाल की शृंखला पार की थी; इसका अर्थ है कि पाकिस्तान के वायुक्षेत्र की बात गलत है। अगर पाकिस्तान की तरफ़ से आते तो पुंछ की तरफ़ से आते। काजीगुण्ड के आसपास रेलवे लाइन भी दिखी। फिर ऊँचाई कम होने लगी। कश्मीर घाटी और ज्यादा स्पष्ट दिखने लगी। अब जब एक बार मैं समझ गया कि कहाँ से उड़ रहे हैं तो यह भी पता था कि हवाई अड्डा कहाँ है, लेकिन वायुयान हवाई अड्डे की तरफ़ नहीं गया बल्कि बड़गाम की तरफ़ चला गया। बड़गाम में कश्मीर रेलवे का डिपो है। सभी ट्रेनें वहीं खड़ी होती हैं और उनकी देखरेख व मरम्मत भी वहीं होती हैं। पूरा डिपो दिख गया और श्रीनगर की तरफ़ जाती एक ट्रेन भी दिखी। वायुयान ने बड़गाम शहर के ऊपर ही ऊपर दो चक्कर काटे, तब जाकर वह हवाई अड्डे पर उतरा। स्पाइसजेट का एक विमान वहाँ खड़ा देखकर मैं समझ गया कि विधान और प्रकाश जी भी आ चुके हैं।

श्रीनगर से कारगिल

हवाई अड्डे से बाहर निकले। हमारी निगाहें लालचौक जाने वाली किसी बस को ढूँढ़ रही थीं; लेकिन बस तो मिली नहीं, एक शेयर्ड टैक्सी मिल गई जिसने सौ-सौ रुपये में श्रीनगर टी.आर.सी. पर उतार दिया। टी.आर.सी. यानी टूरिस्ट रिसेप्शन सेंटर। यहीं से बसें भी मिलती हैं और सूमो व टैक्सियाँ भी। अभी लगभग दोपहर के बारह बजे होंगे। हमारी योजना आज ही कारगिल पहुँच जाने की थी। अगर हम श्रीनगर की बजाय लेह गये होते तो शायद कारगिल की बसें भी मिल जातीं, लेकिन यहाँ इस समय तो बसें असम्भव ही थीं और सूमो भी। इसका कारण था जोजी-ला। जोजी-ला ही हमारे मार्ग की सबसे बड़ी मुसीबत था। एक बार जोजी-ला पार हो जाये, फिर कोई समस्या नहीं। यहाँ से जोजी-ला की तरफ़ यानी द्रास, कारगिल व लेह के लिये जितनी भी बसें व सूमो जाती हैं, सभी सुबह-सवेरे निकलती हैं। दोपहर को तो केवल काउण्टर पर जाकर अगले दिन जाने वाली गाड़ी में सीट बुक की जा सकती थी। अगर ऐसा हुआ तो कल दोपहर बाद तक कारगिल पहुँचेंगे। रात को कारगिल में रुकना पड़ेगा। हम तय कार्यक्रम से एक दिन पिछड़ जायेंगे, जबकि हम ही जानते थे कि हमारे लिये एक दिन कितना कीमती है।

टैक्सी के लिये बात की। वह कारगिल तक तीन हजार में तैयार हुआ। ज़ाहिर है कि हमारे लिये तीन हजार बहुत ज्यादा थे। विधान ने पहले ही बता दिया था कि उसका बजट बहुत कम है; फिर उसे स्लीपिंग बैग और मैट्रेस भी लेने पड़े, इससे खर्चा और बढ़ गया। प्रकाश जी रायगढ़ में जिन्दल स्टील में जी.एम. हैं तो उनके लिये बजट की कोई तंगी नहीं थी, जबकि मैं दोनों के बीच में था। विधान को मैंने पहले ही मना लिया था कि कारगिल से पदुम तक टैक्सी से जायेंगे, भले ही कितना भी खर्च हो। जितना उसका बजट हो, दे देगा, बाकी हम दोनों मिलकर वहन कर लेंगे, क्योंकि रास्ता सूरू घाटी से होकर जाता है। मैंने इस घाटी की खूबसूरती के खूब किस्से पढ़ रखे हैं;

लेकिन श्रीनगर से कारगिल भी टैक्सी से जाना पड़ेगा, यह नहीं सोचा था। आख़िरकार तमाम विचार-विमर्श के बाद तय हुआ कि टैक्सी कर ही लेते हैं, कम से कम अपने कार्यक्रम के अनुसार तो चलते रहेंगे।

विधान पहली बार कश्मीर आया था। आने से पहले वह डर भी रहा था कि कहीं किसी बम-बारूद की चपेट में न आ जाये। मैंने और प्रकाश जी ने उसे आश्वस्त किया कि ऐसा कुछ नहीं होगा, और टैक्सी में बैठने के बाद जब हमने उसे बताया कि यह लालचौक था, तो वह सिहर उठा। लालचौक श्रीनगर का केन्द्र है और आतंकी हमलों के कारण बदनाम भी।

प्रकाश जी के कहे अनुसार टैक्सी वाला डलझील का चक्कर लगाकर चलने लगा। वैसे तो सीधे हज़रतबल के सामने से होते हुए डल को एक तरफ़ छोड़कर भी जा सकते थे, लेकिन सिर्फ विधान के लिये ऐसा किया गया। मैं और प्रकाश जी कई बार कश्मीर आ चुके हैं, तो अब डल का उतना आकर्षण नहीं रहा। इसके बाद शीघ्र ही टैक्सी लेह हाइवे पर दौड़ रही थी। मैं पिछले साल इसी रास्ते से लेह से साइकिल से आया था, इसलिये इसका चप्पा-चप्पा मेरा देखा हुआ है। पिछले साल ही प्रकाश जी भी इसी रास्ते से लद्दाख गये थे। बचा विधान, तो आगे ड्राइवर के पास उसे ही बैठा दिया। देख कश्मीर की सुन्दरता।

कोई कुछ भी कहे, लेकिन कश्मीर वाकई में बेहद खूबसूरत है। मुझे मुख्य घाटी तो उतनी अच्छी नहीं लगती, लेकिन इसके चारों तरफ़ की छोटी-छोटी घाटियाँ बेहद शानदार लगती हैं। अभी हम लेह मार्ग पर थे; यह सिन्ध घाटी है। पहलगाम की तरफ़ लिद्दर घाटी है। अनन्तनाग के उस तरफ़ सिन्थन टॉप है; फिर गुलमर्ग भी है। ये सभी स्थान प्राकृतिक तौर पर एक जैसे ही हैं - मुख्य घाटी और पहाड़ों के बीच की छोटी-छोटी घाटियों में। यहाँ नदियाँ भी हैं, ऊँचे-ऊँचे बर्फीले पहाड़ भी हैं और बेतहाशा हरियाली भी। पहलगाम की तरफ़ तो कई झीलें भी हैं। इनमें उतने बड़े-बड़े शहर भी नहीं हैं। आतंकवाद भी

मुख्य घाटी में ही ज्यादा है; हालाँकि कभी-कभार आतंकवादियों के इन घाटियों में छुपे होने की खबरें मिल जाती हैं। इनमें ट्रैकिंग की भी बहुत सम्भावनाएँ हैं और आपको रास्ते भर बकरवाल यानी भेड़-बकरी चराने वाले कश्मीरी मिलते रहेंगे। इन्हीं इलाकों में सुप्रसिद्ध अमरनाथ यात्रा होती है। आप कभी अमरनाथ या पहलगाम या सोनमर्ग या गुलमर्ग गये होंगे तो आपको पता ही होगा कि ये कितने खूबसूरत स्थान हैं। श्रीनगर समेत ज्यादातर कश्मीर मैदानी इलाका है, लेकिन इन छोटी-छोटी घाटियों में ही असली कश्मीरी सुन्दरता है।

लेह वाली सड़क सिन्ध नदी के साथ-साथ है। यह वो मानसरोवर से निकली सिन्धु नहीं है बल्कि जोजी-ला से निकली सिन्ध है। वैसे मुझे पक्का नहीं पता कि यह सिन्ध कहाँ से निकलती है, क्योंकि बालटाल में अमरनाथ की तरफ़ से जो धारा आती है, उसका पानी भी इसमें ही मिल जाता है। उस अमरनाथ वाली धारा या पंचतरणी वाली धारा का क्या नाम है, मुझे ध्यान नहीं; शायद वो ही सिन्ध हो... खैर।

सोनमर्ग में अच्छी संख्या में पर्यटक थे। बहुत से लोग घोड़ों पर बैठकर थाजीवास ग्लेशियर देखने जा रहे थे। असल में सोनमर्ग में साल के इन दिनों में बर्फ नहीं होती, लेकिन कुछ आगे थाजीवास की तरफ़ अवश्य बर्फ मिल जाती है। हालाँकि जोजी-ला पर भी बर्फ होती है, लेकिन थाजीवास पहुँचना आसान है और जोजी-ला पहुँचना मुश्किल भरा। आप सोनमर्ग आये हों तो बर्फ देखना और उसमें खेलना भी बनता है। घोड़े-खच्चर वालों की चाँदी रहती है। यदि आप बर्फ नहीं देखना चाहते तो सोनमर्ग के आसपास हरी घास के जो विशाल मैदान हैं, उन्हें तो अवश्य देखना चाहेंगे। मैं कई बार सोनमर्ग आ चुका हूँ। मुझे थाजीवास के रास्ते में आने वाले विशाल मैदान बड़े पसन्द हैं। मैं कभी भी थाजीवास देखना पसन्द नहीं करता, लेकिन ये मैदान मन मोह लेते हैं, हालाँकि आज हम यहाँ नहीं रुके। कारगिल पहुँचने की जल्दी थी और अभी तक हमने जोजी-ला भी पार नहीं किया था।

सोनमर्ग पार करके खबर आने लगी कि जोजी-ला पर बड़ा भीषण जाम लगा है। मैंने जोजी-ला अच्छी तरह देख रखा है तो जानता हूँ कि वहाँ जाम लगने का क्या अर्थ है। वहाँ जाम का अर्थ ही भीषण जाम है। बड़ी खतरनाक जगह है जोजी-ला। मैंने साथियों को आगाह कर दिया कि रात को इसी टैक्सी में सोने के लिये तैयार रहो। सामने जोजी-ला पर गाड़ियों की लम्बी कतार भी दिख रही थी। जोजी-ला पर असल में दो रास्ते हैं; एक नीचे वाला और दूसरा ऊपर वाला। पता चला कि नीचे वाले पर भू-स्खलन हो गया है इसलिये बन्द है। ऊपर वाले से जाना पड़ा, नहीं तो ड्राइवर नीचे वाले से जाना चाह रहा था। वो ड्राइवर वास्तव में एक अच्छा ड्राइवर था। जाम होने के बावजूद वह गाड़ी निकाल ले गया। जोजी-ला आराम से पार हो गया। एक बार आप जोजी-ला पार कर जाओ, फिर आगे कहीं भी जाओ, आपको कोई समस्या नहीं आयेगी।

जोजी-ला जीरो पॉइण्ट की एक घटना का जिक्र करूँगा, उसके बाद कारगिल चलेंगे। दर्रों के दोनों तरफ़ ढलान होता है, तो इसके दोनों ओर भी है। कश्मीर की तरफ़ जहाँ ज्यादा ढाल है, वहीं कारगिल की तरफ़ कम। कश्मीर की तरफ़ यहाँ से सिंध नदी निकलती है तो कारगिल की तरफ़ द्रास नदी। यहाँ थोड़ी-सी बर्फ थी। कुछ पर्यटक बर्फ में खेल भी रहे थे। चाय की दुकान भी थी। मन किया कि एक-एक कप चाय पी ली जाये। सड़क से नीचे गाड़ी उतरवा ली। 3400 मीटर की ऊँचाई पर हवा बड़ी तेज चल रही थी और ठण्डी भी थी। स्थान वैसे भी दर्शनीय है।

तभी हमें कुछ स्थानीय लड़कों ने घेर लिया। उनके पास बर्फ में फिसलने वाले पटड़े थे। इन्हें स्केट कह सकते हैं। पैसे बताये एक पॉइण्ट के दो सौ रुपये। उधर मैं इस पूरी यात्रा की छोटी-छोटी वीडियो भी बनाता चल रहा था। मेरी इच्छा इसकी एक डॉक्यूमेण्ट्री बनाने की थी। जब यहाँ आ ही गये तो मन में आया कि उसमें एक दृश्य यहाँ बर्फ पर फिसलते हुए भी हो। पहले तो मैंने विधान से कहा, उसने मना कर दिया। प्रकाश जी से कहा, उन्होंने भी मना कर दिया। आख़िरकार

कैमरा प्रकाश जी को देकर मैं ही फिसलने के लिये जाने लगा। बर्फ पर काफ़ी ऊपर तक गये, फिर फिसलते हुए नीचे आये। प्रकाश जी कैमरे में वीडियो रिकार्डिंग करने लगे।

जब पैसे देने लगा तो बारह सौ माँगे। कहने लगे कि एक पॉइण्ट के दो सौ बताये थे, आपको हम छः पॉइण्ट तक लेकर गये थे, तो बारह सौ हो गये। मेरा दिमाग ख़राब हो गया। बर्फ में ही उन्होंने ऊँचाई के अनुसार काल्पनिक स्थान बना रखे थे जिन्हें वे लोग पॉइण्ट कहते थे। सबसे नीचे वाला काल्पनिक स्थान पहला पॉइण्ट था और सबसे ऊपर वाला छठा पॉइण्ट। उन्होंने मुझसे पहले पॉइण्ट के दो सौ बताये थे, लेकिन मुझे क्या पता कि पहला पॉइण्ट क्या है, कहाँ है और दूसरा, तीसरा, छठा पॉइण्ट कहाँ है? बड़ी देर तक बहस हुई। उनका पूरा झुण्ड आ गया और मुझसे बारह सौ ही निकलवाने की गुण्डई कोशिश करने लगा। मैंने भी कहा कि तुम लोग मुझे मार सकते हो, पीट सकते हो और पैसे छीन सकते हो, लेकिन मेरे हाथ से दो सौ से एक भी ज्यादा नहीं ले सकते। आधे घण्टे से भी ज्यादा तक गर्मागर्म बहस होती रही। कई बार तो लगता कि मारपीट हो ही जायेगी, लेकिन यह श्रीनगर नहीं था। यह एक बिल्कुल सुनसान इलाका था। पूरे कश्मीर की तरह यहाँ भी सेना है, इस बात को मैं भी जानता था और वे भी। आख़िरकार उन्होंने दो सौ ही लिये। फिसलने का सारा मजा किरकिरा हो गया, और वीडियो भी उतनी अच्छी नहीं आई, जितनी मैं चाहता था। अत्यधिक ठण्ड के कारण प्रकाश जी के हाथ काँप रहे थे और पूरी रिकार्डिंग बुरी तरह हिलते हुए आई।

यहाँ से चले तो फिर से अच्छी सड़क आ गई। जोजी-ला पर बेहद खराब सड़क है। अब लक्ष्य था द्रास युद्ध संग्रहालय। मेरी इच्छा संग्रहालय देखने की नहीं थी, लेकिन मैं वहाँ कुछ खाना-पीना चाहता था। उत्तर भारतीय व्यंजन मिलने का यह आख़िरी स्थान था। इसके बाद आगे पता नहीं हमें क्या-क्या खाने को मिलेगा। जोजी-ला से द्रास का रास्ता भी बड़ा ही सुन्दर है। आप अगर कभी सोनमर्ग जाओ और जोजी-ला खुला हो तो मैं सुझाव दूँगा कि द्रास तक घूमकर आओ।

1999 के युद्ध के कारण द्रास को आज भी युद्ध का मैदान माना जाता है, लेकिन ऐसा नहीं है। यह बड़ी ही शान्तिपूर्ण जगह है। जोजी-ला से निकलते ही घास के मैदान शुरू हो जाते हैं, जहाँ बकरवाल अपने रेवड़ के साथ इधर-उधर डेरा लगाये मिलते हैं। आप किसी डेरे के पास रुक जाओगे तो एकदम बच्चे टॉफी या पैसे माँगने दौड़कर आपके पास आयेंगे। फोटोग्राफी के लिये भी यह पूरा रास्ता शानदार है।

ड्राइवर एक भारत विरोधी कश्मीरी था। मैंने उससे बात की तो इस बात का आसानी से पता चल गया। कश्मीर में तीन तरह के लोग होते हैं - भारत समर्थक, पाकिस्तान समर्थक और कश्मीर समर्थक यानी वे जो अपना अलग कश्मीर देश बनाना चाहते हैं। पाकिस्तान समर्थक और कश्मीर समर्थक, दोनों भारत विरोधी ही होते हैं। यह इन दोनों में से किसका समर्थक था, यह तो नहीं पता चल सका, लेकिन था यह भारत विरोधी। द्रास में वह अपनी पसन्द की दुकान पर रुकना चाहता था, लेकिन मैंने मना कर दिया - छः किलोमीटर आगे संग्रहालय है, वहीं रुकेंगे। उसने अनजान बनने की कोशिश की, लेकिन हमने ऐसा नहीं होने दिया... हालाँकि उसे पता सबकुछ था। संग्रहालय आने पर अपने ही आप उसने गाड़ी पार्किंग गेट में घुसा दी और अन्दर पार्क कर दी। पता नहीं होता तो वह आगे निकल गया होता और फिर हमें रुकवाना पड़ता। रोजी-रोटी के लिये उसे हम लोग अपनी गाड़ी में बैठाने पड़ रहे थे अन्यथा वह 'भारतीयों' को देखना भी पसन्द नहीं करता होगा।

तब तक सूरज ढल चुका था। ध्वजावरोहण हो रहा था। हालाँकि संग्रहालय अभी भी खुला था। विधान ने इसे देखा नहीं था, इसलिये उसने कुछ फोटो लिये। यहीं कैण्टीन है; सबने अपनी पसन्द के स्नैक्स खाये और चाय भी पी।

जब जोजी-ला से द्रास की तरफ़ आ रहे थे तो प्रकाश जी ने कहा कि यहाँ से टाइगर हिल भी दिखती है। कुछ देर बाद ड्राइवर ने एक चोटी की तरफ़ इशारा करके बताया कि वो रही टाइगर हिल। बाकी

फोटो लेने की तैयारी करते, मैंने रोक दिया - नहीं, वो टाइगर हिल नहीं है, उसे मैं अच्छी तरह पहचानता हूँ; आगे चलकर दिखेगी तो बताऊँगा। कुछ आगे जाकर जब असली टाइगर हिल दिखी, तब गाड़ी रुकवाकर खूब फोटो खींचे। यह संग्रहालय से भी दिखती है। विधान ने जवानों से इसकी पुष्टि भी की।

द्रास से आगे शम्शा गाँव भी मिला, जहाँ साइकिल यात्रा के दौरान मुश्ताक मुझे अपने घर ले गया था। उस समय चलते समय मैंने उसे एक भी पैसा नहीं दिया था, बाद में पछतावा भी हुआ। पछतावा आज भी होता है। अगर उनका घर सड़क के किनारे ही होता तो हम पाँच मिनट के लिये रुक जाते, लेकिन वह पहाड़ पर काफ़ी ऊपर जाकर था, इसलिये नहीं गये।

खूब खोजबीन और मोलभाव के बाद कारगिल में छः सौ रुपये में एक कमरा मिला। असल में अगले दिन यहाँ प्रधानमन्त्री नरेन्द्र मोदी आने वाले थे, तो बाहर से आये पत्रकारों की वजह से सब होटल फुल थे। बस अड्डे के पास ही जहाँ हमने कमरा लिया, वो कमरा चौथी मंजिल पर था और अकेला कमरा था, इसलिये शायद किसी पत्रकार ने नहीं लिया होगा, और इसी वजह से हमें सस्ता भी मिल गया। एक बार ऊपर चढ़कर फिर हम नीचे नहीं उतरे। ऊपर ही खाना मँगा लिया और खुले आसमान के नीचे बैठकर दावते-कारगिल उड़ाई। कारगिल लद्दाख में आता है। दिन में अच्छी धूप निकली थी इसलिये उसका असर अभी तक था। हमें उतनी सर्दी महसूस नहीं हुई। फिर कारगिल ज्यादा ऊँचाई पर भी नहीं है। लद्दाख के सबसे नीचे स्थानों में से एक है कारगिल।

रात होने के बावजूद कारगिल के चारों तरफ़ की बंजर भूरी पहाड़ियाँ दिखाई दे रही थीं। लेह वाली सड़क दिख रही थी और बटालिक जाने वाली भी, लेकिन कल जहाँ हमें जाना था, यानी जांस्कर रोड - वो नहीं दिख रही थी।

सूरू घाटी

कल ही पता चल गया था कि पदुम तक कोई बस नहीं जाती बल्कि सुबह-सुबह सूमो चलती हैं। कारगिल से पदुम की दूरी लगभग ढाई सौ किलोमीटर है और शेयर्ड सूमो में प्रति यात्री डेढ़ हजार रुपये किराया लगता है। हमारे पास भी अब डेढ़ हजार देकर सूमो में जाने के अलावा कोई चारा नहीं था, लेकिन सुबह सोते रह गये और जितनी गाड़ियाँ पदुम जानी थीं, सभी जा चुकी थीं।

विधान और प्रकाश जी सूमो स्टैण्ड की तरफ़ चले गये और मैं कमरे पर ही रुका रहा; इस दौरान नहा भी लिया। कारगिल में बिल्कुल भी सर्दी नहीं थी, रात हम पंखा चलाकर सोये थे। जब दोनों आये तो बताया कि अब हमें टैक्सी ही करनी होगी जो नौ हजार की पड़ेगी। इसका अर्थ था तीन-तीन हजार प्रति व्यक्ति। विधान ने सबसे पहले विरोध किया। उसे अभी भी यकीन नहीं था कि अब कोई भी शेयर्ड गाड़ी नहीं मिलेगी। खैर, बाहर निकले। पता चला कि शाम चार बजे के आसपास एक बस परकाचिक तक जायेगी। मैंने तुरन्त नक्शा खोलकर देखा। परकाचिक तो आधी दूरी पर भी नहीं है। उसके बाद? परकाचिक तक पहुँचते-पहुँचते रात हो जायेगी। बहुत ही छोटा-सा गाँव होगा दो-चार घरों का; पता नहीं कोई रुकने का ठिकाना मिलेगा या नहीं। हालाँकि हमारे पास रुकने का पूरा इंतजाम था। खाना कारगिल से लेकर चलेंगे, लेकिन परकाचिक से आगे कैसे जायेंगे? कोई ट्रक मिल जायेगा, लेकिन रात को ट्रक का क्या काम? ट्रक अगर कोई जायेगा भी तो दिन में जायेगा। इस रास्ते पर राज्य परिवहन की बसें नहीं चलतीं, इसका अर्थ है कि रास्ता बड़े वाहनों के लिये नहीं है; फिर ट्रक भी नहीं मिलेगा। कल सुबह वही सूमो मिलेंगी जो कारगिल से जायेंगी। तो फिर परकाचिक क्यों जायें? सुबह यहाँ कारगिल से ही उन्हीं सूमो को पकड़ लेंगे, लेकिन ऐसा करने से हम फिर एक दिन लेट हो रहे थे। अपने देर तक सोने को कोसते रहे। उसी वजह से हँसे भी और उदास भी हुए। अब या तो नौ हजार खर्च करो या अगले दिन

की प्रतीक्षा करो। और फिर कौन जानता है कि सुबह फिर हम समय से उठेंगे ही?

आज यहाँ प्रधानमन्त्री नरेन्द्र मोदी आने वाले थे। अभी वे लेह में थे; दोपहर तक यहाँ आयेंगे। उनका भाषण स्थल उसी जांस्कर रोड पर था जिससे हमें जाना था। इस वजह से वह सड़क बिल्कुल बन्द थी। यानी हमें प्रधानमन्त्री के आने और उनके चले जाने तक प्रतीक्षा करनी पड़ेगी। सड़कों पर बस कमल के फूल की झण्डियाँ लगी थीं।

विधान ने बताया कि उन्होंने जिस टैक्सी वाले से बात की थी, वो जांस्कर का ही रहने वाला है; ज़ाहिर है उसे वापस भी लौटना होगा, इसलिये वह हमें सस्ते में ले जायेगा, लेकिन जब उसके पास पहुँचे तो पता चल गया कि वह कारगिल का ही रहने वाला था। उसे जांस्कर नहीं जाना था। अगर हम उसकी गाड़ी को किराये पर लेंगे तो वह हमें ले जायेगा, लेकिन वह नौ हजार रुपये ही लेगा, एक भी कम नहीं। मैंने उससे कहा भी कि हम परकाचिक वाली बस में परकाचिक तक चले जायेंगे। वह तुरन्त बोला - उसके बाद? उसके बाद जो होगा देखा जायेगा। बोला कि कुछ भी नहीं होगा और कुछ भी नहीं देखा जायेगा। परकाचिक में किसी भी सूमो में जगह नहीं मिलेगी और आपको कल कारगिल लौटना पड़ेगा। उसका चेहरा देखकर लग रहा था कि वह सच बोल रहा है।

मैं और प्रकाश जी पैसे खर्च करने के पक्षधर थे जबकि विधान चाहता था कि थोड़ी-बहुत भागदौड़ और कर लें, क्या पता कहीं सस्ते में बात बन जाये। फिर भी मैंने कह दिया कि मैं भागदौड़ नहीं करूँगा, यहीं बैठा हूँ, आप घूम आओ; काम हो जाये तो फोन कर देना, और आप दोनों जो भी जैसा भी निर्णय लेंगे, मुझे मंजूर होगा। वास्तव में मैं पन्द्रह किलो का बैग उठाकर उस झुलसाने वाली धूप में बिल्कुल भी भागदौड़ नहीं करना चाहता था।

दोनों ने कोशिशें कीं, लेकिन बात नहीं बनी। दोपहर हो चुकी थी और हम कारगिल में ही थे। हमें कभी का यहाँ से निकल जाना चाहिये

था; वैसे ही हमारे पास समय बहुत कम है। नतीजा - तीनों को झुँझलाहट होने लगी। तीनों समझदार थे, इसलिये झगड़ा नहीं हुआ, लेकिन विधान पूरा झुँझलाहट से भरा था और मैं उससे भी ज्यादा। उस समय मेरी झुँझलाहट चरम पर पहुँच गई जब विधान ने पूछा - अब क्या करें? मैंने फिर दोहरा दिया - दो घण्टे हो गये हमें होटल छोड़े हुए और आप कुछ भी निर्णय नहीं ले रहे हैं; विधान भाई, निर्णय लो। अगर आप चाहते हो कि सुबह वाली गाड़ी से जायेंगे तो होटल चलो; मुझे यहाँ धूप और धूल में बैठना बिल्कुल भी अच्छा नहीं लग रहा।

फिर पन्द्रह-बीस मिनट तक एक मौन छा गया। चुप्पी प्रकाश जी ने तोड़ी - नीरज, तुम्हारा क्या फैसला है? मेरे मुँह से अचानक निकला - टैक्सी। और मानों दोनों इसी जवाब की प्रतीक्षा कर रहे हों। पाँच मिनट के अन्दर हम टैक्सी में थे। सामान ऊपर छत पर बँध चुका था। सारी झुँझलाहट मिट चुकी थी। कोई और चारा ही नहीं था इसके अलावा। आज का हमारा आधा दिन ख़राब हो चुका था और अभी भी पता नहीं कब कारगिल से चलेंगे। प्रधानमन्त्री के दौरे की वजह से जांस्कर रोड बिल्कुल बन्द थी। पता नहीं कब वे आयेंगे और कब वे यहाँ से जायेंगे; उसके बाद ही सड़क खुलेगी। मैं बार-बार दिल्ली में बैठे मनदीप से पूछता था कि मोदीजी अभी कहाँ हैं। टीवी पर पूरा कार्यक्रम लाइव आ रहा था। वो यह कहकर हमारी परेशानी बढ़ा देता था कि वे अभी लेह में हैं।

कारगिल से पदुम ढाई सौ किलोमीटर दूर है और सड़क बेहद खराब। ड्राइवर ने बताया कि बारह घण्टे लगेंगे। यानी इसका अर्थ है कि हम रात दो तीन बजे पहुँचेंगे। आगे समुद्र तल से ऊँचाई भी ज्यादा है, इसलिये सर्दी लगेगी। सामान ऊपर बाँध दिया था। हमने नीचे ही रखने को कहा ताकि दिन ढलने पर गर्म कपड़े पहन सकें, लेकिन ड्राइवर ने सांकू तक के लिये दो व आगे परकाचिक की एक सवारी और बैठा ली। कह दिया कि सांकू में सामान नीचे उतार दूँगा। नौ हजार देने पर अगर स्थानीय सवारियाँ और आ बैठें तो जलन होनी स्वाभाविक ही थी, लेकिन हमारे मना कर देने पर उन बेचारों को अपने

गाँव जाने के लिये किसी गाड़ी की प्रतीक्षा में कारगिल में रात भर के लिये रुकना पड़ता।

खैर, प्रधानमन्त्री आये; भाषण दिया और चले गये। उसके बाद जो सड़कों पर भीड़ उमड़ी, वो आधे घण्टे तक अनवरत चलती ही रही, लेकिन उसमें कोई कमी नहीं आई। हम यही सोचते रहे कि उजाड़ से दिखने वाले कारगिल में इतने लोग भी बसते हैं क्या? किसी प्रधानमन्त्री का आना इनके लिये बड़ी बात थी। ये लोग भले ही मोदी के समर्थक हों या न हों, लेकिन देश के प्रधानमन्त्री को अपने सामने खड़ा देखने का किसका मन नहीं करता? पता नहीं इन्होंने कोई प्रधानमन्त्री देखा हो या न देखा हो, आगे भी कभी देखेंगे या नहीं देखेंगे, लेकिन अब अपने यार-दोस्तों से और आने वाले दस-बीस सालों तक इस बात का जिक्र अवश्य करते रहेंगे कि उन्होंने प्रधानमन्त्री को देखा है। दो बजे मौका देखकर ड्राइवर ने गाड़ी आगे बढ़ा दी। जरा ही देर में हमें भाषण स्थल दिखाई दिया, जहाँ अब कोई आदमजात नहीं दिख रही थी। खाली कुर्सियाँ ही रखी हुई थीं। आगे बढ़े तो एक पुलिसवाला गाड़ी में आ बैठा। उसे पाँच किलोमीटर आगे अपने गाँव जाना था। वह अपनी दुर्दशा सुनाये जा रहा था कि सुबह से भूखे प्यासे यहाँ बैठे हैं, अब जाकर सुकून मिला। मुझे बड़ा मजा आता है जब कोई पुलिसवाला अपनी दुर्दशा सुनाता है। अच्छा लगा कि ये लोग भी परेशान होते हैं, नहीं तो इन्होंने केवल सामने वाले को परेशान करना ही सीखा है।

तीन बजे चालीस किलोमीटर दूर सांकू गाँव पहुँच गये। सांकू तक अच्छी सड़क बनी है। यहाँ कुछ ढाबे हैं, जहाँ खाना मिल जाता है। विधान शुद्ध शाकाहारी है जबकि मैं और प्रकाश जी अण्डाहारी। तीनों ने अपनी-अपनी पसन्द का खाना खाया। रोटी तो लद्दाख में ऐसी मिलती है कि एक बार बनने के बाद आप उसे दस दिनों बाद भी खा सकते हो। इसी तरह की मोटी और कड़ी रोटी आमलेट-चाय के साथ खानी पड़ी।

वैसे सांकू से द्रास ज्यादा दूर नहीं है। सांकू से थोड़ी चढ़ाई है, फिर अम्बा-ला दर्रा पार करके दूसरी तरफ़ द्रास में उतर जाना होता है। असल में द्रास से कारगिल वाली जो सड़क है, वो एल.ओ.सी. के काफ़ी नजदीक से होकर गुजरती है; इतना नजदीक से कि सड़क का कुछ हिस्सा पाकिस्तान की फायरिंग रेंज में भी आता है। काफ़ी दूर तक तो बी.आर.ओ. ने सड़क के किनारे-किनारे सुरक्षा दीवार भी बना रखी है ताकि अगर वहाँ से फायरिंग हो, तो आने-जाने वाले सुरक्षित रहें। इस गम्भीरता को देखते हुए एक सड़क द्रास से सांकू तक बनाई गई। आप नक्शे में भी देखेंगे तो पायेंगे कि द्रास, कारगिल और सांकू - ये तीनों मिलकर एक त्रिभुज बनाते हैं। अगर किसी वजह से द्रास-कारगिल सड़क बन्द हो जाती है तो यातायात द्रास-सांकू-कारगिल होकर चलाया जा सके। हालाँकि अम्बा-ला दर्रे पर सर्दियों में काफ़ी बर्फ पड़ती है, तो यह दर्रा गर्मियों में भी काफ़ी दिनों तक बन्द रहता है।

यह सूरू घाटी है। सूरू नदी पंजी-ला के पास से निकलती है और कारगिल से होती हुई आगे पाकिस्तान अधिकृत कश्मीर में सिन्धु में मिल जाती है। इसमें कारगिल में मुलबेक की तरफ़ से आने वाली एक नदी भी मिलती है और उधर द्रास से आने वाली द्रास नदी भी मिलती है। एक और नदी पाक अधिकृत कश्मीर से आकर पहले द्रास नदी में मिलती है, फिर सूरू में मिल जाती है। सूरू घाटी एक बेहद खूबसूरत घाटी है। दूर दिखते बर्फीले पहाड़ और बीच में बहती सूरू नदी। काफ़ी चौड़ी घाटी है और हरी-भरी भी, हालाँकि पहाड़ बिल्कुल मटमैले हैं जैसे कि लद्दाख में हर जगह होते ही हैं। नदी के ही किनारे-किनारे सड़क है। रास्ते में थोड़ी-थोड़ी दूरी पर गाँव मिलते रहते हैं। नदी का पाट यहाँ काफ़ी चौड़ा है। हम रास्ते में बार-बार गाड़ी रुकवा देते थे। यहाँ तक कि विधान भी बार-बार कह उठता था - पैसे वसूल हो गये।

सांकू से क़रीब 35 किलोमीटर दूर पनिखार गाँव है। यह गाँव नदी के उस तरफ़ बसा हुआ है। समय कम था, नहीं तो गाड़ी रुकवाकर आधे-पौने घण्टे यहीं सड़क पर बैठे-बैठे फोटो खींचते तो वे

हमारी जिन्दगी के बेहद बेहतरीन फोटो होते। सांकू में भी ठहरने का इंतजाम है और पनिखार में भी, व आगे के गाँवों में भी। पनिखार से कई ट्रैकिंग रूट जाते हैं। इनमें सबसे प्रसिद्ध किश्तवाड़ ट्रैक है। यहाँ से बस एक दर्रा पार करना होता है और आप किश्तवाड़ पहुँच सकते हो। एक दर्रा पार करना होता है और आप द्रास पहुँच सकते हो और दो दर्रे पार करके पहलगाम पहुँच सकते हो। जब मैं इन ट्रैकिंग मार्गों के बारे में कहीं पढ़ता हूँ तो पढ़ता ही जाता हूँ। दर्रों के नाम तो मुझे फिलहाल याद नहीं हैं, लेकिन किश्तवाड़ समेत यह पूरा इलाका किसी भी पर्यटक मानचित्र में नहीं है।

यहाँ से नुन और कुन शिखर शानदार दिखते हैं। ये दोनों शिखर 7000 मीटर से ऊँचे हैं। ये दोनों जुड़वाँ शिखर पर्वतारोहियों के लिये बड़े ही काम के हैं। लगभग पूरी सूरू घाटी में ये दोनों शिखर दिखते रहते हैं, लेकिन जैसे-जैसे पनिखार तक आते हैं, वैसे-वैसे इनकी नज़दीकी भी बढ़ती जाती है और सौन्दर्य भी। नीचे हरी-भरी घाटी है, फिर मटमैले पहाड़ हैं और सबसे ऊपर बर्फ की सफेदी लिये ये नुन और कुन हैं।

साढ़े पाँच बजे परकाचिक पहुँचे। यहाँ चाय की एक दुकान पर गाड़ी रोक दी। ड्राइवर कुछ दूर नमाज पढ़ने चला गया और हम चाय पीने लगे। नदी के उस तरफ़ एक बड़ा ग्लेशियर भी है जिसे परकाचिक ग्लेशियर कहते हैं। अब तक सूरज जी महाराज पश्चिम में स्थापित हो चुके थे और ऊँचे-नंगे-वीरान पहाड़ों के पार जाकर डूबने का उपक्रम करने लगे थे। परकाचिक को सूरू घाटी का आख़िरी इस्लामी गाँव भी कह सकते हैं। अब बौद्ध गाँव मिलेंगे।

सड़क तो सांकू के बाद ही ख़राब होने लगी थी। पनिखार के बाद तो जैसे गायब ही हो गई। लग रहा था कि गाड़ी वालों ने चार पैसे कमाने के लिये ज़बरदस्ती पत्थरों में गाड़ी चलानी शुरू कर दी है। गाड़ियाँ चलने लगीं तो पगडण्डी - मतलब पहियाडण्डी - बन गई और उसी लीक पर सभी गाड़ियाँ चलती हैं। ऐसे में गाड़ी के एक-एक

बोल्ट व वेल्डिंग की परीक्षा तो होती ही है, साथ ही आपके शरीर के जोड़ों, हड्डियों व मांसपेशियों की भी परीक्षा हो जाती है।

लेकिन इन सबके बावजूद प्राकृतिक सुन्दरता में कोई कमी नहीं आती। ऊपर घूमते बादल और उनसे आती धूप-छाँव सूरू घाटी की हरी कालीन पर सम्मोहक दृश्य उत्पन्न करते हैं। बार-बार गाड़ी रुकवानी पड़ती थी। किसी को न अपने चेहरे के फोटो लेने की सुध थी, न दूसरे के चेहरे के। बस सभी चाहते थे कि इस सम्मोहक सुन्दरता को अपने-अपने कैमरे में दूसरे से ज्यादा भर लें... और सभी सफल भी रहे। वास्तव में नौ हजार रुपये वसूल हो गये।

तभी अचानक बड़ी-सी खुली जगह पर बीचोंबीच एक चोरतेन दिखाई पड़ा, जिसने ऐलान कर दिया कि अब बौद्ध धरती शुरू हो गई है। चोरतेन सफेद रँगे हुए पत्थरों का एक स्तूप होता है, जिसे बौद्ध पवित्र मानते हैं। गौरतलब है कि कारगिल जिला भी लद्दाख में आता है, लेकिन कारगिल जिले में ज्यादातर मुस्लिम हैं। केवल जांस्कर घाटी व थोड़े-बहुत उधर मुलबेक की तरफ़ ही बौद्ध हैं। अभी हमने जांस्कर घाटी में प्रवेश नहीं किया था। मुझे लग रहा था कि पूरी सूरू घाटी मुस्लिम है, लेकिन ऐसा नहीं है। ऊपरी सूरू घाटी के सभी गाँव बौद्ध हैं। चोरतेन के बिना लद्दाख की कल्पना नहीं की जा सकती। बौद्ध लोग अपने किसी पवित्र स्थान पर या गाँव आदि की सीमा पर चोरतेन बना देते हैं। इस्लामी इलाके में चोरतेन नहीं होते। कारगिल में ज्यादातर मुसलमान हैं तो बहुत-से पर्यटक यह भी समझ लेते हैं कि कारगिल लद्दाख में नहीं है। जबकि कारगिल भी लद्दाख में ही है। फिर भी चोरतेन लद्दाख की पहचान हैं; इसीलिये जब हमें पहला चोरतेन दिखाई दिया तो हम खुशी से झूम उठे।

आठ बजे रांगडुम पहुँचे। यहाँ एक रेस्ट हाउस है जहाँ गाड़ी रोक दी। ड्राइवर ने बताया कि आज यहीं रुकेंगे और सुबह-सवेरे चार बजे यहाँ से प्रस्थान कर जायेंगे। हमारी खुशी का कोई ठिकाना नहीं रहा क्योंकि अभी तक हम मानकर चल रहे थे कि रात दो-तीन बजे पदुम

पहुँचेंगे और पूरी रात हमें इसी गाड़ी में बितानी पड़ेगी। सारा सामान गाड़ी से निकालकर कमरे में रख दिया और यहीं कैण्टीन में खाने को बोल दिया। ड्राइवर कैण्टीन में ही सो जायेगा, जहाँ उसका कोई पैसा नहीं लगेगा। असल में हमें ड्राइवर पर एक भी पैसा खर्च नहीं करना था, यहाँ तक कि रास्ते भर चाय और खाने पर भी नहीं। वो कारगिल का है तो जाहिर है कि मीट के बिना नहीं रह सकता। हमारे साथ खाता तो बेचारे को 'घास' ही खानी पड़ती।

रांगडुम में हमारे अलावा कुछ विदेशी भी थे। यह समुद्र तल से 4000 मीटर की ऊँचाई पर स्थित है। इस ऊँचाई पर अच्छी-खासी सर्दी होती है, लेकिन अभी साढ़े आठ बजे उतनी सर्दी महसूस नहीं हो रही थी। दिन में तेज धूप पड़ने के कारण काफ़ी गर्मी होती है। शाम को जब दिन ढल जाता है तो चट्टानों से विकिरण निकलता है, जिससे काफ़ी देर तक वातावरण में गर्मी बनी रहती है, बाद में तापमान कम होता चला जाता है। फिर भी हमने गर्म कपड़े पहन रखे थे और मंकी कैप भी लगा रखी थी।

ऊपर पूरा चाँद निकला था। लग रहा था कि आज पूर्णिमा है। अगर आज नहीं है तो आजकल में होगी। मेरे व प्रकाश जी के पास ट्राइपॉड था। मैं तो निकाल लाया, लेकिन प्रकाश जी नहीं लाये। विधान ने मुझसे माँगा तो मैंने मना कर दिया। मैं स्वयं लम्बे एक्सपोजर के फोटो खींचने में लगा था। ऐसे फोटो के लिये ट्राइपॉड ज़रूरी होता है। फिर इन फोटो में कैमरे की बैटरी भी जल्दी ख़त्म हो जाती है, लेकिन हमें उसकी कोई चिन्ता नहीं थी। रांगडुम में बिजली की सुविधा है।

विधान ने एक कार की छत पर कैमरा रखकर काम चला लिया। कुछ देर बाद मैं रेस्ट हाउस की चारदीवारी से बाहर निकला और सड़क किनारे आ गया। दूर तक फैली ऊपरी सूरू घाटी बड़ी मनमोहक दिख रही थी। ट्राइपॉड पर कैमरा लगाया और लम्बे एक्सपोजर में घाटी के फोटो लेने शुरू कर दिये। जब देखा कि चाँद के फोटो से कई गुना

बेहतर ये फोटो हैं तो विधान को आवाज लगाई। अब तक सर्दी काफ़ी बढ़ चुकी थी। जोर देने पर विधान कम्बल ओढ़े काँपता हुआ बाहर आया। मैंने उसे कुछ फोटो दिखाये तो वह उत्साहित हो गया और फिर उसने भी ट्राइपॉड से कुछ ऐसे ही फोटो खींचे। जी कर रहा था कि पूरी रात बाहर सड़क पर व और आगे जाकर फोटो खींचने में ही निकाल दें, लेकिन लौटना तो था ही।

कैण्टीन में खाने-पीने का ज़रूरी सामान तो था ही और राजमा, चावल और आमलेट भी हर जगह मिल जाते हैं, रोटी भी मिल गई। एक बार रजाई में घुसने के बाद विधान और प्रकाश जी को खाने के लिये कैण्टीन में लाना बड़ा मुश्किल काम था। जब तक बाहर थे, तब तक तो सर्दी नहीं लगी, लेकिन जैसे ही रजाई में घुसे, फिर बाहर निकलना मुश्किल हो गया। उधर मैं इसलिये परेशान था कि सुबह जल्दी उठना है। ड्राइवर ने कह दिया था कि सुबह चार बजे चल देना है। इसका अर्थ है कि तीन साढ़े तीन बजे उठना पड़ेगा; यह मेरे लिये बिल्कुल असम्भव काम है।

रांगडुम से पदुम और अनमो

अगले दिन सुबह साढ़े तीन बजे ही ड्राइवर ने आवाज लगा दी। कसम से इस समय उठने का बिल्कुल भी मन नहीं था। सर्दी में रजाई छोड़ने का क्षण मेरे लिये बड़ा दुखदाई होता है, लेकिन उठना तो था ही। हम चाह रहे थे कि कोई हमें उठाकर रजाई समेत ही गाड़ी में डाल दे, लेकिन हमें स्वयं ही उठना भी था और रजाइयाँ भी यहीं छोड़नी थीं। बाद में हमने ड्राइवर को समझाया कि भाई, इतना पैसों के पीछे नहीं भागना चाहिये; अगर तेरी गाड़ी आज ही पदुम से वापस कारगिल नहीं आयेगी तो कोई बड़ी बात नहीं है... हमारी तरह नींद का मजा लेना सीख; इससे बढ़कर आनन्द दुनिया में और कोई नहीं है... लेकिन फिर भी चार बजते-बजते यहाँ से निकल चुके थे। इस बार

सामान छत पर नहीं बाँधा। अभी भी रात काफ़ी थी। पाँच बजे जाकर कहीं उजाला होना शुरू होगा।

आगे चलकर सूरू नदी का पाट अत्यधिक चौड़ा हो गया और सड़क छोड़कर ड्राइवर ने गाड़ी सीधे नदी के बीच में पत्थरों में घुसा दी। ऊबड़-खाबड़ रास्ता अभी तक था, ऊबड़-खाबड़ अभी भी है तो कुछ भी फ़र्क पता नहीं चला, लेकिन संयोग से उस समय मेरी आँख खुली थी। मैंने सोचा कि ड्राइवर नींद में है और नींद में इसने गाड़ी नदी में घुसा दी है। मैं चिल्ला पड़ा कि भाई, देखकर चल! नींद आ रही हो तो वापस रेस्ट हाउस में चलते हैं और सोते हैं। ड्राइवर ने तब बताया कि उसे नींद नहीं आ रही है बल्कि यह शॉर्ट-कट है। पत्थरों से कुछ देर में पुनः सड़क पर आ गये। कुछ ही आगे एक जगह गाड़ी रोक दी। यहाँ एक सन्तरी खड़ा था। यह असल में रांगडुम गोम्पा है। बड़ा प्रसिद्ध गोम्पा है यह। इसी के पास एक चेकपोस्ट है। यह पता नहीं सेना की चेकपोस्ट है या बी.एस.एफ. की या किसी और बल की। पुलिस की तो नहीं है। ड्राइवर ने रजिस्टर में एण्ट्री की। हम सन्तरी को देखकर हैरान थे। आँखों में नींद का नामोनिशान तक नहीं था, जबकि यहाँ न कोई पाकिस्तान की सीमा है, न किसी चीन की। यहाँ ट्रैफिक भी बिल्कुल नहीं था। आख़िरी गाड़ी कल दिन रहते ही गुजरी होगी। हमारे बाद जो गाड़ी आयेगी, वो भी उजाला होने के बाद ही आयेगी। गोम्पा देखना बनता था, लेकिन अँधेरा था, हमने नहीं देखा, या फिर शायद अँधेरे में यह बन्द भी रहता हो। कुल मिलाकर हमारा गाड़ी से नीचे उतरने का मन नहीं था।

पौने छः बजे पंजी-ला पहुँचे। इसे पेंसी-ला भी कह देते हैं। यह एक दर्रा है जो सूरू और जांस्कर घाटियों को जोड़ता है व कारगिल-पदुम सड़क का उच्चतम स्थान है। इसकी ऊँचाई लगभग 4400 मीटर है। इसके बाद हम जांस्कर घाटी में प्रवेश कर जायेंगे और आगे पूरा रास्ता ढलान भरा है।

पंजी-ला का मुख्य आकर्षण इसकी छोटी-छोटी झीलें हैं। अब

तक काफ़ी उजाला हो चुका था। यहाँ एक वॉच-टावर भी है जहाँ खड़े होकर चारों तरफ़ का नज़ारा लिया जा सकता है। वॉच-टावर की सीढ़ियाँ चढ़ने में बुरी तरह साँस फूल गई; बड़ी भयंकर ठण्ड भी थी। धूप निकलने लगी थी। ड्राइवर ने आफत मचाये रखी, अन्यथा हम यहाँ एक घण्टे से ज्यादा तक रुकने वाले थे।

जांस्कर भी कारगिल जिले का ही हिस्सा है। अगर हम नदी के साथ-साथ चलते जायें तो पदुम से काफ़ी आगे ज़ांगला नामक स्थान है। फिर नेरक व और आगे चिलिंग गाँव है। चिलिंग वही स्थान है जहाँ पहली लद्दाख यात्रा में मैंने जनवरी में शून्य से पच्चीस डिग्री नीचे के तापमान में गुफा में रात बिताई थी। तो ज़ांगला व नेरक के बीच में कहीं यह नदी कारगिल जिले से लेह जिले में प्रवेश करती है।

पंजी-ला पार करते ही इस मार्ग का सबसे बड़ा ग्लेशियर मिलता है - द्रांग-द्रंग ग्लेशियर। भारत में अमूमन ग्लेशियरों तक सड़क नहीं जाती, लेकिन यह सड़क एक अपवाद है। द्रांग-द्रंग ग्लेशियर हैरान कर देने वाला ग्लेशियर है। पहली बार निगाह में आने के बाद से लेकर कई किलोमीटर तक यह दिखता रहता है। हर मोड़ पर इसकी अलग ही सुन्दरता दिखती है। आगे के समय का भी हमें ध्यान रखना था, इसलिये बार-बार गाड़ी नहीं रुकवा सकते थे। इसी ग्लेशियर से जांस्कर नदी निकलती है जो एक लम्बा सफर तय करके निम्मू में सिन्धु में जा मिलती है। कभी बाइक से आऊँगा, तब इस ग्लेशियर की सुन्दरता को जी-भरकर देखूँगा।

एक बार पंजी-ला से उतर जाते हैं तो क़रीब 4000 मीटर तक पहुँच जाते हैं। फिर पदुम तक मामूली-सा ढलान है और दूरी ज्यादा होने के कारण यह समतल ही दिखता है। पदुम 3600 मीटर की ऊँचाई पर स्थित है। जांस्कर बेहद चौड़ी घाटी बनाकर बहती है तो नदी के दोनों तरफ़ दूर-दूर तक समतल मैदान दिखते हैं। इन्हीं मैदानों में एक नन्हा-सा जीव मिलता है जो जांस्कर और लद्दाख की पहचान है। वो है फ्यांग। प्रकाश जी ने इसका अंग्रेजी नाम बताया - मरमेड। यह

आपको पत्थरों पर व घास पर धूप सेंकता मिलेगा। बेहद शर्मीला; खरगोश व चूहे की मिली-जुली प्रजाति जैसा दिखने वाला यह जीव आपको पास आते देख भागकर अपने बिल में दुबक जाता है, लेकिन सड़कों पर दौड़ती गाड़ियों से यह परिचित है।

सवा सात बजे एक गाँव में पहुँचे, नाम था अबरान। भूख लग रही थी। ड्राइवर से बता रखा था कि कहीं भी चाय की दुकान मिले, बता देना। उसने एक जगह गाड़ी रोक दी। हमें पचास मीटर आगे एक दुकान दिखी तो पैदल ही उस दुकान की तरफ़ बढ़ चले। चार कप चाय बनवा ली। तीन हम और एक ड्राइवर। चाय बन गई तो हमने ड्राइवर को आवाज दी। तभी दुकान वाले ने कहा कि वो नहीं आयेगा। क्यों? क्योंकि वह कारगिल का रहने वाला है। ये लोग हम बौद्धों के यहाँ कुछ भी नहीं खाते, खायेंगे तो सिर्फ कारगिल वालों की ही दुकान पर। जहाँ उसने गाड़ी रोकी थी, वहाँ एक कारगिल वाले की भी दुकान है। उसने वहाँ चाय पी है, लेकिन हमें वह बिल्कुल भी दुकान नहीं लग रही थी; अगर लगी होती तो हम पचास मीटर आगे नहीं आये होते। हमने पूछा कि इस तरह का खान-पान का विचार आप लोग भी करते हो क्या? बोला कि नहीं, हम ऐसा नहीं करते; कारगिल जाते हैं तो इन्हीं लोगों के यहाँ खाते हैं।

पदुम से कारगिल जाने वाली गाड़ियों का काफिला मिलने लगा। रास्ता खराब तो था ही, सामने से गाड़ी के आ जाने से धूल भी बहुत उड़ती थी। ये दो घण्टे बेहद बोरियत भरे बीते। सवा नौ बजे हम पदुम में थे। बी.आर.ओ. पता नहीं इस सड़क को क्यों नहीं ठीक करता? कारगिल से पदुम तक पूरा रास्ता चौड़ी घाटी से होकर है। न पहाड़ गिरने का डर और न बारिश होने का डर। एक बार ढंग की सड़क बन जाये तो सालों तक चलेगी। लगता है उसका पूरा ध्यान श्रीनगर-लेह सड़क को ही दुरुस्त रखने में है। अरे, नहीं बनानी सड़क तो हाथ खड़े कर दो। सड़क को अपने अधीन भी रखेंगे और बनायेंगे भी नहीं। बी.आर.ओ. हाथ खड़े कर देगा तो पदुम में इतनी ताकत तो है ही कि राज्य प्रशासन से बनवा सके या जिला प्रशासन से बनवा सके।

पदुम अर्थात जांस्कर का मुख्यालय। जांस्कर एक नदी का नाम होने के साथ-साथ इस लम्बे-चौड़े इलाके का नाम भी है। यहाँ कई छोटे-छोटे गाँव हैं। पदुम इनमें सबसे बड़ा है। यह तहसील भी है। ज्यादातर आबादी बौद्ध है। बौद्ध होने के नाते इसे लेह जिले में मिला देना चाहिये था। नदी के उस पार एक बड़ा प्रसिद्ध गोम्पा भी है।

पदुम ट्रैकिंग के शौकीनों के लिये ज़न्नत है। यहाँ से चारों दिशाओं में ट्रैक हैं - आसान भी और कठिन भी। आसान ट्रैक में तो शिंगो-ला सर्वप्रथम है; फिर लामायुरू ट्रैक और हेमिस ट्रैक भी हैं। सर्दियों में जमी हुई नदी पर चादर ट्रैक होता है। हिमाचल जाने के लिये शिंगो-ला के अलावा कंग-ला ट्रैक है... और भी कई हैं। एक उमासी-ला ट्रैक है जिससे होकर किश्तवाड़ जिले में मचैल तक पहुँचा जा सकता है। पिछले दिनों इसी उमासी-ला के पास एक दुर्घटना हो गई थी। हिमाचल के दो ट्रैकर अरुण और रीजुल मचैल से जांस्कर जा रहे थे, उमासी-ला होते हुए। दोनों ही बड़े अनुभवी ट्रैकर थे। मचैल के बाद उन्हें दो नाले पार करने पड़े। पुल नहीं था तो पानी में घुसना पड़ा। पता नहीं अत्यधिक ठण्डे पानी से कुछ हुआ या कोई और बात थी, अरुण के पैर जवाब दे गये और इतना जवाब दे गये कि अरुण चलने में असमर्थ हो गया। दो दिनों तक पैर ठीक होने की प्रतीक्षा की और आख़िरकार तीसरे दिन रीजुल उमासी-ला पार करके सहायता माँगने पदुम पहुँचा। बचाव अभियान में सेना भी शामिल हो गई; लेकिन जब तक अरुण तक कोई सहायता पहुँचती, उसने दम तोड़ दिया था।

खैर।

पदुम से आगे रारू गाँव है, जहाँ से मेरी जानकारी के अनुसार ट्रैक शुरू होता है। रारू तक सड़क बनी है। जिस तरह कारगिल से यहाँ पदुम तक कोई बस नहीं चलती, उसी से अन्दाजा लगा लिया था कि रारू तक भी कोई बस नहीं मिलने वाली। शेयर्ड सूमो भी मुश्किल ही मिलेगी। हमने इसी ड्राइवर से बात की तो इसने मना कर दिया। जोर दिया तो पाँच हजार माँगने लगा। सोचा कि हो सकता है कि रारू

तक जाने का किराया पाँच हजार ही हो। कोई असम्भव बात नहीं थी। विदेशी बहुत आते हैं और सड़क नहीं है और जनसंख्या तो लगभग नगण्य। चालीस किलोमीटर के पाँच हजार हो सकते हैं, लेकिन हमें भूख भी लगी थी। पदुम बड़ा गाँव है, इसलिये जैसा खाना यहाँ मिल सकता था, वैसा आगे नहीं मिलने वाला। आख़िरकार हम उतर गये। ड्राइवर ने भी हमारे उतरते ही गाड़ी वापस मोड़ ली और कारगिल, कारगिल चिल्लाकर सवारियाँ बुलाने लगा।

एक साफ-सुथरे और शीशे लगे रेस्टॉरेंट में गये। यहाँ वेटर बिहारी थे। साफ-सुथरे कपड़े पहन रखे थे। लग ही नहीं रहा था कि बिहारी हैं, लेकिन शक्ल पर स्थायी ठप्पा लगा था कि उत्तर भारतीय हैं। हमने पूछा, उसने बताया। हैरानी हुई; अच्छा भी लगा। आदमी कहाँ कहाँ रोजी-रोटी कमाने जाता है! आलू के पराँठे नहीं मिले तो मोमो ले लिये।

जब तक खाना ख़त्म हुआ, तब तक हमारी जानकारी अपड़ेट हो चुकी थी। रारू से आगे अनमो गाँव तक सड़क बन चुकी है। मैंने नक्शे में देखा। खुशी से झूम उठा - अनमो तो पुरने के बिल्कुल नजदीक है। इसका मतलब है कि हम फुकताल गोम्पा को आज ही देख सकते हैं। फुकताल इस शिंगो-ला ट्रैक से पाँच किलोमीटर हटकर है। सुविधाजनक रास्ता पुरने से जाता है। योजना बन गई कि पुरने में सामान छोड़कर खाली हाथ ही फुकताल चले जायेंगे; वापस पुरने आने में अँधेरा भी हो जायेगा, तो भी कोई बात नहीं। अगर अनमो तक सड़क न बनी होती तो हमें रारू से पैदल चलना पड़ता। अँधेरा होने तक पुरने पहुँचते... आज फुकताल नहीं जा पाते।

यह भी पता चला कि वो सामने वाली दुकान का चबूतरा अनमो जाने वाले यात्रियों का ठिकाना है। जब भी कोई सूमो वाला देखता है कि पर्याप्त सवारियाँ हैं, तो वह आकर गाड़ी लगा देता है और अनमो चला जाता है। हम भी वहीं जाकर बैठ गये। अभी हम तीनों के अलावा यहाँ कोई नहीं था। दो विदेशी दिखे तो विधान लपककर उनके पास

गया। कुछ गुफ्तगू की और वे विदेशी भी उसी चबूतरे पर आकर बैठ गये। विधान ने बताया कि ये भी अनमो ही जायेंगे। फुकताल गोम्पा विदेशियों में भी काफ़ी लोकप्रिय है।

अनमो का एक स्थानीय लड़का भी आकर बैठ गया। अब छः यात्री हो गये। विधान और प्रकाश जी टैक्सी स्टैण्ड पर गये। उसने कहा कि तीन हजार रुपये लेगा। तीन हजार का मतलब था कि छः लोगों में बँटकर पाँच-पाँच सौ प्रति सवारी पड़ेंगे। उन्होंने यह बात सबको बताई। स्थानीय लड़के ने कहा कि वो केवल दो सौ ही देगा, नहीं तो पूरे दिन यहीं बैठा रहेगा; शाम को उसका कोई जानकार कारगिल से आयेगा और वह फ्री में अपने गाँव जा सकता है। उधर विदेशियों ने कहा कि वे तीन-तीन सौ ही देंगे। इसका मतलब था कि हमारे ऊपर बाइस सौ का बोझ पड़ेगा। पता नहीं विदेशियों को किस गधे ने पढ़ा दिया कि तीन सौ से ज्यादा मत देना। वे अपनी जिद से टस से मस नहीं हुए। हमारा सारा उत्साह ख़त्म हो गया।

फिर से एक घण्टा बीत गया और सवा ग्यारह बज गये। हम चबूतरे पर ही बैठे रहे। समय तेजी से निकलता जा रहा था। हमारे पास योजनानुसार कोई मार्जिन नहीं था, लेकिन रारू की बजाय अनमो तक सड़क बन जाने से हमें बहुत मामूली-सा मार्जिन मिल गया था। अगर आज फुकताल न जा पाये तो यह मार्जिन भी समाप्त हो जायेगा।

बड़ी ज़द्दोज़हद के बाद विदेशी चार-चार सौ यानी 800 रुपये देने को राजी हुए। उधर उस लड़के ने जाने से मना कर दिया। उसका जानकार आयेगा और वह अब फ्री में जायेगा। हमारे लिये बात वही की वही रह गई। हमने तय किया कि इनसे 800 ही ले लेते हैं, बाकी 2200 हम दे देंगे। आज हमें लगा कि ऐसी जगहों पर जो चायवाला हमसे एक चाय के दस रुपये लेता है; इन विदेशियों से पच्चीस-तीस रुपये लेता है, ठीक ही करता है।

आख़िरकार साढ़े ग्यारह बजे यहाँ से रवाना हो गये। पदुम से निकलते ही सड़क सारप नदी की सँकरी घाटी में घुस गई। कारगिल से

अभी तक बड़ी चौड़ी घाटियाँ मिलीं - पहले सूरू की और फिर जांस्कर की। सारप की घाटी बहुत सँकरी है। सीधे खड़े बंजर हरियाली-विहीन पहाड़ और बाहर उड़ती धूल। पहाड़ देखते ही डर लगता। कई बार इधर-उधर से नदियाँ-नाले इसमें आकर मिलते तो उनकी घाटियों में झाँक लेते। वहाँ भी यही बीहड़ नजारा था। देखते ही रूह तक काँप जाती। ऐसा ही एक नाला कंग-ला से आता है। कंग-ला ट्रैक बेहद मुश्किल ट्रैकों में माना जाता है। कई दिनों तक ग्लेशियर पर चलना होता है और कम से कम दो रातें भी ग्लेशियर पर ही टैंट लगाकर बितानी पड़ती हैं। अगर यह ग्लेशियर का मामला न होता तो मैं भी कंग-ला ट्रैक को करने के बारे में सोच लेता; लेकिन जहाँ बर्फ पर चलना पड़े, मेरी फूँक निकलती है।

रारू में नदी पार की। रास्ता नया बना है। पुराना रास्ता ही बहुत खतरनाक था, नये का अन्दाजा लगा सकते हो। ड्राइवर अत्यधिक कुशल था, नहीं तो एक जगह सामने से आती गाड़ी को रास्ता देने के लिये सौ मीटर पीछे चलाना लगभग असम्भव काम था। उधर नदी के उस तरफ़ रारू से आती वो पगडण्डी भी दिख रही थी, जो सड़क बनने से पहले रास्ते का काम करती थी। सड़क बन गई, लेकिन गाड़ियाँ नहीं चलतीं, इसलिये वह पगडण्डी आज भी जीवित है। बहुत सारे ट्रैकर आते-जाते दिखे।

ढाई घण्टे बाद यानी दो बजे अनमो पहुँचे। दूरी पचास किलोमीटर से ज्यादा नहीं है। सड़क भी बस यहीं तक बनी है। सीमा सड़क संगठन का एक कैम्प यहाँ है और आगे सड़क बनाने का काम चल रहा है। यहाँ ऊपर से आती जलधारा भी है जिससे अनमो को पीने का पानी मिलता है; इसकी वजह से थोड़ी हरियाली भी है। पूरे गाँव में चार-पाँच घर ही हैं। जलधारा के किनारे एक तम्बू लगा है जहाँ खाना मिलता है। पैदल यात्रा शुरू करने से पहले हमने भी कुछ खाने का इरादा कर लिया।

लेकिन हम तय करते रह गये कि क्या खाएँगे; खाएँगे भी या

नहीं... तब तक हमारे साथ आये विदेशियों ने खाने का ऑर्डर दे दिया। जब तक हमारा फैसला हुआ, तब तक एक ही प्लेट चावल बचे थे और वे उन विदेशियों के लिये थे। दुकान की मालकिन ने दोबारा चावल बनाने को कहा, लेकिन मैंने मना कर दिया। अच्छी तरह जानता हूँ कि 3900 मीटर की इस ऊँचाई पर कितनी देर में चावल बनेंगे। हालाँकि कुकर से ज्यादा फर्क नहीं पड़ता, लेकिन कम तापमान, जलधारा का अत्यधिक ठण्डा व खुला पानी - इनसे पकने में ज्यादा समय लगेगा। मना कर दिया। इसके बदले चाय, आमलेट, बिस्कुट, नमकीन व कोल्ड ड्रिंक रुक-रुककर लेते रहे। यहाँ एक बंगाली दम्पत्ति भी बैठे थे जो आज पुरने जायेंगे और कल फुकताल।

इतने में बी.आर.ओ. के इंजीनियर राजकुमार यहाँ आये। बातचीत हुई तो वे बुलन्दशहर के निकले। भला यहाँ कहाँ उन्हें दिल्ली वाले मिलते थे? बड़े खुश हुए, और यह जानकर कि मैं मेरठ का हूँ और जाट हूँ तो और भी खुश हुए। वे भी जाट ही थे। अपने कैम्प में ले गये। उन्होंने जान ही लिया था कि हम भूखे हैं और हमें यहाँ भरपेट खाना नहीं मिला है। पहले मैगी बनवा ली। सबके लिये बड़े-बड़े कटोरे भरकर मैगी आई। मुझे मैगी अच्छी नहीं लगती है, लेकिन धीरे-धीरे बात करते-करते खा गया। उसके बाद बड़े-बड़े आमलेट आ गये। हम उन्हें भी खा गये।

बी.आर.ओ. के कैम्प में फाइबर की बनी हट थीं, जो गर्म रहती हैं। इन्हीं के एक तरफ़ बाथरूम व टॉयलेट था। मेरा प्रेशर बना तो मैं अन्दर चला गया। हाथ धोने लगा तो पाया कि गर्म पानी आ रहा है। असल में यह उसी जलधारा का पानी था जिसे एक टंकी में इकट्ठा करके रख लेते हैं। लद्दाख व जांस्कर में भले ही कितनी ठण्ड पड़ती हो, लेकिन अगर धूप निकली है तो भीषण गर्मी भी हो जाती है। पानी उसी गर्मी से गर्म हो गया था। यह कम से कम चालीस डिग्री रहा होगा। मैं कल सुबह कारगिल में नहाया था, आगे का कोई भरोसा नहीं कि कब नहाना हो। फिर भीषण गर्मी, लगातार ऊबड़-खाबड़ रास्तों पर की गई यात्रा से थकान और धूल भरा वातावरण होने के कारण मुझे

नहाने की ज़रूरत महसूस हो रही थी। शीघ्र ही यह ज़रूरत भी पूरी कर ली। विधान ने कहा कि नहा तो तू लिया है, लेकिन वापस दिल्ली जाकर अगर किसी से कहेगा कि तू यहाँ नहाया है, तो कौन यकीन करेगा?

ऐसे वातावरण में बी.आर.ओ. वाले लगातार काम करते हैं। निश्चित ही राजकुमार भी इससे तंग आ गया होगा। घर पर बात करने के लिये केवल एक सैटेलाइट फोन था। अगर अचानक घर पर कुछ हो जाये तो वह कितनी भी जल्दी कर ले, तीन दिन से पहले घर नहीं पहुँच सकता। उसने कहा - यहाँ, जहाँ न कुछ पैदावार होती है, न मौसम ही अच्छा है, न हवा में ऑक्सीजन है - बंजर, पथरीला इलाका - अंग्रेज बहुत आते हैं, अंग्रेज माने विदेशी। फिर कहने लगा कि इनके पास एक नक्शा होता है जिसे वे बार-बार देखते हैं। पैसे भी बहुत होते हैं इनके पास। सैटेलाइट उपकरण होते हैं इनके बैग में, ताकि इनकी सरकार देख सके कि ये कहाँ हैं, किसी मुसीबत में तो नहीं हैं। असल में यहाँ कहीं कोई भारी खजाना गड़ा है। हमें उसकी जानकारी नहीं है, लेकिन इन्हें पता है। उसे लेने आते हैं ये लोग। सुना है कि उसका कुछ हिस्सा कुछ लोगों के हाथ भी लगा है, नहीं तो यहाँ आने की ज़रूरत ही क्या थी?

हम तीनों उसकी बात पर मुस्कुराते रहे। हमने कहा - हमारे पास भी यहाँ के चप्पे-चप्पे का नक्शा है; हमारे पास भी जी.पी.एस. है, हम भी यहाँ खजाना लेने आये हैं और याद रखना, खजाना लेकर ही लौटेंगे। बोला कि तुम उसे नहीं ढूँढ़ पाओगे। हम बड़ी देर तक उसकी मासूमियत और इस बात पर हँसते रहे। उसे भी किसी ने बताया ही होगा। इसका मतलब है कि बी.आर.ओ. वाले यह मानते हैं कि यहाँ लोग खजाना ढूँढ़ने आते हैं। अरे, किसी स्थानीय से पूछ लिया करो ऐसी बात; अपनी मन-गढंत बातें चलाना अच्छी बात नहीं है। हर गाँव में, हर घर में यहाँ होमस्टे है, आप किसी भी घर में किसी भी समय जाकर ठहर सकते हो। स्थानीय लोग जानते हैं कि ये सब घूमने-फिरने वाले हैं। उनके मन में कभी नहीं आता होगा कि इनके पास जी.पी.एस.

उपकरण हैं और बहुत सारे पैसे हैं। अगर कोई मैदानी आकर यहाँ घर बना ले तो उसकी निगाहें घुमन्तुओं के सामान पर ही लगी रहेंगी और मौका मिलते ही काम तमाम भी कर देगा। बुलन्दशहर समेत पूरे पश्चिमी उत्तर प्रदेश में कहीं भी टूरिज्म की परम्परा नहीं है तो इस इलाके के लोग पर्यटकों और घुमन्तुओं को अजीब निगाहों से देखते हैं। सोचता होगा इस बंजर-बीहड़ इलाके में जहाँ उसका बिल्कुल भी मन नहीं लग रहा, बाहर के लोग आकर मस्ती करके जाते हैं तो अवश्य कोई बात है।

ट्रैकिंग शुरू - अनमो से चा

पदुम-दारचा ट्रैक आजकल अनमो से शुरू होता है। वास्तव में यह ट्रैक अब अपनी अन्तिम साँसें गिन रहा है। जल्दी ही यह ‘पदुम-दारचा सड़क’ बनने वाला है। पदुम की तरफ़ से चलें तो अनमो से आगे तक सड़क बन गई है और अगर दारचा की तरफ़ से देखें तो लगभग शिंगो-ला तक सड़क बन गई है। मुख्य समस्या अनमो से आठ-दस किलोमीटर आगे तक ही है। फिर शिंगो-ला तक चौड़ी घाटी है, कच्ची मिट्टी है। सड़क और तेजी से बनेगी। एक बार सड़क बन गई तो ट्रैक का औचित्य समाप्त। इसी तरह पदुम को निम्मू से भी जोड़ने का काम चल रहा है। निम्मू वो जगह है, जहाँ जांस्कर नदी सिन्धु नदी में मिलती है। पदुम से काफ़ी आगे तक सड़क बन चुकी है और उधर निम्मू से भी बहुत आगे तक सड़क बन गई है, बीच में थोड़ा-सा काम बाकी है। सुप्रसिद्ध चादर ट्रैक इसी पदुम-निम्मू के बीच में होता है। निम्मू से चलें तो चिलिंग से आगे तक सड़क बन गई है। जहाँ सड़क समाप्त होती है, वहीं से चादर ट्रैक शुरू हो जाता है। जब यह सड़क पूरी बन जायेगी तो चादर ट्रैक पर भी असर पड़ेगा। उधर पदुम और कारगिल पहले से ही जुड़े हैं।

हम इसी अन्तिम साँसें गिनते ट्रैक पर जा रहे हैं। कुछ साल बाद

जब सड़क बन जायेगी, मोटरसाइकिल वाले इधर से आया करेंगे, अपनी शिंगो-ला विजय गाथा लिखा करेंगे; उस समय हमारे पास भी कहने को होगा कि हम इधर तब गये थे जब सड़क ही नहीं थी। ठीक साच-पास की तरह। आज कौन साच-पास को पैदल पार करता है?

विधान और मैं कई बार साथ यात्रा कर चुके हैं। ट्रैक शुरू करने से पहले अपने दूसरे साथी प्रकाश यादव जी के बारे में भी बताना उचित समझता हूँ। प्रकाश जी रायगढ़ छत्तीसगढ़ में जिंदल स्टील में महाप्रबन्धक हैं। महाप्रबन्धक यानी जी.एम., जनरल मैनेजर। बहुत बड़ी पोस्ट होती है महाप्रबन्धक की। एक इंजीनियर ही जानता है कि महाप्रबन्धक क्या चीज होती है। मैं स्वयं एक इंजीनियर हूँ; आपको जानकर हैरानी होगी कि मैंने आज तक अपने महाप्रबन्धक से बात करना तो दूर, उन्हें देखा तक नहीं है। तो एक महाप्रबन्धक के साथ घूमना, बातें करना, खाना खाना और सबसे बड़ी बात कि उन्हें निर्देश देना; मेरे लिये बड़े गर्व की बात थी; हम उन्हें 'सर' कहते थे।

विधान किसी बात पर प्रकाश जी से खुश होकर बोला - भगवान आपको जल्दी से जल्दी मैनेजर बना दे। प्रकाश जी तुरन्त बोले - अरे भाई, क्यों मेरा डिमोशन करा रहे हो?

अनमो लगभग 3900 मीटर की ऊँचाई पर स्थित है। इस ऊँचाई का अन्दाजा लगाने के लिये बता दूँ कि केदारनाथ, बद्रीनाथ, गंगोत्री, यमुनोत्री, अमरनाथ सब इससे कम ऊँचाई पर ही हैं। शिमला, मनाली की तो बात ही छोड़ दो। इस ऊँचाई पर वायु बहुत कम हो जाती है, फिर हम लगातार यात्रा कर रहे थे। दिल्ली से चलकर सीधे कारगिल रुके। कारगिल की ऊँचाई 2700 मीटर है। फिर अगली रात रांगडुम में रुके जो लगभग 4000 मीटर पर है। रांगडुम में रुकने का फायदा मिलना चाहिये था, लेकिन उतना फायदा नहीं मिला। अब यहाँ आकर पन्द्रह-पन्द्रह किलो सामान उठाकर पैदल चल दिये। तीनों की हालत खराब।

सोचा कि खच्चर या घोड़े ले लेते हैं, लेकिन चार घरों के गाँव

अनमो में कुछ नहीं मिला। सलाह मिली कि चार किलोमीटर आगे पुरने में खच्चर मिल जायेगा। चलने वाले ही थे कि कुछ खच्चर वाले आ गये। उन्हीं के पीछे-पीछे एक गाड़ी भी आ गई। देखते ही देखते चार खच्चर पूरे लद गये। मैं तो हालाँकि सामान स्वयं ही ले जाने वाला था, लेकिन विधान और प्रकाश जी के लिये खच्चर ज़रूरी था। हम मुँहमाँगे पैसे देने को तैयार थे, लेकिन खच्चर वाले ने मना कर दिया। उचित यही लगा कि किसी तरह पुरने चलते हैं; रात वहीं गुजारेंगे और आगे के लिये खच्चरों का इंतजाम भी कर लेंगे।

लद्दाख और जांस्कर की धूप से मैं परिचित हूँ। इसके बारे में कहा जाता है कि यह एक ऐसी जगह है, जहाँ अगर आप आधे धूप में और आधे छाँव में लेट जाओ तो आपको सनस्ट्रोक और कोल्डस्ट्रोक दोनों हो सकते हैं। आप धूप से झुलस भी सकते हो और ठण्ड से आपको पाला भी लग सकता है। मुझे बस एक यही चिन्ता थी, बाकी तो मैं इसकी धूल, गर्द, आँधी, नंगे बंजर हरियाली-विहीन पहाड़ों को जानता ही हूँ। यहाँ आकर वही सब मिला। उधर विधान ने लद्दाख के शानदार फोटो देख रखे थे। वह भी ऐसे ही फोटो खींचना चाहता था। शानदार दृश्यावली, मनभावन पहाड़, नीला आसमान, शीतल मौसम; लेकिन यहाँ आकर सबकुछ विपरीत मिला तो उसे निराशा हुई। प्रकाश जी का ज्यादा नहीं पता। वे तो बस ट्रैकिंग करना चाहते थे। जैसे ही सुना कि हम जा रहे हैं, तो वे भी तैयार हो गये। यह उनकी पहली ट्रैकिंग थी।

हवा की कमी के कारण चिड़चिड़ापन भी आ गया था, फिर खच्चर न मिलने की वजह से और भी ज्यादा मामला बिगड़ गया। जिस समय हम अनमो से रवाना हुए, तीनों चुप थे और तीनों के दिमाग खराब थे, लेकिन अनुभवी होने के कारण मेरी ही ज्यादा जिम्मेदारी थी। जल्दी ही पगडण्डी शुरू हो गई और सड़क पीछे छूट गई। यहाँ पहाड़ इतने विकट थे कि पगडण्डी पर खड़े होकर झुककर नीचे झाँकने पर बहुत दूर सारप नदी दिखती थी। ऐसे में चक्कर आना बड़ी साधारण बात होती है।

उस समय एक मोड़ पर मैं बैठ गया और दोनों की प्रतीक्षा करने लगा। कुछ देर बाद प्रकाश जी आये। हालत खराब। अब मैं बार-बार हालत खराब नहीं लिखूँगा, आप स्वयं ही समझते जाना कि जैसे-जैसे हम आगे बढ़ते गये, हमारी हालत खराब होती चली गई। वे भी मुझे देखते ही तुरन्त बैठ गये। मैंने पूछा - सर, चक्कर तो नहीं आ रहे? बोले कि नहीं। मैंने फिर कहा कि अगर चक्कर आयें तो तुरन्त बता देना, नज़रअन्दाज़ मत करना। फिर विधान आया। उससे भी मैंने यही पूछा - भाई, चक्कर तो नहीं आ रहे? चिड़चिड़ापन पहले से ही था, बोला - अगर चक्कर आ भी रहे हों तो तू क्या कर लेगा? यह एक 'लड़ाई' की शुरूआत थी। मैं भी चिड़चिड़ा हो रहा था, भिड़ पड़ा मैं भी।

बड़ी देर तक बहस हुई। आख़िरकार विधान ने कहा - मैं वापस जा रहा हूँ। प्रकाश जी भी हमारे बीच में बोले। जा चला जा - कहकर मैं आगे बढ़ गया और उनकी आँखों से ओझल होकर एक मोड़ पर फिर बैठ गया और उनमें से क़िसी के आने की प्रतीक्षा करने लगा। और वास्तव में उस समय मैं कुछ भी नहीं सोच पा रहा था; कुछ भी गणित नहीं लगा रहा था। विधान जायेगा या नहीं? चला जायेगा तो मुझे क्या करना है, उसे वापस लाना है या नहीं - कुछ भी अन्दाजा नहीं लग रहा था। बस बैठा था और कुछ भी घटित होने की प्रतीक्षा कर रहा था।

थोड़ी ही देर में दोनों आते दिखे। विधान तेजी से आगे निकल गया और प्रकाश जी मेरे पास रुककर बोले - थोड़ा कण्ट्रोल कर, बड़ी मुश्किल से समझाया है उसे। रास्ता समतल था। हालाँकि कहीं ढलान भी था और कहीं चढ़ाई भी, लेकिन कुल मिलाकर समतल ही था। इस समय यहाँ ढलान था और मैंने देखा कि विधान अप्रत्याशित गति से आगे बढ़ा जा रहा है। निःसन्देह वह इस समय भयंकर गुस्से में है। गुस्सा ही उसे तेज चला रहा है। यह बड़े खतरे की बात थी। उसके पास न कोई डण्डा था और न ही कोई वाकिंग स्टिक, जबकि हम दोनों के पास वाकिंग स्टिक थीं। मैंने प्रकाश जी से कहा - आप धीरे-धीरे

आओ, मैं विधान को रोकता हूँ।

मुझे लगभग दौड़ना पड़ा, तब जाकर बड़ी दूर विधान को पकड़ पाया। उस समय वह एक चट्टान का सहारा लेकर खड़ा हुआ था। मैं उसके पास गया। वाकिंग स्टिक उसकी तरफ़ बढ़ाई, उसने तुरन्त ले ली। कोई संवाद नहीं हुआ। हमारी आँखें तक नहीं मिलीं। और इस समय मैं कितना खुश हुआ, कोई अन्दाजा नहीं लगा सकता। वो आगे बढ़ गया, मैं खुशी से नाच उठा। मोबाइल निकाला और अपनी खुशी उसमें रिकार्ड भी की। बिल्कुल उम्मीद नहीं थी कि वो वाकिंग स्टिक ले लेगा। सोचता आ रहा था कि वो नहीं लेगा; उसे समझाऊँगा, ऐसे कहूँगा, ये कहूँगा, वो कहूँगा, लेकिन सब सोचने पर पानी फेर दिया - तुरन्त ले ली बिना कोई प्रतिकार किये।

इस घटना का विधान ने कुछ यूँ वर्णन किया है -

"अनमो पहुँचने से कुछ देर पहले मेरी आँख खुली। धूल का गुबार-सा उड़ता दिखाई दे रहा था। धूप में तेजी थी, भले ही वातावरण ठंडा था। मन बैचेन-सा हो गया। धूल से अटे हुए 15-15 किलो के बैग जब गाड़ी से उतार रहा था, तो मन में विचार आया - यार कहाँ फँस गया!"

"दरअसल यह ट्रैक 'पदुम–दारचा' ट्रैक कहलाता है। अबकी बार मैं एक 'ट्रैकर' की हैसियत से नहीं, बल्कि फोटोग्राफी के हिसाब से गया था और वहाँ मुझे मेरी उम्मीद से उलट पूरा माहौल मिला। हमने जोश में माहौल और परिस्थितियों को समझे बिना जरूरत से ज्यादा वजन ले लिया था।"

"खैर बुझे मन से अपना बैग लादकर चार–पाँच घरों के गाँव 'अनमो' में उतरे और सड़क के किनारे बने छोटे-से तम्बूनुमा ढाबे में जाकर बैठ गए। मन में विचार चल रहा था कि 90-95 किलोमीटर की दूरी पैदल तय करनी पड़ेगी। साँस लेने में दिक्कत महसूस हो रही

थी, और ऊपर से 15 किलो का बैग लादकर खतरनाक रास्ते पर चलना था। अंदर से दिल बैठा जा रहा था।''

''इधर 'नीरज' नाम के प्राणी को भूख लगी हुई थी और वो ढाबे की मालकिन से खाने की पूछ रहा था। उधर मेरी भूख मर चुकी थी। ढाबे की मालकिन ने चावल और मटर की सब्जी एक आदमी के खाने लायक होने की बात कही। नीरज को उम्मीद जगी ही थी कि, यहाँ भी वो विदेशी जोड़ा, उसके खाने पर 'डाका' डाल चुका था। दरअसल ढाबे की मालकिन को विदेशियों से ज्यादा पैसे मिलते हैं, इसलिए उसने खाना उन विदेशियों को दे दिया और थोड़ी-बहुत मटर की सब्जी बची थी, वो गिर गई। नीरज का मूड ख़राब हो चुका था।''

''वहीं सीमा सड़क संगठन के इंजीनियर साहब बैठे हुए थे। उन्होंने पूछा - ''कहाँ से आये हो?'' मैंने राउण्ड फीगर में दिल्ली बोल दिया। बात आगे बढ़ी तो वो नीरज के 'पड़ोसी' (गाँव या शहर के) निकले और दोनों के 'जाट' की पुष्टि होते ही हाथ मिले। इंजीनियर साहब ने अपने यहाँ खाने का निमंत्रण दे दिया और नीरज ने सहर्ष स्वीकार किया। चाय-वाय पीने के बाद हम बी.आर.ओ. के 'हट' की ओर चल दिए। इंजीनियर साहब राजकुमार जी ने काफ़ी अच्छी खातिरदारी की।''

''अनमो से ट्रैक शुरू करते हुए लगभग दो बज चुके थे। हवा में ठंडक थी, पर धूप तेज और चमकीली थी। जैसे ही पन्द्रह किलो का बैग पीठ पर डाला तो एक कँपकँपी-सी आई। मन में विचार आया कि बेटा और ट्रैक कर। प्रकाश जी का यह पहला ट्रैक था और वे सीधे 4000 मीटर से अधिक ऊँचाई पर ट्रैक कर रहे थे। उनके बैग का वजन भी उतना ही था, जितना मेरा था। मुझे उनको लेकर फिक्र होने लगी थी। वो खच्चर किराये से करने की बोल रहे थे और मेरे मन में था कि इतना वजन लादकर एक बार चल तो लें, खच्चर आगे कर लेंगे। इसी उधेड़बुन में नीरज से एक 'झड़प' भी हो गई। आख़िर हम अपना–अपना वजन लेकर चल पड़े। कुछ मीटर चलने पर ही साँस

फूलने लगी थी। दिमाग ऑक्सीजन के बिना सही निर्णय नहीं ले पा रहा था। हालात बेहद मुश्किल थे। मेरे और नीरज के बीच किसी बात को लेकर एक झड़प और हो गई और मैं वापसी के लिए मुड़ चुका था।''

''प्रकाश जी बोले - ''यार तुम दोनों के चक्कर में मैं पिसूँगा।'' मैंने भी सोचा, ये बेचारे इतनी दूर आये हैं, तो इनका टूर क्यों ख़राब करूँ। हम चलते रहे। थोड़ी-थोड़ी देर में साँस फूल रही थी। नीरज सबसे ठीक चल रहा था। सीमा सड़क संगठन द्वारा बनी हुई कच्ची-सी सड़क पीछे छूट चुकी थी। अब हम एक–डेढ़ फुट चौड़ी पगडण्डी पर थे, जो खड़े पहाड़ के साथ–साथ थी और नीचे नदी बह रही थी। रास्ता कभी–कभी बड़ा डरावना हो जाता था। मन को ज्यादा सजग करके चलना पड़ रहा था। डर था कि चक्कर आ गए तो! नीचे नदी का भयानक प्रवाह था।''

''एक जगह आकर नीरज ने मुझे अपनी ट्रैकिंग छड़ी दे दी। मैंने कोई प्रतिकार किये बिना छड़ी ले ली। हमारे बीच कोई मन-मुटाव होता है, वो क्षणिक होता है। छड़ी से सहारा मिल जा रहा था। प्रकाश जी के पास पहले से ही छड़ी थी।''

''सबके कैमरे बगल में लटके हुए थे। ऑक्सीजन की कमी से साँस में दिक्कत और उल्टी जैसा मन हो रहा था। सर दर्द कर रहा था। ऐसी परिस्थिति में फोटोग्राफी करने की सूझती ही नहीं है। आख़िर इन विपरीत परिस्थितियों में मेरे अन्दर का फोटोग्राफर जागा और एक-दो शॉट लिए।''

यह थी विधान की जुबानी। इसके बाद उसने मेरा एक फोटो भी खींचा। खींचकर दूर से ही बोला - चौधरी, लाख रुपये का फोटो खींचा है तेरा! बेटा, जब तक पैसे नहीं देगा, फोटो भी नहीं दूँगा। फोटो वास्तव में शानदार था। इसमें मैंने काला चश्मा इसलिये लगा रखा था कि आँखों को धूप से नुकसान न हो।

चार-पाँच किलोमीटर दूर है अनमो से पुरने; और हमारी चाल चींटी से भी कम थी। प्रकाश जी बिल्कुल नहीं चल पा रहे थे। इसका हम दोनों को यह फायदा था कि हमें थकान बिल्कुल नहीं हो रही थी। सूरज डूबने लगा था। सात बज गये थे और अभी भी पुरने का कहीं नामो-निशान नहीं था। वे बिल्कुल भी नहीं चलना चाहते थे, लेकिन रुक भी नहीं सकते थे। वैसे तो यह आसान ट्रैक है, लेकिन जिसने कभी भी ट्रैकिंग नहीं की हो, उसे सीधे 4000 मीटर पर नहीं जाना चाहिये। एकाध ट्रैक पहले भी किये होते तो उसका फायदा मिलता। विधान ने पहले मणिमहेश तक की यात्रा भी कर रखी थी और करेरी झील तक की भी, इसलिये इस बात का बहुत फ़र्क पड़ा।

तभी पीछे से एक घोड़े वाला आया। वह पुरने जा रहा था। हमने उससे कल के बारे में बात की। इतना तो तय था कि हम आज पुरने ही रुकेंगे। घोड़े वाले से कह दिया कि सुबह पुरने में हमसे मिलना। सबकुछ तय हो गया। यह भी तय हो गया कि वह हमें आठ सौ रुपये प्रतिदिन के हिसाब से शिंगो-ला पार करायेगा। साथ ही उसने यह भी कहा कि एक घोड़ा नहीं किया जा सकता, कम से कम दो घोड़े होंगे। इसका कारण था कि अकेले घोड़े का मन नहीं लगता, वह उत्पात मचाता है। उसका कोई साथी साथ हो, तो ठीक रहता है। यह भी हमने स्वीकार कर लिया। ज़रूरत होगी तो दूसरे घोड़े पर बैठा भी जा सकता था। उसने बताया कि पुरने में वह हमें स्वयं ढूँढ़ लेगा।

आठ बज गये। अँधेरा हो गया। हैड लाइट निकाल ली और मोबाइल की टॉर्च भी जला ली। पुरने अभी तक दिखा भी नहीं था, हालाँकि हम जानते थे कि वह कहाँ है। सामने दो नदियाँ मिल रही हैं। दोनों के संगम पर उस पार पुरने है। तभी कुछ ही दूर कुछ लाइटें दिखीं। यह चा गाँव था। प्रकाश जी को देखते हुए तय हुआ कि आज चा में ही रुकते हैं। चा हालाँकि एक किलोमीटर भी नहीं था, लेकिन फिर भी वहाँ पहुँचने में एक घण्टा लग गया, और रास्ता बिल्कुल समतल।

गाँव में ही एक छोटा-सा मैदान था। हमने यहाँ टैंट लगाने की सोची, लेकिन समस्या थी खाने की। भूख लग रही थी और खाना जरूरी था। गाँव-देहातों में लोग जल्दी सो जाते हैं। चा में भी कोई नहीं दिख रहा था। किसका दरवाजा पीटें? तभी एक महिला दिखी। उससे बात की तो बताया कि उनके यहाँ होम-स्टे है और पाँच सौ रुपये किराया है, जिसमें सोना और दो समय का खाना शामिल है। हमने केवल खाने के पैसे पूछे तो उन्होंने बताया कि हम सोने जा रहे हैं, केवल आपके लिये ही खाना बनाना पड़ेगा; आप रुको या मत रुको, पैसे तो पाँच सौ ही लगेंगे। आख़िरकार हमने उनके यहाँ रुकने का फैसला कर लिया।

लद्दाखी घरों में मैं पहले भी रुक चुका हूँ। यहाँ भी ऐसा ही प्रबन्ध था। जमीन पर बिछे गद्दे, मोटी-मोटी रजाइयाँ और बीच में रखी नीची 'डाइनिंग टेबल'। जाते ही चाय मिली। फिर राजमा-चावल आये। विधान ने तो बिल्कुल नहीं खाये, हालाँकि मैंने और प्रकाश जी ने भी ज़बरदस्ती ही खाये। ऊँचाई के कारण खाने का भी मन नहीं करता। ठण्ड लगती है। रजाई में घुसते हैं तो पहले से ही ठण्डी पड़ी रजाई से और भी ज्यादा ठण्ड हो जाती है। इसमें घुसकर बड़ी देर तक काँपते रहते हैं। कभी-कभी तो बुखार भी चढ़ जाता है। मुझे याद है कुछ समय पहले जब मैं और विधान करेरी झील गये थे, तो करेरी गाँव पहुँचने के लिये बड़ी ही तेज चढ़ाई चढ़नी होती है। विधान की इसमें बुरी हालत हो गई थी। जब करेरी गाँव पहुँचे तो विधान पसीने-पसीने हो रहा था और बुरी तरह काँप रहा था। उसने शाम को कह दिया था कि वो करेरी झील तक नहीं जायेगा, बल्कि यहीं गाँव में रुका रहेगा और मेरे लौटकर आने की प्रतीक्षा करेगा। अगले दिन वो सही-सलामत उठा और हम दोनों बिना किसी दिक्कत के करेरी झील तक गये। ऊँचाई पर जाने पर ऐसा हो जाता है। हम आज चा गाँव आये तो कम ऑक्सीजन के कारण परेशानी हो रही है। रात भर यहाँ रुककर शरीर ऊँचाई के अनुकूल हो जायेगा और कल हम बाकी यात्रा ठीकठाक पूरी करेंगे, ऐसा मेरा यकीन था।

फुकताल गोम्पा की ओर

सुबह आठ बजे आँख खुली। आज हम जमकर सोये। रात ही तय हो गया था कि आज क्या करना है। तय ये हुआ था कि आज एक आदमी विधान और प्रकाश जी का सामान लेकर पुरने जायेगा। मैं अपना सामान अपने साथ ही रखूँगा। वे दोनों खाली हाथ फुकताल गोम्पा जायेंगे और शाम को पुरने में सामान ले लेंगे। चा से पुरने लगभग दो किलोमीटर है। सारा ढलान है, फिर भी उस आदमी ने सामान के आठ सौ रुपये माँगे। मज़बूरी थी इसलिये देने पड़े, साथ ही उसे यह भी बता दिया कि पुरने जाकर घोड़े या खच्चर का इंतजाम करके रखना। हमें उनकी सख्त आवश्यकता थी।

पुरने में सारप में एक नदी और आकर मिलती है। यह नदी शिंगो-ला से आती है। नाम पता नहीं इसलिये चलिये इसे सुविधा के लिये शिंगो नदी कह देते हैं। सारप नदी बारालाचा-ला से निकलती है और सरचू होते हुए लम्बा चक्कर लगाकर यहाँ तक आती है। हमें शिंगो-ला जाने के लिये पुरने में सारप को छोड़ देना है और अपना सफर शिंगो नदी के साथ-साथ तय करना है, लेकिन पुरने से पाँच किलोमीटर दूर सारप नदी की घाटी में अद्भुत फुकताल गोम्पा है, हम फुकताल गोम्पा को अवश्य देखना चाहते थे। उसके लिये सबसे प्रचलित और सुविधाजनक रास्ता पुरने से जाता है। उधर हम पुरने नहीं पहुँचे थे; उससे कुछ पहले चा में थे। गोम्पा का एक रास्ता चा से भी जाता है। चा वाला रास्ता सारप नदी के इस तरफ़ से है, तो पुरने वाला उस तरफ़ से। हम इस तरफ़ से फुकताल जायेंगे और उस तरफ़ वाले रास्ते से होते हुए पुरने चले जायेंगे। पुरने में हमें सामान भी मिल जायेगा और घोड़े भी। अच्छा हाँ, हम इस बात को भूल ही गये थे कि कल हमने एक घोड़े वाले से भी बात की थी और उसे पुरने मिलने को कहा था। अब वह हमें पुरने में ढूँढ़ रहा होगा। चलिये, उसका किस्सा बाद में बताऊँगा।

यहाँ विधान का सामना पहली बार लद्दाखी शौचालय से हुआ।

मैं तो इससे पहले दो बार लद्दाख आ चुका था, इसलिये पता था, लेकिन जब सुबह-सवेरे विधान गया तो बिना किये ही लौट आया - चौधरी यार, टॉयलेट बड़ा ही अजीब-सा है, यहाँ तो नीचे गिरी सारी गन्दगी दिख रही है... जी खराब हो गया। मैंने समझाया कि यहाँ ऐसे ही टॉयलेट होते हैं, इनमें पानी की ज़रूरत कम से कम पड़ती है और बाद में इसे खाद के रूप में ये लोग अपने खेतों में भी इस्तेमाल करते हैं। मरुस्थल होने के कारण लद्दाख में पानी और उपजाऊ ज़मीन बड़े काम के हैं, यहाँ बहुत-से लोग तो सुबह-सवेरे ही निकल पड़ते हैं, भेड़ों की मेंगनियाँ और याकों का गोबर इकट्ठा करने।

चा से भी फुकताल उतना ही दूर है जितना पुरने से, यानी पाँच किलोमीटर। पहले मामूली-सी चढ़ाई है, फिर उतराई है। कहीं-कहीं तो बड़ी तेज उतराई है। हम यह देखकर हैरान थे कि प्रकाश जी अभी भी उसी रफ्तार से चल रहे थे, जिससे वे कल चले थे; यानी बिल्कुल नगण्य - चींटी से भी कम। हालाँकि आज उनके पास पन्द्रह किलो का बैग नहीं था; पानी की एक बोतल और मोबाइल, बस। विधान भी पन्द्रह किलो से आजाद हो गया था। इसका असर साफ दिख रहा था। वह तेजी से चल रहा था और फोटो भी खींच रहा था। चा गाँव बड़ी खुली जगह पर बसा है। इससे दो किलोमीटर दूर जब हम उच्चतम बिन्दु पर होते हैं, तो दूर-दूर का शानदार नज़ारा दिखता है। लद्दाख-जांस्कर के वे रंग-बिरंगे पहाड़ और नीला आसमान, जिनके लिये विधान यहाँ आया था, वो भी खूब दिखते हैं।

विधान के आगे निकल जाने से मुझे प्रकाश जी के साथ रहना था। आज हमें लगभग समतल रास्ते पर केवल दस किलोमीटर ही चलना था, इसलिये मैं देरी से निश्चिन्त था। हालाँकि योजनानुसार हमें रात ही पुरने रुकना था, आज फुकताल गोम्पा देखकर पुरने से आगे निकल जाना था। उस योजना में एक दिन की भी गुंजाइश नहीं थी। आज अगर पुरने ही रुकते हैं तो हम अपने कार्यक्रम से पीछे हो जायेंगे; इसे कवर करने के लिये आने वाले दिनों में जी-तोड़ मेहनत करनी पड़ेगी। इसी वजह से मैंने आज चलते समय कहा था कि मैं आज़ाद

होना चाहता हूँ। इसका अर्थ यह नहीं था कि मैं सबको छोड़कर चला जाऊँगा; बल्कि इससे उन दोनों पर दबाव बनता कि वे कुछ सोचें। प्रकाश जी की दिल्ली से रायपुर की फ्लाइट थी; अगर हम एक दिन भी लेट होते हैं तो उनकी वह फ्लाइट छूट जायेगी और अगले दिन हाथोंहाथ फ्लाइट बुक करने के लिये उन्हें बहुत ज्यादा पैसे खर्च करने पड़ेंगे। विधान भी सीमित छुट्टियाँ लेकर आया था। उसे जितनी भी छुट्टियाँ मिली थीं, वे बहुत जद्दोजहद के बाद मिली थीं। अगर वह लेट होता है तो उसे ही परेशानी होनी थी। जबकि मैं ऑफिस में कहकर आया था कि जिस दिन मुझे लौटकर पहली ड्यूटी करनी है, उससे एक दिन पहले फोन करके पूछ लेना। 5000 मीटर ऊँचे दर्रे को पार करते समय आप कभी भी भरोसा नहीं कर सकते कि फलाँ दिन फलाँ समय पार कर ही लेंगे; फिर मानसून का मौसम। अगर पहले दिन फोन न मिले तो समझ लेना कि अगले दिन मैं ड्यूटी नहीं करूँगा। जिस दिन भी फोन मिल जाये, उससे अगले दिन ड्यूटी पर आऊँगा... चाहे एक दिन बाद फोन मिले या चार दिन बाद।

मैं आज़ाद होना चाहता हूँ - यह एक चेतावनी थी कि हम बहुत लेट हो रहे हैं; अगर अभी भी ठोस निर्णय नहीं लिया गया तो आगे चलकर नुकसान होगा।

प्रकाश जी की हालत अभी भी बहुत खराब थी। मैं सौ मीटर चलता, दो सौ मीटर चलता और बैठ जाता। बड़ी देर बाद प्रकाश जी आते। फिर चलता और बैठ जाता। यही क्रम चलता रहा। हर बार जब भी हम मिलते, एक बार ज़रूर कहा जाता - विधान तो फुकताल पहुँच गया होगा। और वास्तव में विधान हमें रास्ते में कहीं नहीं मिला। इसका भी एक कारण था। उसने बाद में बताया कि वो मेरी तरफ़ से निश्चिन्त था और मेरे व प्रकाश जी के साथ होने के कारण प्रकाश जी की तरफ़ से भी निश्चिन्त ही था। इसी बात पर अब हम दोनों चर्चा भी करते थे। हमें भी पता था कि मेरे व प्रकाश जी के साथ होने की वजह से वह बिल्कुल बेफिक्र होगा।

खैर, चलते रहे। चा के बाद जो मामूली चढ़ाई थी, उसके बाद ढलान आया। नदी के उस तरफ़ पुरने वाला रास्ता भी दिखने लगा, रास्ते पर चलते लोग भी दिखने लगे। इस रास्ते से भी आना-जाना लगा था। ग्रुप आते, जिनमें ज्यादातर विदेशी होते। फुकताल गोम्पा भारतीयों के लिये बिल्कुल अनजान है जबकि विदेशियों के लिये नहीं।

एक जगह थोड़ा-सा भू-स्खलन था। ज्यादा दूर तक नहीं था। यहाँ पहाड़ का ढाल बहुत ज्यादा था और भू-स्खलन की वजह से बजरी रास्ते में आ गई थी। इस ढलान पर उन बजरियों पर ही पैर रखकर आगे बढ़ना था। यह मेरे लिये तो उतना मुश्किल नहीं था, लेकिन प्रकाश जी के लिये ज़रूर मुश्किल हो सकता था। ज़रा-सा दाहिने देखने से लगता था कि आप आसमान में टँगे हैं। प्रकाश जी की प्रतीक्षा की। उनका हौसला बढ़ाया कि आपका पैर बजरियों पर पड़ेगा तो वे नीचे को सरकेंगी, आप घबराना मत। आपका पैर बजरियों में थोड़ा-सा धँस जायेगा, धँसने देना। धँसने का अर्थ है कि आपके फिसलने के चांस कम हो गये। पहले मैं पार करने बढ़ा और उन्हें 'डेमो' दिखाया। मेरे पास डण्डा नहीं था और कमर पर तेरह किलो सामान भी लदा था, इसलिये मैं यहाँ थोड़ा-सा असन्तुलित भी हुआ, लेकिन प्रकाश जी को कहानी सुनाई कि कुछ नहीं होता। मेरे बाद वे पार करने चले। घबराहट थी। ढलान था और जैसे ही पैर हल्का-सा फिसला, वे पूरे हिल उठे, हालाँकि इसकी चौड़ाई इतनी ही थी कि दो के बाद तीसरा कदम ठोस जमीन पर आना था।

प्यास लगने लगी थी और हमारे पास पानी कभी का ख़त्म हो गया था। तभी ताजे पानी का एक झरना मिला। जी भरकर पीया और बोतलें भी भर लीं। यहाँ से एक पाइप लाइन देखकर अन्दाजा हो गया कि गोम्पा अब ज्यादा दूर नहीं। इस झरने से ही पानी गोम्पा में पहुँचाया जाता है। सामने एक पुल भी दिख रहा था। लग रहा था कि गोम्पा उस तरफ़ है और पुल पार करना पड़ेगा, लेकिन ऐसा नहीं था।

झरने से फुकताल गेस्ट हाउस क़रीब सौ मीटर ही है, लेकिन ये

सौ मीटर चढ़ाई भरे हैं। मैं चढ़कर ऊपर पहुँचा तो सामने ही गेस्ट हाउस दिख गया। यहाँ नदी के उस तरफ़ वाला रास्ता भी पुल पार करता हुआ मिल जाता है। झरने से यहाँ तक सौ मीटर आने में प्रकाश जी को आधे घण्टे से ज्यादा लग गया। चा से यहाँ तक आने में चार घण्टे लगे; पाँच किलोमीटर के चार घण्टे जबकि पूरा रास्ता समतल है।

विधान गेस्ट हाउस की दीवार के पास बैठा हुआ था। उसने बताया कि वो दो घण्टे पहले यहाँ आ गया था। गेस्ट हाउस के सामने लॉन में एक घण्टे तक सोया। अब, जब कुछ विदेशी आये तो आवाज सुनकर आँख खुली। यहाँ मैंने देखा कि विदेशी मटर-पनीर खा रहे हैं। कसम से जी खुश हो गया मेरा। भूख लगी थी। लद्दाख में आपको मटर-पनीर मिल जाये तो तुरन्त ले लेना चाहिये। गेस्ट हाउस में मैं इसी का ऑर्डर देना चाहता था, लेकिन विधान ने यह बताकर सब कबाड़ा कर दिया - यह एक बड़ा ग्रुप है; इनके साथ कई पोर्टर और खच्चर हैं। मटर-पनीर ये लोग अपने साथ लाये हैं।

गेस्ट हाउस में खाने के लिये केवल कोल्ड ड्रिंक और बिस्कुट ही थे। चावल और राजमा बनने में समय लगेगा। हमने कोल्ड ड्रिंक और बिस्कुट खाकर ही काम चलाया।

प्रकाश जी के बारे में इतना ही कहूँगा कि वे जिन्दा थे और यहाँ तक आ भी गये थे, बाकी हालत बड़ी खराब थी उनकी; ऐसे में कौन फुकताल, कैसा फुकताल? उन्होंने गेस्ट हाउस में ही कुर्सी पर बैठे रहने का इरादा किया। हमने कई बार कहा, लेकिन वे नहीं चले। मैं और विधान एक किलोमीटर दूर दिख रहे गोम्पा को देखने चल दिये जबकि प्रकाश जी वहीं बैठे रह गये। उनका साथ देने को एक फ्रांसीसी लड़की बिल्कुल मरणासन्न हालत में कुर्सी पर रखी थी। उसकी भी हालत प्रकाश जी जैसी ही थी।

कल विधान खुश नहीं था क्योंकि ट्रैकिंग की शुरूआत अनमो गाँव से हुई थी जहाँ सीधे खड़े पहाड़ हैं। आपको एक कुएँ के अन्दर

होने जैसा एहसास होता है, जबकि चा ऐसा गाँव नहीं है। आज के नजारे ठीक वैसे ही थे जैसे विधान और हम सब चाहते थे। चारों ओर दूर-दूर के रंग-बिरंगे पहाड़। चा के पास तो बड़ा लम्बा-चौड़ा मैदान भी है जिसमें छोटी-छोटी हरी घास और उसमें चरती भेड़ें लद्दाख का शानदार दृश्य प्रस्तुत कर रही थीं। प्रकाश जी पर ऊँचाई का बहुत बुरा असर पड़ रहा था। वे अभी भी अनुकूल नहीं हुए थे। आज हमने चढ़ाई नहीं की थी; हम चा गाँव के लेवल में ही थे। शाम को पुरने रुकेंगे। पुरने भी इतनी ही ऊँचाई पर है। फिर मैं प्रकाश जी पर बराबर नज़र भी रखे हुए था। उन्हें केवल आलस आ रहा था; वे एक जगह बैठना और लेटना, सोना चाहते थे, बाकी कोई बुरा असर नहीं था। न साँस चढ़ रही थी, न नाक से खून आ रहा था और न ही चक्कर आ रहे थे। आलस तो हमें भी आ रहा था; बस हमें कुछ कम आ रहा था, उन्हें कुछ ज्यादा आ रहा था, इतना ही फ़र्क था। गम्भीर मामला नहीं था। अगर गम्भीर मामला होता तो हमें शीघ्र से शीघ्र पदुम लौटना पड़ जाता।

फुकताल गोम्पा से पुरने

जब भी विधान खुश होता था, तो कहता था - चौधरी, पैसे वसूल हो गये। फुकताल गोम्पा को देखकर भी उसने यही कहा और कई बार कहा। गेस्ट हाउस से इसकी दूरी क़रीब एक किलोमीटर है और यहाँ से यह विचित्र ढंग से ऊपर टँगा हुआ दिखता है। इसकी आकृति ऐसी है कि घण्टों निहारते रहो, थकोगे नहीं। फिर जैसे-जैसे हम आगे बढ़ते गये, हर कदम के साथ लगता कि यह और भी ज्यादा विचित्र होता जा रहा है। इसे भारत का प्राकृतिक आश्चर्य भी कह सकते हैं और मानव निर्मित आश्चर्य भी।

जब हम गोम्पा की तरफ़ जा रहे थे तो उधर से आता एक विदेशी मिला। उसके हाथ में एक बोरा था जिसमें वह कूड़ा इकट्ठा करता आ

रहा था। हमने कुछ देर उससे बात की। वह यहाँ इधर-उधर पड़े कूड़े को एक जगह इकट्ठा कर रहा था। मैं और विधान शर्मिन्दा हो गये कि हम लोग इतनी अच्छी जगहों पर कूड़ा फैला देते हैं और ये विदेशी दूर देश से आकर कूड़े को एक जगह इकट्ठा कर रहे हैं। हालाँकि व्यक्तिगत रूप से मैं कभी भी यात्राओं में कूड़ा नहीं फैलाता; जो भी प्लास्टिक के रैपर आदि होते हैं, उन्हें अपने बैग में ही रख लेता हूँ, आगे कहीं कूड़ादान मिलता है, उसमें डाल देता हूँ, अन्यथा दिल्ली भी ले आता हूँ। कई बार अपने सहयात्रियों का कूड़ा भी अपने बैग में भर लेता हूँ। आप इस पुस्तक को पढ़ रहे हैं, इसका अर्थ है कि आप भी यात्रा पर निकलते रहते हैं... कृपया इसे अपनी आदत बना लीजिए कि कहीं भी कचरा इधर-उधर नहीं फैलाना है। यह एक अच्छी आदत है।

गोम्पा में पहुँचे। प्रत्येक गोम्पा की तरह यह पास से देखने पर उतना आकर्षक नहीं है। मिट्टी का बना हुआ है और समय-समय पर इसकी लिपाई-पुताई भी करते हैं। बिल्कुल कच्चा ही है। बौद्ध भिक्षु इसमें बने छोटे-छोटे कमरों में रहते हैं। कमरों के दरवाजे लकड़ी के बने हैं। काफ़ी पुराने होने के कारण और पर्याप्त देखरेख न होने के कारण ये भी टूटने लगे हैं। कई जगह पर्दे भी टँगे मिले; और सही बताऊँ तो लद्दाख में कपड़ों की जितनी बे-कद्री होती है, उतनी कहीं नहीं होती। नियमित धोने की परम्परा कतई नहीं है, इस वजह से अच्छा-खासा कपड़ा भी मैला होते-होते काला हो जाता है और अगर कोई साफ-सुथरा आदमी यहाँ पहुँच जाये तो केवल कपड़ों को देखकर ही भाग खड़ा होगा। आपको पर्दा हटाकर किसी कमरे में घुसना होता है; लेकिन वह इतना गन्दा होता है कि आप उसे हाथ से हटाना नहीं चाहेंगे। यह तो चलो एक पर्दा था; कई बार तो लोगबाग अपने पहनने वाले कपड़े भी महीनों नहीं धोते। कपड़ों के ढेर में लदे रहेंगे; आपको एक से एक मैल की परत दिखती रहेगी, लेकिन उन्हें नहीं दिखती। ओये लद्दाखियों! साफ रहना भी सीखो। साफ रहना एक अच्छी आदत है।

गोम्पाओं के केन्द्र में एक मन्दिर होता है और उसके चारों तरफ़

भिक्षुओं के कमरे होते हैं। आप पूरे गोम्पा में कहीं भी घूम सकते हैं, कहीं भी फोटो ले सकते हैं, कोई मनाही व रोक-टोक नहीं है। बस, मन्दिर के अन्दर फोटो लेने की मनाही होती है। यह मन्दिर असल में एक गुफा के अन्दर बना है। कभी जिसने भी इसकी स्थापना की होगी, उसी ने इस गुफा में इस मन्दिर की नींव रखी होगी। बाद में धीरे-धीरे यह विस्तृत होता चला गया। भिक्षु आने लगे और उन्होंने अपने लिये कमरे बनाये तो यह और भी बढ़ा। आज इसकी संरचना पहाड़ पर मधुमक्खी के बहुत बड़े छत्ते जैसी है। पूरा गोम्पा मिट्टी, लकड़ी व पत्थरों का बना है। जांस्कर में बारिश नहीं होती, इसलिये मिट्टी का बना होने के बावजूद यह अभी तक टिका है।

यहाँ एक ऐसा छोटा-सा सोता भी है, जिसका पानी पवित्र माना जाता है। इसी पानी को स्थानीय लोग प्रसाद के तौर पर ग्रहण करते हैं। इस सोते को बड़ी गुप्त जगह पर छिपाकर रखा गया है और वहाँ महिलाओं का प्रवेश वर्जित है। पता नहीं कैसे हमें भी उस सोते की जानकारी हो गई। एक भिक्षु चोरतेन की परिक्रमा कर रहा था; उससे हमने उसके बारे में पूछा तो बताया कि यहाँ अभी विदेशी महिलाएँ हैं, ये चली जायेंगी तब बताऊँगा। अगर वो हमें बता देता; हम जाते तो वे महिलाएं भी जातीं। उन्हें समझाना पड़ता। चिक-चिक से बचने के लिये उसने ऐसा कहा। कुछ देर बाद जब वे महिलाएँ चली गईं तो उसने एक बेढंगे-से दरवाजे की ओर इशारा किया। मैं और विधान झुककर उसमें घुसे। सिवाय अन्धेरे के कुछ भी नहीं दिखा। बाद में कुछ आँखें अभ्यस्त हुईं, कुछ मोबाइल की टॉर्चें जलाईं, तो छोटे-से कुण्ड में पानी भरा दिखा। हमने भी इसका आचमन किया।

पहाड़ों पर कहाँ से पानी निकल आये, कुछ नहीं कहा जा सकता; वे पहाड़ चाहे हिमालय के हों, पश्चिमी घाट के हों या यहाँ जांस्कर के हों। ऊपर कहीं बर्फ पिघलती होगी, उसका पानी मिट्टी के अन्दर ही अन्दर कहीं से कहीं जा सकता है। यहाँ से जा रहा है तो इसके चारों ओर दीवारें बनाकर इसे पवित्र जल का दर्जा दे दिया। वैसे यहाँ पानी अक्सर नदियों में ही मिलता है, इस तरह मिट्टी के पहाड़ों में

नहीं आता, इसलिये भूगोल को देखते हुए यह आश्चर्य भी कहा जा सकता है।

मन्दिर के अन्दर घुसे। यहाँ फोटो लेने की मनाही थी। यह एक बड़ा-सा कमरा ही था। कमरे के बीचोंबीच दलाई लामा की प्रतिमा थी। उसके पीछे दीवार पर बुद्ध प्रतिमा व अन्य प्रतिमाएँ व चित्र थे। ताज्जुब भी हुआ कि दलाई लामा आगे हैं और बुद्ध पीछे हैं। कमरे में आसनों की कई पंक्तियाँ थीं जिनमें भिक्षु ध्यान व पूजा-पाठ करते थे। यहाँ मेरा जो सबसे ज्यादा ध्यान आकर्षित किया, वो था गोम्बोरंजन चोटी का चित्र। भिक्षु से पूछा कि यह स्थान कहाँ है, तो बताया कि शिंगो-ला से पहले एक गाँव मिलेगा - करग्याक। करग्याक के पास यह चोटी है। मैं रोमांचित हो उठा कि मुझे इसी के पास से होकर जाना है। वहाँ का दृश्य ही ऐसा था। बाद में पता चला कि प्रकाश जी भी इसके बारे में जानते थे।

करीब डेढ़-दो घण्टे यहाँ बिताकर अब बारी थी वापस चलने की। पुरने तक की दूरी पाँच किलोमीटर है। प्रकाश जी को देखते हुए लग रहा था कि कम से कम चार-पाँच घण्टे तो लगने ही हैं। साढ़े तीन बजे यहाँ से वापस चल पड़े।

अचानक विधान ने नीचे की तरफ़ इशारा करके बताया कि चौधरी, वो देख! मैंने देखा; कुछ खास नहीं दिखा। बोला कि ध्यान से देख! ध्यान से देखा। नीचे एक स्कूल था। दो तरफ़ कमरों की कतारें थीं, बीच में छोटा-सा पक्का मैदान था। कुछ बाल-भिक्षु मैदान में टहल रहे थे। स्कूल के उस तरफ़ पास ही सारप नदी बह रही थी। मैंने कहा - कुछ खास तो नहीं है।

बोला - वे बच्चे मैदान में क्या कर रहे हैं? मैंने कहा - टहल रहे हैं। बोला - नहीं, वे मैदान में भारत का नक्शा बना रहे हैं। वास्तव में वे छोटे-छोटे पत्थर इकट्ठे करके उन्हें भारत के नक्शे की शक्ल में रख रहे थे। गौरतलब है कि अगले दिन स्वतन्त्रता दिवस था। यहाँ इस दूर-दराज में देशप्रेम की भावना देखकर जी खुश हो गया। एक बार तो

नीचे स्कूल में जाने का मन भी किया, लेकिन नहीं गये।

गेस्ट हाउस में आये। प्रकाश जी कुर्सी पर बैठे-बैठे मेज पर सिर रखे सो रहे थे। बिस्कुट, नमकीन खाये और कोल्ड-ड्रिंक पी। प्रकाश जी अब काफ़ी अच्छे हो गये थे, यह उनके चेहरे से भी पता चल रहा था। चलते-चलते साढ़े चार बज गये। मैंने कहा कि दूरी पाँच किलोमीटर है; रास्ता नदी के बहाव के साथ-साथ है इसलिये ढलान है, हमें तीन घण्टे में पहुँच जाना है।

इस बार प्रकाश जी ठीक चले। लगभग 4000 मीटर की ऊँचाई होती ही ऐसी है। फिर लद्दाख... आप थोड़ा चलोगे, बुरी तरह थक जाओगे; बैठ जाओगे तो आराम मिलेगा। यही प्रकाश जी के साथ हुआ। पुल पार किया और पुरने का रास्ता पकड़ा। कहीं-कहीं चढ़ाइयों और उतराइयों के बावजूद रास्ता समतल ही है, लेकिन कहीं-कहीं बड़ा ही खतरनाक भी। कई बार तो पगडण्डी को देखते ही डर लग जाता।

वो जो पदुम-दारचा सड़क बन रही है, उसमें से पुरने से एक सड़क निकालकर फुकताल गोम्पा को भी जोड़ा जायेगा। इसके भी बनाने का काम चल रहा है। जहाँ घाटी में चौड़ाई है, कठोर चट्टानें नहीं हैं, वहाँ कुदाल से मिट्टी खोदकर सड़क बनाई जा रही है। जहाँ कठोर चट्टानें हैं, उस हिस्से को छोड़ दिया है। जब कभी मुख्य सड़क पुरने तक बन जायेगी, मशीनें पुरने तक आ जायेंगीं तो इन चट्टानों को भी तोड़ दिया जायेगा। भारत का एक अजूबा फुकताल गोम्पा, सड़क मार्ग से जुड़ जायेगा, तब पैदल यात्रियों के साथ-साथ मोटरसाइकिल वाले भी इधर खूब आया करेंगे। फुकताल गोम्पा प्रसिद्धि की ओर अग्रसर है। सड़क बन जायेगी, इसकी प्रसिद्ध चरम पर होगी।

मेरा ध्यान लगातार प्रकाश जी पर था, हालाँकि इस बार हम तीनों साथ ही थे। मैं उन्हें उकसाता रहता था कि रास्ता समतल है, थोड़े तेज चलो। वे हर बार कहते - हाँ, भूल गया था। कई बार ऐसा ही हुआ। यहाँ हम सुस्ती के इतने अभ्यस्त हो जाते हैं कि आसान रास्ता होने के बावजूद तेज चलना भूल जाते हैं; याद आने पर तेज चल देते

हैं... कोई परेशानी नहीं होती, लेकिन कुछ ही देर में फिर से वही चाल।

नतीजा यह हुआ कि हम ढाई घण्टे में ही पुरने पहुँच गये, यानी सात बजे ही। पुरने में असल में दो ही घर हैं। दोनों भाई हैं, और ये पुरने 'रियासत' के राजा हैं। यहाँ इनकी कई दुकानें हैं जिन्हें इनका ही परिवार चलाता है। यह गाँव एक बेहद महत्वपूर्ण मार्ग पर बसा है, इसलिये यहाँ से गुजरने वाले ज्यादातर लोग यहाँ रुकते ही हैं। कई टैंट लगे थे, हमने भी लगा लिया। पुरने वालों ने ही अपने खेतों में हल्की घास उगाकर शानदार कैम्पिंग ग्राउण्ड बना रखी है, इसलिये वे टैंट लगाने का किराया भी लेते हैं - प्रति टैंट सौ रुपये। होमस्टे भी है जिसका किराया प्रति बिस्तर साढ़े तीन सौ रुपये है; खाना अलग से। आपको जो खाना है, उसी के अनुसार पैसे।

आज हमारे मेजबान ने वेज मोमो बनाये थे। उनके घर में ही चले गये। उस लड़के का नाम तेनजिंग था। वह जम्मू से एम.बी.बी.एस. की तैयारी कर रहा था। आजकल गाँव आया हुआ था। उसने बताया कि वे लोग जम्मू जाने के लिये मनाली वाले रास्ते का प्रयोग करते हैं। कुछ पैदल चलकर शिंगो-ला पार करना है। वे पहले ही फोन करके मनाली से टैक्सी मँगा लेते हैं, फिर मनाली उतरकर चौबीस घण्टे जम्मू की बसें मिलती हैं। रास्ता अच्छा है, जबकि कारगिल व श्रीनगर की तरफ़ ऐसा नहीं है। एक तो पदुम पहुँचना, फिर कारगिल पहुँचना, जहाँ ढंग की सड़क ही नहीं है, फिर श्रीनगर पहुँचना, जहाँ कोई बस नाम की चीज नहीं चलती; चलती भी होगी तो बेहद सीमित संख्या में और उसके बाद हमेशा जाम रहने वाली श्रीनगर-जम्मू सड़क - इन सबसे लाख गुना बेहतर है मनाली का रास्ता।

इनके घर में एक फ्रांसीसी परिवार भी बैठा था। उनकी एक लड़की यहीं पदुम में किसी एन.जी.ओ. के साथ कुछ सामाजिक काम करती है।

मोमो मुझे बेहद पसन्द हैं; फिर चटनी व दही के साथ मन भरकर

खाये। विधान से बच गये, वे भी खा लिये। प्रकाश जी से बच गये, वे भी, और अपने तो खाये ही। बात करते रहे और मोमो खाते रहे। पता नहीं आगे क्या-क्या मिले; आज स्वादिष्ट भोजन मिल रहा है, उसे क्यों छोड़ें? विधान और प्रकाश जी ज्यादा इसलिये नहीं खा पाये कि अभी भी उन्हें हाई माउंटेन सिकनेस हो रही थी।

अपने टैंट में आ गये। हवा नहीं चल रही थी, इसलिये उतनी ठण्ड भी नहीं थी, फिर भी काफ़ी ठण्ड थी। हम काँप भी रहे थे। आसमान बिल्कुल साफ था। इतना साफ कि आकाशगंगा दिख रही थी। यह मैंने दो दिन पहले रांगडुम में भी देखी थी, तब सोचा कि बादल हैं, आज फिर सोचा कि बादल हैं। मैंने प्रकाश जी से कहा - देखो सर, बादल भी बिल्कुल ऐसे लग रहे हैं जैसे आकाशगंगा हो। वे बोले कि यह आकाशगंगा ही तो है। मेरा मुँह खुला रह गया। पूरी धरती पर कुछ गिनी-चुनी जगहें ही हैं, जहाँ से नंगी आँखों से आकाशगंगा दिखाई देती है, नहीं तो बड़ी-बड़ी दूरबीनें लगाई जाती हैं, मौसम साफ़ होने का इंतजार किया जाता है, तब कहीं जाकर दिखाई देती है यह। और मैं इस 'कीमती' चीज को बादल समझे बैठा था। बस फिर क्या था! तुरन्त ट्राइपॉड लगाया और फोटो लेने लगे।

विधान ने प्रकाश जी का ट्राइपॉड लिया, अपना कैमरा उस पर सैट किया और फोटो लेने की कोशिश करने लगा। फोटो लेने से पहले स्क्रीन पर कुछ भी नहीं दिख रहा था, इसलिए अन्दाजे से ही लेंस इच्छित दिशा में करना पड़ता था। फोटो आ जाता तो बाद में समायोजित करते। मेरे साथ भी ऐसा ही हुआ। यही विधान के साथ भी हुआ, लेकिन जब उसने क्लिक किया तो स्क्रीन बड़ी देर तक काली ही रही। अँधेरी रात में मैन्यूअल मोड़ में ऐसा होना कोई अनोखा नहीं है। हमने शटर स्पीड, अपर्चर, ये, वो सब बदले, लेकिन फिर से काला फोटो। बड़ा दिमाग लगाया, लेकिन कुछ नहीं हुआ। जिस सेटिंग पर मेरे कैमरे में अच्छे फोटो आ रहे थे, वो सेटिंग विधान ने भी लगाई, लेकिन फिर से वही बात। हम दोनों माथा पकड़कर बैठ गये कि बात क्या है? आख़िरकार दोष निकाला प्रकाश जी के ट्राइपॉड का।

ट्राइपॉड बदला। अब मेरे ट्राइपॉड पर विधान ने कैमरा लगाया, लेकिन वही काला फोटो। कम से कम आधे पौने घण्टे तक लगे रहे। आख़िरकार विधान ने यह सब बन्द करने का निर्णय लिया। कब तक ठण्ड में मरें!

जब विधान कैमरा ट्राइपॉड़ से हटा रहा था तो वो चिल्लाया - ओये चौधरी, साला हमने लेंस कैप तो हटाई ही नहीं थी।

पुरने से तेंगजे

आज देश में स्वतन्त्रता दिवस मनाया जा रहा था और हम जांस्कर के दुर्गमतम स्थान पर छोटे-से गाँव के छोटे-से खेत में तम्बू लगाये पड़े सो रहे थे। हमें तिरंगा देखना था और दो घरों के गाँव पुरने में इसकी कोई सम्भावना नहीं थी। उम्मीद थी कि आगे बढ़ेंगे तो कहीं किसी बड़े गाँव में स्कूल मिलेगा और हम तिरंगा देख सकेंगे।

आगे बढ़ने से पहले थोड़ा-सा भूतकाल में लौटते हैं। कल की बात है। जब हम फुकताल से पुरने आये तो हमें घोड़े वाला मिला। यह वही घोड़े वाला था जो हमें परसों शाम अनमो से चा के रास्ते में मिला था और हमने उसे सुबह पुरने में मिलने को कहा था। जिस समय हमारी घोड़े वाले से बात हुई थी, उस समय हमारा इरादा पुरने रुकने का ही था, लेकिन बाद में अँधेरा हो गया तो इरादा बदल गया और हम चा रुक गये। हालत हमारी तब ऐसी थी कि हम इस वाकये को भूल गये।

अब आगे क्या हुआ, यह भी जान लीजिये। वो घोड़े वाला तेंगजे का था जो पुरने से भी क़रीब 15 किलोमीटर आगे है। वह पहले अपने घर गया। उसे पुरने तक पहुँचने में ही अँधेरा हो गया होगा। अपने घर वह कम से कम दस-ग्यारह बजे रात को पहुँचा होगा। फिर रात को ही वहाँ से पुरने लौट आया और सुबह हमें ढूँढ़ने लगा, लेकिन हम वहाँ होते तो उसे मिलते भी। तब हम चा में थे और फुकताल जाने वाले थे।

वह हमें ढूँढ़ता रहा, लेकिन हम नहीं मिले। फिर दोपहर को प्रकाश जी और विधान का सामान लेकर एक आदमी पुरने गया। आपको याद होगा कि हमने आठ सौ रुपये में सामान चा से पुरने पहुँचाने के लिये एक आदमी को कहा था और खाली हाथ फुकताल चले गये थे। उस आदमी ने वहाँ हमारे बारे में बताया। उससे हमने किसी घोड़े वाले को तैयार करने को भी कहा था। उसने एक घोड़े वाले को तैयार कर दिया। अब पुरने में दो घोड़े वाले ऐसे हो गये जो हमारा इंतजार कर रहे थे। कहानी अब शुरू होती है। एक सुबह से हमारी प्रतीक्षा कर रहा है और एक दोपहर से... प्रतीक्षा क्या कर रहा है, बल्कि हमें ढूँढ़ रहा है; और हम लाट साहब फुकताल गोम्पा में आनन्द मना रहे थे।

छोटा-सा गाँव पुरने। हर किसी को हमारा सब मामला पता चल गया; तेंगजे के घोड़े वाले को भी। तेंगजे वाले ने दूसरे घोड़े वाले से बताया होगा कि हमारी बात उससे परसों ही हो गई थी, इसलिये वह बड़ा दावेदार है। यह सुनकर दूसरा घोड़े वाला चला गया। जब हम शाम को फुकताल गोम्पा देखकर पुरने आये तो तेंगजे वाला मिला। उसने शिकायत की कि हमने पुरने रुकने को कहा था और रुक गये चा गाँव में; हमने अपनी मज़बूरी बताई। उसने कहा कि वो आज पूरे दिन हमारा इन्तजार करता रहा और इस वजह से उसकी आज की दिहाड़ी का नुकसान हुआ है। अगर हमारा इन्तजार न करता तो वो अपने घोड़े को कहीं और लगा देता। कमाई के लिहाज से आजकल पीक सीजन चल रहा है। उसने आज का भी किराया माँग लिया जो आठ सौ रुपये तय हुआ था।

यह सुनकर विधान फट पड़ा। बड़ी जोरदार बहस हुई। मारपीट नहीं हुई, बस इतनी कमी रह गई। घोड़े वाला भी तैश में आ गया और आज की दिहाड़ी पर अड़ गया और कल से पन्द्रह सौ रुपये प्रतिदिन किराया निर्धारित कर दिया। प्रकाश जी शान्ति से मामला सुलझाने की कोशिश में लगे रहे। मैं विधान को पकड़कर दूर ले गया और कहा कि तू चुप रह! जो तुझे देना हो, दे देना, नहीं तो मैं और प्रकाश जी वहन कर लेंगे। उधर प्रकाश जी ने घोड़े वाले को समझाया कि भइया, आज

का किराया तो माफ़ कर, कल से तू बारह सौ रुपये प्रतिदिन के हिसाब से ले लेना... अपने घोड़े ले आ, लेकिन वो पट्ठा भी जालिम निकला। उसने विधान के साथ बहस को अपनी इज्जत का सवाल मान लिया और जिद पर अड़ गया कि पहले आज के आठ सौ दो, उसके बाद कल की बात करना। मैं और विधान प्रकाश जी से यह कहकर दूर चले गये कि आप बात कर लो, जो भी फैसला होगा, हमें मान्य होगा।

असल में हमें घोड़ों की सख्त आवश्यकता थी। प्रकाश जी की आज की चाल को देखकर लग रहा था कि ये खाली हाथ भी नहीं चल पायेंगे; एक घोड़ा तो अकेले इनके लिये ही चाहिये और एक घोड़ा सामान के लिये। मैं भी अपना सामान घोड़े पर लादने को राजी हो गया। इससे विधान पर खर्च कम पड़ेगा; पहले ही उसका बजट से बाहर खर्च हो गया है।

प्रकाश जी बिल्कुल शान्त प्रकृति के इंसान हैं। उन्होंने अपनी प्रकृति के अनुसार ही घोड़े वाले से बात की; घोड़े वाला भी शान्त बात करता रहा, लेकिन जब वे हमारे पास आये तो नकारात्मक उत्तर लेकर आये। घोड़े वाले को हम पर बिल्कुल विश्वास नहीं था। वो सोच रहा था, जिस तरह हमने आज किया, आगे भी वैसा ही करेंगे। उसने कल साथ चलने से बिल्कुल मना कर दिया। इसके बाद तलाश शुरू हुई किसी दूसरे घोड़े वाले की, लेकिन अब शाम के समय कौन मिलता? मेज़बान तेनजिंग से बात की तो उसने भी मना कर दिया। आख़िर सबको हर मामला पता था। हर स्थानीय यही समझता था कि हम धोखेबाज हैं, इसलिये अगर उनके घोड़े खाली भी खड़े हों, तब भी वे कल साथ नहीं चलने वाले। मैं इनकी इसी एकता का कायल हूँ; भले ही आज यह एकता हमारे ही विरुद्ध हुई हो, लेकिन फिर भी यह काबिले-तारीफ है। घोड़े खाली खड़े रहें तो ठीक, आमदनी न हो तो ठीक, लेकिन अपने ही एक भाई-बन्धु के विरोध में नहीं जायेंगे।

अब वही फैसला लिया गया जो ऐसे में लिया जाता। प्रकाश जी बिल्कुल भी नहीं चल सकेंगे। हालाँकि फुकताल से पुरने तक वे ठीक

चले, लेकिन आगे और भी ज्यादा ऊँचाई है और रास्ता भी खराब मिलेगा, इसलिये कोई रिस्क नहीं लिया जा सकता था। विधान पन्द्रह किलो सामान के साथ नहीं चल सकता था। तय यही हुआ कि वे दोनों वापस लौट जायें और मैं यात्रा पूरी करूँ। आज मैं तेंगजे पहुँच जाऊँगा; कल शिंगो-ला के आधार तक, परसों शिंगो-ला पार और चौथे दिन दारचा। उधर वे दोनों आज पदुम पहुँच जायेंगे, कल कारगिल, परसों लेह और चौथे दिन शाम तक दारचा। तय यही हुआ कि अब हम चौथे दिन दारचा में मिलेंगे।

सबने साथ बैठकर आख़िरी बार दावत उड़ाई। लद्दाख की वो सूखी मोटी रोटी, चाय व जैम के साथ। अनमो जाने वाले एक विदेशी दल के घोड़े पर दोनों का सामान बँध गया। साढ़े नौ बजे पुल पार किया और अलविदा कह दिया।

यह वास्तव में बड़ा ही भावुक कर देने वाला क्षण था। कितना खुश था विधान! मैंने केवल उसी से इस यात्रा पर आने को कहा था। मुझे भरोसा था कि वह इसे पूरा कर लेगा, लेकिन भारी सामान ने मुसीबत कर दी। वास्तव में इस यात्रा पर न स्लीपिंग बैग लाने की ज़रूरत है और न ही टैंट। सबकुछ पाँच-पाँच दस-दस किलोमीटर पर मिलता रहता है। हालाँकि विधान के पास टैंट नहीं था, फिर भी उसके पास काफ़ी वजन हो गया। उधर प्रकाश जी कई महीनों से ज़बरदस्त तैयारी कर रहे थे। उन्होंने तो फेसबुक पर ग्रुप चैट भी आरम्भ कर दी थी, जिसमें हम तीनों के अलावा हिमाचल के एक बड़े ट्रैकर तरुण गोयल भी थे। पता नहीं तरुण भाई ने विधान व प्रकाश जी से कब कह दिया कि वे भी चलेंगे, लेकिन मुझे एक बार भी यकीन नहीं हुआ कि वे ऐसा करेंगे; मेरा यकीन सच निकला। फिर भी प्रकाश जी रोज सबसे कई-कई बातें पूछते थे। मैं हैरान हूँ कि दो महीनों तक रोज नई-नई बातें उनके दिमाग में कैसे आती थीं? उन्होंने हर तरह की तैयारी की, लेकिन सबसे ज्यादा समस्या उन्हें ही हुई। मैंने कहा भी था उन्हें कि आप मत चलो, कुछ नहीं धरा जांस्कर में; लेकिन ना, ट्रैकिंग करूँगा। पहली ट्रैकिंग थी उनकी, और चलने से पहले मैं उन्हें जितना

हतोत्साहित कर सकता था, किया; लेकिन वे टस से मस नहीं हुए, उल्टे और ज्यादा मज़बूती से डटे रहे। ऐसे में इन्हें वापस जाते देखना दुःखदायी था। फिर हमारा प्रत्येक का खर्च भी बहुत ज्यादा हो गया था - शायद बीस-बीस हजार से भी ज्यादा। इतना खर्च करने के बाद भी वापस लौटना पड़ा, यह और भी दुःख की बात थी; लेकिन कुदरत की यही मर्जी थी। वास्तव में कुदरत भी पक्षपात करती है।

मेरे लिये यह अगर बुरा था तो अच्छा भी था। अब मैं रमता जोगी हो गया था। किसी की कोई जिम्मेदारी अब मेरे ऊपर नहीं थी। यह मेरा पसन्दीदा तरीका है घूमने का - अकेले। जहाँ मन किया, बस गये और जहाँ मन किया, निकल गये।

पुरने का पुल पार करते ही एक रास्ता दाहिने अनमो व पदुम की तरफ़ चला जाता है और बायें वाला रास्ता शिंगो-ला की तरफ। वे दोनों दाहिने मुड़ गये और मैं बायें। दो किलोमीटर तक बड़ी जोरदार चढ़ाई है, फिर रारू से आने वाला रास्ता इसमें मिल जाता है। मैंने पहले भी बताया था - आपको शायद याद होगा - कि जब पदुम से रारू तक ही सड़क बनी थी तो पैदल यात्रा रारू से शुरू होती थी, और वो पैदल मार्ग नदी के बायें किनारे पर था। अब दाहिने किनारे पर अनमो तक सड़क बन गई है, लेकिन फिर भी रारू से पैदल यात्री अभी भी पुराने पैदल पथ का प्रयोग करते हैं; यह वही पुराना पथ है। जिसे पुरने नहीं जाना होता, वो ऊपर ही ऊपर निकल जाता है; जिसे पुरने जाना होता है, उसे नीचे नदी पार करने के लिये पुल तक उतरना पड़ता है।

दो किलोमीटर की बड़ी तेज चढ़ाई थी। अभी पुरने से जो भी कुछ खाकर चला था, सब हजम हो गया; फिर भूख लगने लगी। गनीमत थी कि अब रास्ता समतल ही था। डेढ़ घण्टे चलने के बाद नदी पर एक पुल मिला। इसे पार करके मार्लिंग गाँव जाया जाता है, लेकिन मेरा रास्ता सीधा ही था। और आधे घण्टे चलने पर तेस्ता गाँव आया। यह एक बड़ा गाँव था। उम्मीद थी कि यहाँ कुछ खाने को मिल जायेगा। बड़े जोर की भूख लग रही थी।

उधर मौसम खराब होने लगा। घने काले बादल घिरने लगे और तेज हवाएँ चलने लगीं। ऐसे मौसम में अगर मैं अकेला होता हूँ तो मुझे डर लगने लगता है। हालाँकि जानता भी था कि यहाँ बारिश नहीं पड़ेगी, लेकिन डरावना मौसम था तो डर भी लग रहा था।

तेस्ता के रहनुमा पता नहीं कहाँ घुस गये कि कोई भी नहीं दिखा। किसी घर का दरवाजा खुला भी नहीं था। अन्यथा मैं किसी भी घर में घुसकर बिना चाय पीये बाहर निकलने वाला नहीं था। यह एक बहुत ज़बरदस्त ट्रैकिंग पथ है। सालों से यहाँ ट्रैकिंग होती रही है। सभी स्थानीय हम जैसे ट्रैकर की आवश्यकता समझते हैं।

कोई नहीं दिखा तो मैं आगे बढ़ गया। कुछ दूर चलने पर एक घोड़े वाला उधर से आता दिखा तो उसने बताया कि कुछ ही आगे कूरू गाँव है, वहाँ कुछ मिल जायेगा। फिर कूरू पहुँचने में भी एक घण्टा लग गया। यह छोटा-सा गाँव है। गाँव में प्रवेश किया, और पता चला कि बाहर भी निकल गया। पीछे मुड़कर देखा तो कूरू भी पीछे छूट गया। एक खेत में एक महिला काम करती दिखी। उसने बताया कि कूरू में कोई खाने-पीने का इंतजाम नहीं है; साथ ही यह भी कहा कि थोड़ी देर रुक जाओ। वह खेत का काम निपटाकर मुझे अपने घर ले जाती और चाय पिलाती। मैंने शालीनतावश मना कर दिया और आगे बढ़ चला।

रास्ता बिल्कुल समतल ही था। चढ़ाई होगी भी तो इतनी मामूली होगी कि कुछ भी पता नहीं चल रहा था। साढ़े नौ बजे पुरने छोड़ दिया था। अब दो बज रहे थे। भूख तो लग ही रही थी, थकान भी हो रही थी। मन कर रहा था कि कहीं आधे-एक घण्टे के लिये बैठ जाऊँ और बैग में रखे बिस्कुट खाऊँ, लेकिन खराब होते मौसम को देखते हुए ज्यादा देर तक बैठने लायक जगह भी नहीं मिली।

आख़िरकार कूरू पार करके जगह मिली। यह एक नया बना घर था जिसमें कोई नहीं था। इसके बरामदे में शरण ली। जैसे ही मैं बैठा, बूँदाबाँदी शुरू हो गई; तेज हवाएँ पहले ही चल रही थीं। इनकी वजह

से ठण्ड बहुत ज्यादा बढ़ गई। हाथों में दस्तानें पहनने पड़ गये। थकान इतनी हो रही थी कि बैग दीवार के सहारे टिकाकर मैं लेट गया और तुरन्त आँख लग गई। बीस मिनट बाद आँख खुली। बड़ी गहरी नींद आई। जगने के बाद लगा कि अभी तक जो हुआ, वो सब बीते जमाने की बात थी। मौसम अभी भी खराब था। बूँदाबाँदी अभी भी हो रही थी। हालाँकि मेरे पास रेनकोट था, लेकिन मैंने बूँदाबाँदी रुकने का इंतजार किया; इस दौरान कुछ बिस्कुट खा लिये।

बूँदाबाँदी बन्द हुई तो यहाँ से आगे बढ़ा। डेढ़ घण्टे चलते रहने पर खुली जगह आई और नदी पर एक पुल भी दिखा। अब मुझे नदी पार करके उस तरफ़ जाना था। यह तेंगजे गाँव था। चौड़ी घाटी होने के कारण यह एक बड़ा गाँव है। पुल पार करके आगे कुछ टैंट लगे दिखे। मैं उधर ही चल दिया। यकीन था कि वहाँ कुछ खाने को मिलेगा।

यहाँ मैं निराश नहीं हुआ। एक दुकान थी। सबसे पहले चाय पी। अभी साढ़े चार ही बजे थे, लेकिन आगे न बढ़ने का फैसला किया। आगे पता नहीं अगला गाँव कितना आगे हो! खाने को आराम से मिलेगा भी या नहीं - यही सोचकर यहीं घुटने गाड़ दिये, टैंट लगा लिया। अच्छा हाँ, वे जो टैंट थे, वे कुछ विदेशी ट्रैकर्स के टैंट थे। ये ट्रैकर हमें फुकताल गोम्पा में भी मिले थे। इनका ग्रुप लीडर एक नेपाली था। उसकी मुस्कान बड़ी शानदार थी और वह बेहद शालीनता से बात भी करता था। इन्हें कल तेंगजे से ही रास्ता बदलकर सरचू की तरफ़ जाना है। सरचू भी मनाली-लेह हाईवे पर स्थित है।

प्राकृतिक नजारे का तो कुछ कहना ही नहीं। अब वो धूल भरे नजारे गये, जिनसे विधान विचलित हो गया था। अब घाटी बहुत चौड़ी हो गई थी और प्रकृति ने जी खोलकर यहाँ कलाकारी की है। तेंगजे गाँव लगभग 4000 मीटर की ऊँचाई पर स्थित है। मैंने नदी की तरफ़ टैंट का मुँह किया और अन्दर लेटकर जो नज़ारा दिखता था, उसके लिये मेरे पास कोई शब्द नहीं है।

शाम को दुकान की मालकिन ने थुकपा बनाया। एक तो इसका

अजीब-सा नाम – थुकपा; फिर इसमें जो कच्चे आटे की छोटी-छोटी रोटियाँ बनाकर डाली जाती हैं, उन्हें खाना बिल्कुल भी अच्छा नहीं लग रहा था। यह बिल्कुल आलू की पतली सब्जी की तरह बनाया जाता है। थोड़े-से आलू, थोड़ी-सी मटर, बन्दगोभी और आख़िर में गुँथे आटे की छोटी-छोटी रोटियाँ बनाकर डाल दीं। हम उत्तर भारतीयों को भुना आटा खाने की आदत है, उबला आटा नहीं। ऐसा करके यह पक तो जाता है, लेकिन लगता ऐसा ही है जैसे कच्चा आटा ही खा रहे हों। पहले तो मुझे लगा कि आलू की सब्जी बन रही है, बाद में रोटी बनेगी। जब उसने कटोरे में थुकपा मेरे सामने रख दिया तो लगा कि इसने सब्जी का जायका लेने के लिये ऐसा किया, कि लो, नमक-मिर्च चेक कर लो, जैसा कि अक्सर हम अपने यहाँ करते हैं। अच्छा छौंक लगा था इसलिये तरी स्वादिष्ट थी। मैंने तुरन्त कहा - वाह, अच्छी बनाई है। यह सुनते ही उसने मेरे कटोरे में और थुकपा डाल दिया और स्वयं भी अपना कटोरा लेकर वहीं बैठ गई। मैं देखता रहा कि यह रोटी तो बना ही नहीं रही। मुझे नहीं पता था कि थुकपा ऐसा होता है। मैं संकोचवश कह भी नहीं सका कि रोटी कब बनाओगी? लेकिन बातों-बातों में जब पता चला कि यह थुकपा है तो कसम से जी खराब हो गया। नाम ही ऐसा है। फिर जब सब्जी में पड़ा वो उबला आटा खाना शुरू किया तो और भी जायका खराब हो गया। यह काफ़ी उबल चुका था, लेकिन फिर भी दाँतों में चिपक रहा था, लेकिन खाना तो था ही; जबरदस्ती करके सारा खा गया।

उधर वो सरचू वाला ग्रुप जिनका लीडर नेपाली था, वे अपना सारा राशन-पानी साथ लेकर चल रहे थे। उनके यहाँ मिक्स वेज के लिये सब्जी कटती मैंने देखी थी। अब जब मैं थुकपा खा रहा था तो उनके यहाँ से छौंक लगने की जोरदार आवाज आई और बाद में सुगन्ध भी। मन तो बहुत किया कि एक कटोरी सब्जी उनसे ही माँग लाऊँ, लेकिन नहीं गया।

यहाँ भी टैंट लगाने के सौ रुपये लिये। इनकी अपनी जमीन थी जिसे कैम्पिंग के लिये एकदम उपयुक्त बना रखा था। अगर आपको

पैसे नहीं देने तो कुछ दूर जाओ और पत्थरों में जाकर टैंट लगाओ। यहाँ हरी मखमली घास थी। तेंगजे गाँव मेरे देखे सबसे खूबसूरत गाँवों में से एक है। यहाँ रंग-बिरंगे पहाड़ हैं, सामने बहती शिंगो-ला से आई हुई नदी है और खूब चौड़ी घाटी है; दूर बर्फीले पहाड़ भी दिख रहे थे। नेचर फोटोग्राफी के शौकीनों को यहाँ अवश्य आना चाहिये। आप निराश नहीं होंगे।

तेंगजे से करग्याक और गोम्बोरंजन

16 अगस्त 2014

सुबह साढ़े आठ बजे सोकर उठा। हालाँकि रात जब सोने जा रहा था तो दुकान मालकिन से यही कहकर सोया था कि सुबह छः बजे चल पड़ूँगा। सुबह छः बजे आँख भी खुली थी, लेकिन बाहर बूँदाबाँदी हो रही थी, मैं फिर सो गया। अब उठा तो साढ़े आठ बज चुके थे और तेज धूप टेंट पर पड़ने लगी थी। दुकान भी खुल चुकी थी। सरचू जाने वाले विदेशियों के ग्रुप का साजो-सामान उखड़ चुका था और खच्चरों पर लादा जा रहा था।

मैं तय कार्यक्रम से काफ़ी पीछे था। सुबह-सवेरे चलने का मक़सद इतना ही था ताकि कुछ समय व दूरी की पूर्ति कर सकूँ। परसों शाम तक हर हाल में दारचा पहुँचना है। दारचा में मुझे विधान व प्रकाश जी मिलेंगे; कल ही इस बारे में सब कुछ तय हो गया था। अगर मैं न पहुँचा तो वे दारचा में मेरी प्रतीक्षा करते रह जायेंगे, लेकिन बुरी आदत है देर तक सोने की, सोता ही रह गया।

चाय पीकर सवा नौ बजे प्रस्थान कर गया। रास्ता समतल ही था इसलिये चलने में काफ़ी तेजी दिखाई। एक घण्टे में ही थाबले गाँव पहुँच गया। छोटा-सा गाँव है यह। रास्ता गाँव के अन्दर से जाता है। ऐसा लगता है कि हम घरों के भीतर से होकर चल रहे हों। रास्ते पर ही

याक बँधे थे और महिलाएँ दूध दुह रही थीं। हमारे यहाँ मैदान में रिवाज है कि दूध दुहने वाले से टोका-टाकी नहीं करते हैं। कभी-कभी ऐसा करने से गायें अजनबी व्यक्ति को देखकर बिदक जाती हैं; याक भी गाय की ही प्रजाति है; फिर वे पुराने संस्कार, मैं चुपचाप आगे बढ़ गया।

आखिरी घर को पार करके बैठ गया। पिछले एक घण्टे से मैं लगातार चलता आ रहा था, आराम करने की इच्छा हो रही थी। उस घर की एक खिड़की, जिस पर काँच लगा हुआ था, मेरी तरफ़ ही थी। भीतर कम प्रकाश था, इसलिये मुझे भीतर का कुछ भी नहीं दिख रहा था, जबकि भीतर वालों को मैं दिख रहा होऊँगा; तभी तो एक वृद्ध महिला आईं और पूछा - ओ! चाय पीयेगा? मैंने तुरन्त हाँ कह दी। उन्होंने मुझे घर के भीतर आने का इशारा किया।

भीतर घुसा। पहले तो घुप्प अँधेरे से सामना हुआ। कुछ देर में आँखें अभ्यस्त हुईं तो एक कमरे में जाने का दरवाजा दिखा। बाहर जूतियाँ निकली हुईं थीं; मैं भी जूते उतारकर भीतर कमरे में चला गया। यह वही कमरा था जिसकी खिड़की बाहर मेरी तरफ़ थी। कमरे में एक बुजुर्ग भी थे और आराम से आसन पर बैठकर अपनी धर्म-पुस्तक पढ़ रहे थे। मैंने 'जुले' कहा, उन्होंने बैठने का इशारा किया, मैं भी बैठ गया।

मैं पहले भी लद्दाखी घरों में जा चुका हूँ; यह भी उसी तरह का घर था। बीच में बड़ी लोहे की अँगीठी, उस पर चिमनी, जो छत से होती हुई बाहर जा रही थी, चारों तरफ़ बिछे गद्दे। महिला ने एक पतीली में दूध गर्म किया, चीनी डाली और गिलास में भरकर मुझे दे दिया। बुलाया चाय के लिये था, दे दूध रही हैं। यह बड़ी अच्छी बात थी। साथ में एक थाली और सरका दी जिसमें टूटे हुए बिस्कुट और चूरा था। मैंने दूध पीया और बिस्कुट खाये; औपचारिक बातचीत भी हुई। चलते समय पैसे देने लगा तो उन्होंने लेने से मना कर दिया। लद्दाख इसीलिये मेरी पसन्दीदा जगह है। यहाँ सीमित साधन और

संसाधन हैं, लेकिन लोगों के दिलों में कोई सीमितता नहीं है। मैंने पहले भी बताया है कि आप लद्दाख के किसी भी गाँव में किसी भी घर में घुसकर खाने को माँग सकते हैं और अगर रुकना चाहें तो रुक भी सकते हैं। हाँ, एक बात आपको परेशान कर सकती है, वो है गन्दगी। आपके नीचे बिछे गद्दे पता नहीं कब से ऐसे ही बिछे होंगे। राहुल सांकृत्यायन जब तिब्बत जाया करते थे तो वे वहाँ के पिस्सुओं से बड़े तंग आ गये थे। अब जब महीनों-सालों तक कोई गद्दा ऐसे ही पड़ा रहेगा, तो पिस्सू नहीं पनपेंगे तो और क्या पनपेगा? हालाँकि लद्दाख में मेरा सामना कभी भी पिस्सुओं से नहीं हुआ।

सुबह एक गिलास चाय पी थी। एक घण्टा चला और वो शीघ्र ही हजम हो गई। अब दो गिलास दूध पी लिया, शीघ्र ही यह भी हजम हो जायेगा, इसलिये अगले गाँव करग्याक में कुछ खाना पड़ेगा। एक घण्टे तक लगातार चला। सामने एक संगम दिख रहा था। एक नदी सामने से आ रही थी, एक नदी बायीं ओर से आ रही थी। बायीं वाली पर एक पुल था और उस तरफ़ एक गाँव था - की गाँव।

नदी घाटी यहाँ बहुत चौड़ी है; इसकी वजह से खूब तेज हवा लग रही थी, फिर कल से मौसम भी खराब था। धूप निकलती तो अच्छा लगता, बादल आ जाते तो ठण्ड लगने लगती। पुल के पास एक चोरतेन का सहारा लेकर बैठ गया। ऐसी जगह बैठा कि हवा मुझे नहीं लग रही थी। बड़ा आराम मिला।

अजीब जगह है यह लद्दाख भी। धूप निकले तो झुलसा देती है और धूप न निकले तो ठण्ड लगने लगती है। फिर हवाएँ भी इतनी तुनकमिजाज कि बात-बात पर बिगड़ उठती हैं। एक बार चलना शुरू होती हैं तो चलती ही जाती हैं, और ज्यादा व और तेज चलती हैं। खराब मौसम के साथ तो इनका ज़बरदस्त याराना है। उधर मैं चाहता था कि मौसम तो खराब ही रहे क्योंकि बारिश तो पड़नी नहीं है; बादल रहेंगे तो धूप भी नहीं लगेगी, लेकिन तूफानी हवाओं ने सब खराब कर दिया। आगे रास्ता ऊँचाई की तरफ़ बढ़ने वाला है; इसी तरह हवाएँ

चलती रहीं तो कौन जानता है कि बर्फ़ीला तूफान ही शुरू हो जाये?

कुछ देर यहाँ बैठकर फिर चल पड़ा। अब सामने पवित्र गोम्बोरंजन पर्वत दिखाई देना शुरू हो गया था, लेकिन यह अभी बहुत दूर था और मुझे इसके पास से ही निकलना था। बिल्कुल सीधी घाटी थी और कोई ज्यादा चढ़ाई भी नहीं दिख रही थी।

पौने एक बजे करग्याक गाँव में प्रवेश कर गया। यह अपेक्षाकृत बड़ा गाँव है और इस ट्रैक पर जम्मू-कश्मीर राज्य का आख़िरी गाँव भी। इसके बाद अगला गाँव शिंगो-ला पार करके हिमाचल प्रदेश में ही मिलेगा।

एक खेत में दो महिलाएँ गेहूँ काट रही थीं। मैंने 'जुले' कहा और कुछ खाने के बारे में पूछा। उनमें से एक महिला ने बताया कि उनके घर पर मैगी मिल जायेगी और चाय भी; इसके अलावा कुछ नहीं। मुझे मैगी बिल्कुल भी अच्छी नहीं लगती, फिर भी समय का तक़ाजा देखते हुए मैगी ही खाना स्वीकृत कर लिया। वह महिला गेहूँ छोड़कर अपने घर की ओर चल पड़ी। ज्यादा नहीं चलना पड़ा; मुख्य रास्ते पर ही उनका घर था। प्रवेश द्वार इतना छोटा था कि पूरा झुकने पर कमर पर टँगा बैग दरवाजे के ऊपर अटक गया। बैग उतारा, तब घर में प्रवेश कर सका। झुके-झुके ही सँकरी अँधेरी भूल-भुलैया में चलता हुआ एक कमरे में पहुँचा और जमीन पर बिछे गद्दे पर बैठ गया।

सबसे पहले चाय बनाई, फिर मैगी। मुझे जोर की भूख लगी थी। घण्टे भर पहले पीया दो गिलास दूध कभी का हजम हो चुका था। यह आख़िरी गाँव है, इसलिये यहाँ से पेट भरकर ही आगे बढ़ना उचित है। पसन्द न होने के बावजूद एक बड़ा कटोरा भरकर मैगी खानी पड़ी। एक बार जब लगा कि नहीं खाई जायेगी, उल्टी हो जायेगी, तो कुछ देर रुक गया, बातचीत करने लगा, हिलने लगा और लेटा भी। पुनः चाय बनवाई और आधे घण्टे बाद और मैगी खाई। कुल मिलाकर जितना खा सकता था, करग्याक से उससे ज्यादा ही खाकर चला।

इस महिला का नाम स्तैनजिन अंगमो था। इनके मामा जिंग्मे यांग्तू की दिल्ली मजनूँ का टीला स्थित तिब्बती मार्किट में ल्हासा रेस्टॉरेंट के सामने एक दुकान भी है, सर्दियों का समय अंगमो वहीं दिल्ली में ही बिताती हैं। अक्टूबर में वह शिंगो-ला पार करके मनाली जायेंगी और वहाँ से दिल्ली। मैंने भी उनसे दिल्ली मिलने का वादा तो किया है, देखते हैं मिलना होगा या नहीं; अभी तक तो गया नहीं हूँ, हालाँकि हमारे यहाँ से चंद कदम ही दूर है। मैंने अंगमो से पूछा था कि तिब्बती मार्किट में तो तिब्बती व्यापारी होने चाहिये, तुम लद्दाखी कैसे? बताया कि केवल दो ही दुकानें लद्दाखियों की हैं, बाकी सभी तिब्बतियों की हैं।

जब करग्याक से निकला तो दो बज चुके थे। हालाँकि इसके बाद भी आगे शिंगो-ला से पहले लाखांग नामक जगह पर एक ढाबा है, लेकिन पता नहीं कितना दूर है... आज पहुँचूँगा भी या नहीं, और जब तक पहुँचूँगा, वहाँ कुछ खाने को मिलेगा भी या नहीं, यही सब बातें ध्यान में थीं।

सामने पवित्र गोम्बोरंजन पर्वत दिख ही रहा था। और यह ऐसे ही पवित्र नहीं बन गया, इसकी स्थिति ही इसे सम्मानजनक बनाती है। इसके पीछे और अगल-बगल भी कोई पहाड़ नहीं दिखता। अकेला डटकर खड़ा है।

करग्याक पीछे छूट गया और नदी घाटी और भी चौड़ी हो गई। रास्ता घास के लगभग समतल मैदान से होकर था। घास में जगह-जगह पत्थरों पर बैठे फ्यांग धूप सेंकते मिलते हैं। फ्यांग खरगोश व चूहे की मिली-जुली प्रजाति जैसा होता है। यह धरती के अन्दर बिलों में रहता है। आदमी को दूर से देखते ही चीखने लगता है और अपने दूसरे साथियों को सचेत कर देता है। एक बार जब मुझे आराम करने की ज़रूरत थी तो मैं इसी तरह के एक फ्यांग की तरफ़ बढ़ा। वह दौड़कर अपने बिल में जा घुसा। मैं भी उस बिल के पास ही पालथी मारकर बैठ गया।

कुछ देर बाद बिल में हलचल हुई। सिर्फ आँखें ही दिख रही थीं। मैं भी बिना हिले-डुले बैठा रहा। कैमरा मैंने पहले ही इस तरह पकड़ रखा था कि जब वह मेरी पसन्द की स्थिति में आ जायेगा तो बिना हिले कैमरा ऑन कर लूँगा और फोटो ले लूँगा, लेकिन वो तो बिना हिले-डुले पड़े रहने का जन्मजात महारथी है। आधा घण्टा हो गया, जब वह और थोड़ा-सा बाहर निकला। अब उसकी गर्दन से ऊपर का हिस्सा दिखने लगा - कान, आँखें और काली नाक। मुझे यहाँ एक ही स्थिति में बैठे पौन घण्टा हो गया था; इतने समय में यह इतना-सा ही बाहर निकला है... मुझे अभी भी बहुत दूरी तय करनी है, इसलिये कैमरा ऑन किया और उसका इतने का ही एक फोटो लिया। उठा तो पता चला कि दोनों पैर एक ही स्थिति में इतनी देर तक होने की वजह से बिल्कुल सुन्न हो गये हैं। धीरे-धीरे पैर ठीक हुए और मैं आगे बढ़ा।

एक आदमी मिला। पूछा तो उसने बताया कि अभी भी लाखांग के तीन घण्टे और लगेंगे। अभी पाँच बजे थे। यह तीन घण्टे बता रहा है तो मुझे कम से कम चार घण्टे लगने हैं, यानी नौ बज जायेंगे। फिर भी समतल मैदान में कदम बढ़ाता गया। दूर-दूर तक कोई आदमजात नहीं थी। मुझे उम्मीद थी कि कोई ग्रुप तो आज लाखांग जायेगा ही। मैं रात तेंगजे में था; वहाँ जो ग्रुप था उसे सरचू जाना था, यानी इस रास्ते से नहीं आना था। शाम हो रही थी। अभी तक कोई नहीं मिला तो इसका अर्थ यही है कि आज कोई ग्रुप नहीं आने वाला।

एक घण्टे बाद लाखांग की तरफ़ से दो घुड़सवार आये। मैंने उनसे भी पूछा तो उन्होंने बताया कि दो घण्टे लगेंगे। यह सुनकर मैंने और तेजी से कदम बढ़ाये। सुबह से मैं आधा घण्टा थाबले में रुका था, एक घण्टा करग्याक में और पौन घण्टा फ्यांग के यहाँ, अन्यथा लगातार चल ही रहा था। चढ़ाई भी कोई ज्यादा नहीं थी, फिर भी थकान हो गई थी। मन था कि यहीं इसी मैदान में टैंट लगा लूँ, लेकिन दूरी तय करने का बहुत दबाव था।

रास्ते में एक धारा पड़ी। कोई ज्यादा चौड़ी नहीं थी; उथली भी

थी, लेकिन फिर भी इतनी थी कि इसे पार नहीं किया जा सकता था। शाम का समय होने के कारण बहाव भी ज्यादा ही था। चाहता तो जूते उतारकर यहीं से इसे पार कर जाता, लेकिन अत्यधिक ठण्डे पानी से भी बचना चाहता था; सोचा कि कुछ ऊपर चलकर इसे पार करना चाहिये। ऊपर देखने पर लग भी रहा था कि पत्थरों पर पैर रख-रखकर पार कर जाऊँगा, लेकिन यह एक मृगमरीचिका थी। इसी मृगमरीचिका ने बड़ी दूर तक चला दिया। फिर सोचने लगा कि जब इतनी दूर आ ही गया हूँ तो बिना जूते उतारे ही पार करूँगा। आख़िरकार कम से कम आधे किलोमीटर दूर जाकर ऐसी जगह मिली और मैं पार हो गया। फिर उधर से धारा के साथ-साथ ही नीचे आना पड़ा।

पौने सात बज गये थे। सूरज दिखना बन्द हो गया, हालाँकि अभी भी वातावरण में उजाला था। चलने की बिल्कुल भी इच्छा नहीं थी। अब मैं गोम्बोरंजन पर्वत के बिल्कुल नीचे था। गर्दन उठाकर पर्वत को देखना पड़ता था। समुद्र तल से ऊँचाई थी 4250 मीटर। तेंगजे 4000 मीटर पर था। तभी नज़र पड़ी पर्वत के बिल्कुल नीचे बने एक कमरे पर। यह बस एक ही कमरा था। पक्का था, इसमें टीन का दरवाजा था और दो तरफ़ बड़ी-बड़ी खिड़कियाँ थीं जिनमें शीशा लगा था। इसे देखते ही तय हो गया कि आगे नहीं बढ़ना है, यहीं रुकना है। बराबर में साफ पानी की एक धारा बह रही थी। इसके पीछे कुछ झण्डियाँ थीं, जैसे कि अमूमन लद्दाखी बौद्ध अपने पवित्र स्थानों पर लगा देते हैं। ज़ाहिर है कि यह स्थान पवित्र गोम्बोरंजन पर्वत को पूजने का स्थान होगा।

मैं अन्दर घुसा। कोई नहीं था। लकड़ी के फर्श पर मिट्टी व धूल जमी थी। दरवाजे में भीतर कुण्डी नहीं थी। एक खिड़की पर पूरा शीशा था, जबकि दूसरी का शीशा एक कोने में इतना टूटा था कि कोई छोटा जानवर जैसे फ्यांग भीतर आ सकता था। इनके अलावा एक टूटा हुआ स्टोव रखा था और कुछ खाली बोतलें थीं। इनमें शराब की बोतलें भी थीं। गौरतलब है कि लद्दाख व जांस्कर में शराब बिल्कुल साधारण चीज है; यह देवताओं को भी चढ़ाई जाती है।

मैंने बाहर से एक बड़ा पत्थर उठाया और इसे दरवाजा बन्द करके अन्दर इस तरह लगा दिया कि तेज हवा या कोई जानवर इसे न खोल सके। फिर अपना बैग खोला, टैंट को बिछाया और स्लीपिंग बैग में घुस गया। कुछ बिस्कुट खाये, पानी पीया और लेट गया।

बाहर साँय-साँय हवा चल रही थी। पानी की मद्धिम आवाज आ रही थी। दूर-दूर तक कोई इंसान नहीं था। चाँदनी रात थी। थोड़ी-सी रोशनी कमरे में भी आ रही थी और पर्याप्त उजाला कर रही थी। इन सबके बावजूद सन्नाटा भी अपने चरम पर था; ऐसे में मुझे जानवरों और भूतों का डर लगता है। जानवरों में यहाँ भेड़िये को छोड़कर कोई बड़ा जानवर नहीं है। उधर हिमालय के घने जंगलों में काला भालू और तेंदुए खूब पाये जाते हैं, लेकिन यहाँ लद्दाख में न काला भालू है और न ही तेंदुआ। हालाँकि कहीं-कहीं हिम तेंदुआ होने की खबरें अवश्य आती हैं, लेकिन यहाँ उसके होने की उतनी सम्भावना नहीं थी; यानी जानवरों से मैं बिल्कुल निश्चिन्त था। अब आते हैं भूत। मैं दिन में भूतों में यकीन नहीं करता, लेकिन रात को अगर कभी इस तरह सन्नाटे में अकेला रहूँ तो यह डर भी लगता है। एक बार जब मैं और विधान करेरी झील के किनारे एक शेड के नीचे स्लीपिंग बैगों में पास-पास सो रहे थे तो मेरे पैरों में कुछ लगा। मैं बुरी तरह डर गया। उस समय करेरी झील पर दूर-दूर तक कोई नहीं था, हम दोनों ही थे। डर भी लग रहा था और ठण्ड भी। जब पैर पर बाहर से कुछ लगा तो मैं डर गया। मैंने सोचा कि कहीं भालू तो नहीं है। डर के मारे मुँह उघाड़ने की हिम्मत नहीं हुई। फिर धीरे से विधान से पूछा। उसने कहा कि उसके पैर में कुछ नहीं लग रहा है, इससे मैं और भी डर गया। भालू होता तो धीरे-धीरे पैरों को नहीं रगड़ता। फिर मेरे और विधान के पैरों के बीच में एक फुट का भी फ़ासला नहीं था। मुझे लगा भूत है। न मेरी आँख खोलने की हिम्मत हुई और न ही उसे देखने की। मैं भूतों को नहीं मानता, लेकिन जब रात के सन्नाटे में ऐसा कुछ होने लगता है तो मैं डर जाता हूँ। सुबह उठे तो देखा कि हमारे पास ही बकरी की मेंगनी पड़ी थी। इसका मतलब कि रात हमारे पास कोई भूत-भात नहीं था बल्कि बकरी

थी।

तो आज भी यहाँ गोम्बोरंजन के नीचे सोते हुए मुझे भी तब तक डर लगा जब तक आँख नहीं लग गई। इन घटनाओं की जब तक व्याख्या नहीं होती, तब तक भूत का कारनामा है, और अगर व्याख्या हो गई तो साधारण बात लगती है। अगर सुबह बकरी के होने के सबूत न मिलते तो वह मेरे लिये भूत था; अन्यथा बकरी।

गोम्बोरंजन से शिंगो-ला पार

17 अगस्त 2014

रात मैं पवित्र गोम्बोरंजन पर्वत के नीचे एक अकेले कमरे में सो गया था। रात में एकाध बार आँख भी खुली थी, लेकिन मैं चूँकि सुरक्षित स्थान पर था, इसलिये तब उतना डर नहीं लगा... हाँ, एकान्त में होने का एक अजीब-सा डर तो होता ही है।

साढ़े सात बजे आँख खुली। कुछ बिस्कुट खाये, पानी पीया, बिस्तर समेटा और सवा आठ बजे तक निकल पड़ा। अब ऊँचाई बढ़ने लगी थी और रास्ता भी ऊबड़-खाबड़ होने लगा था। जिस स्थान पर मैं सोया था, वो जगह समुद्र तल से 4250 मीटर पर थी; अब जल्दी ही 4400 मीटर भी पार हो गया। वैसे तो अभी भी बड़ी चौड़ी घाटी सामने थी, लेकिन इसमें छोटी-छोटी कई धाराओं के कारण रास्ता बिल्कुल किनारे से था, जहाँ बड़े-बड़े पत्थरों की भरमार थी।

सामने बहुत दूर खच्चरों का एक बड़ा दल इस घाटी को पार कर रहा था। कैमरे को पूरा जूम करके देखा तो पता चला कि उन पर कुछ राशन लदा है और कुछ लोग पैदल भी चल रहे हैं। निश्चित ही वह एक ट्रैकिंग ग्रुप होगा जो आज लाखांग में रुका होगा; आज शिंगो-ला पार कर लेगा।

लाखांग मुझे दिख नहीं रहा था, लेकिन उस ग्रुप के कारण अन्दाजा हो गया कि यह अब ज्यादा दूर भी नहीं है। इतना तो निश्चित है कि वह ग्रुप मेरे रुकने के स्थान से, यानी गोम्बोरंजन के पास से आज नहीं गुजरा है।

दस बजे मैं लाखांग पहुँच गया। यह कोई गाँव नहीं है। शिंगो-ला से कुछ पहले समुद्र तल से 4470 मीटर की ऊँचाई पर एक ढाबा है, जहाँ रात में रुक भी सकते हैं और खाना भी मिल जाता है। ढाबेवाले ने बताया कि तत्काल चाहिये तो मैगी मिलेगी और प्रतीक्षा कर सकते हैं तो रोटी मिल जायेगी। जब रोटी मिल रही है तो भला मैं मैगी क्यों खाने लगा? वह रोटी बनाने की तैयारी करने लगा और मैं रजाइयों के ढेर पर पड़कर सो गया। आधे घण्टे बाद जब रोटी बन गई तो उसने ही मुझे जगाया।

इसी दौरान करग्याक की तरफ़ से दो लामा भी आ गये। उन्हें मनाली जाना था। जांस्कर के इस हिस्से का जितना आवागमन हिमाचल में है, उतना अपने जम्मू-कश्मीर राज्य में नहीं है। शिंगो-ला के उस तरफ़ तक सड़क बन गई है। ये लोग फोन करके मनाली से टैक्सी मँगा लेते हैं। सुबह घर से निकलते हैं, दोपहर बाद तक शिंगो-ला पार कर लेते हैं और रात तक मनाली पहुँच जाते हैं। फिर जिसे जम्मू जाना होता है, वो जम्मू की बस पकड़ लेता है, जिसे दिल्ली जाना होता है वो दिल्ली की। कारगिल और श्रीनगर की ओर जाने पर यह मौज नहीं मिलती।

ग्यारह बजे यहाँ से चल पड़ा। एक बहुत चौड़ा नदी-पाट पार किया। यह कम से कम एक किलोमीटर चौड़ा रहा होगा। इसे पार करके चढ़ाई शुरू हो गई। आगे भी चढ़ाई जारी रही - कभी तीखी, कभी कम। मेरी बार-बार साँस फूल रही थी। चलना मुश्किल हो रहा था; और फिर तूफ़ानी हवा।

लेकिन इन सबके बावजूद नजारों में कोई कमी नहीं आई। हल्की-हल्की घास उगी हुई थी। पत्थरों पर जगह-जगह फ्यांग बैठे धूप

का आनन्द ले रहे थे। उस पार याकों का एक बड़ा झुण्ड चरने में व्यस्त था। याक अक्सर आक्रामक होते हैं। अगर वे इसी तरफ़ होते तो शायद मुझे देखकर भी आक्रामक हो सकते थे।

5000 मीटर की ऊँचाई बहुत ज्यादा होती है। मैंने कहीं पढ़ा है कि इससे ज्यादा ऊँचाई पर शरीर एक्लीमेटाइज नहीं हो सकता। इतनी ऊँचाई पर स्थित किसी दर्रे को पार करना और भी मुश्किल बात होती है, लेकिन इन सबके बावजूद शिंगो-ला बहुत आसान है। अभी तक मुझे कोई खास परेशानी नहीं आई थी, लेकिन इतनी आसानी से दर्रे पार नहीं हुआ करते।

शिंगो-ला के पास से निकली जलधारा रास्ते में आ गई। मैं लगभग 4800 मीटर की ऊँचाई पर रहा होऊँगा। दर्रा अभी भी 200 मीटर ऊपर था। यह ऊँचाई ज्यादा नहीं होती, लेकिन यहाँ इस जलधारा में जितना पानी था, उससे ही पता चल रहा था कि पानी और भी कहीं दूर से आ रहा है। यह इतना था कि इसे पार करना बहुत मुश्किल था। बहाव भयंकर तेज। जैसी धारा कल पार की थी, उससे भी ज्यादा बहाव और ज्यादा तेजी। कुछ आगे बर्फ भी दिख रही थी। यह असल में बर्फ का पुल था, लेकिन मेरे और इस पुल के बीच में क़रीब दस मीटर की खड़ी चट्टान थी, जिसे मैं किसी भी हालत में पार नहीं कर सकता था। धारा ही पार करनी पड़ेगी।

दम पहले ही फूला हुआ था, अब पैर भी काँपने लगे। मैं इसे बिल्कुल पार नहीं कर सकता था। जूते उतारकर इसमें घुसकर पार हुआ जा सकता था, लेकिन ऐसी ठण्ड में भीगना कौन चाहता था? कुछ दूर धारा के साथ-साथ नीचे उतरना पड़ा; इस तलाश में कि कहीं पार होने लायक रास्ता मिल जाये, लेकिन मुसीबत यह थी कि जितना अब नीचे उतरूँगा, उस पार जाकर उतना ही ऊपर चढ़ना पड़ेगा... यहाँ पहले से ही साँस फूली जा रही है। और जब आख़िरकार काफ़ी नीचे जाकर भी पार होने लायक जगह नहीं मिली तो साहस बटोरकर छलाँग लगा दी। छलांग सफल रही, हालाँकि एक जूते में पानी भर गया।

जैसे-जैसे दर्रा नजदीक आता जा रहा था, धारा का रहस्य भी खुलता जा रहा था। रहस्य यही था कि दर्रे के इतना नजदीक होने पर भी इसमें इतना पानी क्यों है? असल में यह क्षेत्र बहुत बड़ा ग्लेशियर है। यह ग्लेशियर कालान्तर में पत्थरों के नीचे दबता चला गया, लेकिन कहीं-कहीं इसकी सपाट ऊर्ध्वाधर दीवारें दिख जाती हैं, जिनसे पता चलता है कि हम ग्लेशियर पर चल रहे हैं। मैं यही सोच रहा हूँ कि जब यहाँ सड़क बनेगी तो ग्लेशियर के ऊपर से कैसे निकलेगी? ज़रूर इस ग्लेशियर को छोड़ना पड़ेगा। कोई ऐसा स्थान ढूँढ़ना पड़ेगा, जहाँ ग्लेशियर नहीं है, और वो स्थान शिंगो-ला तो कतई नहीं होगा। दर्रे से कुछ हटकर ही सड़क बनानी पड़ेगी।

सवा चार बजे जब मैं 4960 मीटर की ऊँचाई पर था, पहली बार कुछ दूर झण्डियाँ दिखाई पड़ीं। मैं खुशी से झूम उठा। बाद में दर्रे पर पहुँचकर भी उतनी खुशी नहीं मिली, जितनी अब मिली। कारण था कि कई घण्टों से लग रहा था कि वो सामने दर्रा है, वो सामने दर्रा है, लेकिन दर्रा आया ही नहीं। अब झण्ड़ियों ने नगाड़ा बजा दिया कि वो सामने दर्रा है।

यह आख़िरी आधा किलोमीटर बिना पगडण्डी के ही तय करना पड़ा। कोई पगडण्डी ही नहीं थी; बस झण्डियों को देखकर ही आगे बढ़ना था, और आख़िरी के बीस मीटर बिल्कुल सीधी दीवार सी थी। इस पर चढ़ने में ही आधा घण्टा लग गया। बुरी तरह साँस फूल रही थी। एक कदम चलता, दो मिनट रुकता।

आख़िरकार पाँच बजे मैं शिंगो-ला पर था। इसकी ऊँचाई मैंने 5025 मीटर नोट की। बौद्ध इलाका होने के कारण तिब्बती भाषा में पत्थरों पर प्रार्थनाएँ लिखी थीं और झण्डियाँ लगी थीं। यह दर्रा जम्मू-कश्मीर और हिमाचल प्रदेश राज्य की सीमा भी है। अब मैं हिमाचल में प्रवेश कर जाऊँगा।

आप जो भी इन पंक्तियों को पढ़ रहे हैं, बहुत कम या नगण्य ही अभी तक 5000 मीटर की ऊँचाई तक पहुँचे हैं, और मुझे गर्व है कि

मैं कई बार इस ऊँचाई तक जा चुका हूँ। पैदल भी और साइकिल से भी।

दर्रे की हिमाचल साइड में एक छोटी-सी झील भी है। इस झील में ग्लेशियर से आकर पानी जमा होता है और आगे चला जाता है, जो आख़िरकार दारचा में भागा नदी में मिल जाता है। इधर कुछ दूर तक तो लगभग समतल रास्ता ही है, फिर अचानक पाताल लोक दिखाई देता है और शुरू होती है अंधी उतराई। उस तरफ़ बड़े विशाल ग्लेशियर दिख रहे थे, जो समय की मार से काले पड़ने लगे थे। शिंगो-ला से आती धारा भी यहाँ बड़ा ऊँचा झरना बनाती होगी। अगर ग्लेशियर न होते तो वो झरना दिखता भी। कुछ ही कदम पहले मैं इस धारा के बराबर में था और अब यह बहुत दूर ग्लेशियर के नीचे से ''गौ-मुख'' की तरह बाहर आती दिख रही थी।

पाँच बजे शिंगो-ला पर था और बड़ी जल्दी छः भी बज गये। अब तेजी से दिन छिपने लगेगा और अँधेरा हो जायेगा। मुझे जल्दी से जल्दी किसी ठिकाने पर पहुँचना था। सारा रास्ता अब उतराई का था इसलिये चलने में तेजी आई।

कुछ दूर एक जे.सी.बी. मशीन पहाड़ खोदकर सड़क बनाने में लगी थी। पहाड़ यहाँ कच्चा है और ज्यादातर मिट्टी व बजरी का बना है। घाटी भी काफ़ी चौड़ी है, इसलिये जे.सी.बी. आसानी से बजरी व मिट्टी को हटाती जाती है और रास्ता बनता जाता है। असल में इस सड़क को एक लामा बनवा रहे हैं। प्रोजेक्ट तो यह सीमा सड़क संगठन का है, लेकिन उनके काम की सुस्ती को देखकर लामाजी ने इसे पूरा करने का बीड़ा उठाया। अपने खर्चे से पंजाब से यह जे.सी.बी. मशीन खरीदकर लाये और हो गये शुरू। इन्हें देखकर अब सीमा सड़क संगठन ने भी तेजी दिखाई है। लामाजी के चर्चे पूरे जांस्कर में हैं। उनका लक्ष्य अक्टूबर में बर्फ पड़ने तक इस सड़क को करग्याक गाँव तक ले जाने का है।

सात बजे एक टैण्ट कालोनी में पहुँचा। यह वही ग्रुप था जिसे

मैंने सुबह लाखांग से चलते देखा था। इसे देखते ही बड़ा खुश हुआ कि अब यहीं रुकना है, लेकिन जब पता चला कि यह प्राइवेट ग्रुप है, सार्वजनिक दुकान नहीं है, तो उदास भी हो गया। ग्रुप के गाइड ने बताया कि दस मिनट और आगे चलोगे तो लोकल लोगों की दुकानें मिल जायेंगीं, जहाँ खाना भी मिलेगा। मैं दस मिनट के लालच में आगे बढ़ गया।

लेकिन तेरा सत्यानाश हो; दस मिनट की जगह एक घण्टा लग गया। साढ़े सात के बाद अँधेरा हो गया। पत्थरों के बीच पगडण्डी नहीं दिख रही थी, इसलिये हैडलाइट निकालनी पड़ी। सामने दूर-दूर तक कोई प्रकाश भी नहीं दिख रहा था, जिससे पता चलता कि कितनी दूर दुकानें हैं। मैं आगे बढ़ता रहा और उसे गालियाँ देता रहा।

पूरे हिमालय में तेंदुओं की भरमार है और भालुओं की भी। हालाँकि मेरी जानकारी के अनुसार यहाँ भालू नहीं हैं, लेकिन क्या पता मैं गलत होऊँ? ये जानवर रात को बाहर निकलते हैं। मैं यही मनाता चल रहा था कि कोई जानवर न मिल जाये। अचानक बहुत नजदीक ही एक बड़ा काला जीव दिखा। मेरी धड़कन नहीं रुकी, बस इतनी कसर रह गई। सिर पर हैडलाइट बँधी थी, तो जितना प्रकाश उससे निकलकर सामने रास्ते पर पड़ रहा था, उतना तो साफ-साफ दिख रहा था; अगल-बगल का कुछ नहीं दिख रहा था। उस जीव का एहसास तब हुआ, जब वो बिल्कुल बगल में आ गया। उसे देखते ही मैं लगभग निर्जीव-सा हो गया और बैठ गया।

प्रकाश उसकी तरफ़ किया तो गधा निकला। पट्ठा मजे से घास चर रहा था। उसे क्या पता कि उसे देखकर मेरी क्या गति हुई?

खैर, आठ बजे एक ठिकाने पर पहुँचा। बड़ी बुरी हालत थी। सीधा एक तम्बू में घुस गया। वहाँ पहले से ही पाँच-छः स्थानीय लोग बैठे थे। मैंने चाय के लिये कह दिया। चाय तो यहाँ बड़ी सुलभ चीज है और हर समय तैयार रहती है। मैं ढंग से बैठा भी नहीं था कि चाय हाज़िर हो गई। मैंने बता दिया कि आज यहीं रुकूँगा। वह जगह पहले

से ही फुल थी। तम्बू वाले ने कहा कि कम्बल नहीं हैं। मैंने कहा कोई बात नहीं, मेरे पास स्लीपिंग बैग हैं। टैण्ट लगाने का बिल्कुल भी दम नहीं बचा था।

यहाँ भी थुकपा मिला, लेकिन मैं दो कटोरे थुकपा गटक गया। इच्छा तो नहीं थी, लेकिन पेट में कुछ जाना ज़रूरी था।

बाद में पता चला कि इस जगह का नाम चुमिक नाकपो है। इसका अर्थ होता है काला चश्मा। चश्मा यानी पानी का सोता, जहाँ से काला पानी निकलता हो; लेकिन ऐसा है नहीं - कोई काला पानी नहीं निकलता, बल्कि साफ ही पानी निकलता है। समुद्र तल से ऊँचाई 4570 मीटर है।

यहाँ लोगों ने बताया कि एक साधु कुछ दूर नदी के पास बैठे हैं। पता नहीं कब से बैठे हैं। साधु यानी हिन्दू। यहाँ हिन्दू साधुओं का आना बिल्कुल नई बात थी। मैंने तो उसे नहीं देखा, लेकिन क्या पता कोई साधु हिमालय में कोई गुफा खोजता हुआ इधर आ गया हो। गंगोत्री बद्रीनाथ की तरफ़ तो बहुत से साधु जाते देखे हैं, लेकिन यहाँ ऐसा पहली बार सुना। स्थानीय लोगों में भी इसकी खूब चर्चा हो रही थी।

एक के ऊपर एक पत्थर रखकर यह दुकान बनाई गई है। दो पत्थरों के बीच में कुछ छेद रह गये, जिनसे बड़ी तेज हवा अन्दर आती। मैं दीवार से सटकर ही लेटा था, इसलिये मुझे काफ़ी हवा लगी, हालाँकि स्लीपिंग बैग ने खूब बचाव भी किया।

दिल्ली वापस

अगले दिन यानी 18 अगस्त को सुबह आठ बजे सोकर उठा। चाय पी, कुछ बिस्कुट खाये और जैम के साथ लद्दाखी रोटी भी। हालाँकि अब मैं हिमाचल में था। लाहौल में था, लेकिन यह लद्दाख

से ज्यादा भिन्न नहीं है। साढ़े आठ बजे यहाँ से चल पड़ा।

आज मुझे अपने बाकी दोनों साथियों से मिलना है। पुरने में जब हम अलग हुए थे, तब यही तय हुआ था कि हम चार दिन बाद दारचा में मिलेंगे। सुबह वे लेह से चले होंगे, मैं यहाँ से चलूँगा; देखते हैं कौन पहले दारचा पहुँचता है?

लामाजी द्वारा बनवाई जा रही सड़क लगभग शिंगो-ला तक पहुँच चुकी है। वह सड़क यहाँ से बस कुछ ही ऊपर थी। नीचे पगडण्डी थी। मुझे अभी भी इतनी थकान थी कि मैं क़रीब सौ मीटर ऊपर सड़क पर नहीं जाना चाहता था, लेकिन इसका भी अपना नुकसान था। ऊपर सड़क बनी तो मलबा नीचे तक आ गया था। उससे पगडण्डी भी प्रभावित हुई थी, इसलिये चलने में समस्या आ रही थी। एक बार हिम्मत करके ऊपर सड़क तक पहुँच गया और बाकी पैदल यात्रा मजे में कटी।

इसे सड़क तो कतई नहीं कह सकते। जे.सी.बी. मशीन से पत्थर हटा दिये थे, लेकिन इससे वो चिकनापन नहीं आया था कि इस पर आसानी से गाड़ियाँ चलाई जा सकें। वो काम बाद में होता रहेगा; लेकिन यह इतना तो बन ही गया था कि इस पर मोटरसाइकिलें व सूमो वगैरह चल सकें। जांस्करी तो अपने यहाँ सड़क बन जाने की भयंकर प्रतीक्षा कर रहे हैं। हालाँकि पदुम की तरफ़ से और इधर दारचा की तरफ़ से सीमा सड़क संगठन अपना काम कर रहा है, लेकिन वह पर्याप्त नहीं है। जांस्करियों का कहना है कि पिछले चार साल से ये लोग एक ही जगह पर काम कर रहे हैं, आगे नहीं बढ़ रहे। हालाँकि बी.आर.ओ. के पास पैसे की कोई तंगी नहीं है, संसाधनों की कोई कमी नहीं है, लेकिन फिर भी ये सड़क को आगे नहीं बढ़ा रहे। इसका कारण यह भी हो सकता है कि यह रक्षा सड़क नहीं है। अभी 2015 में अख़बार में पढ़ा कि सीमा सड़क संगठन ने शिंगो-ला तक सड़क पहुँचाकर इतिहास रच दिया है। मेरे पास भी कई मित्रों ने इस बात की सूचना भेजी कि जिस शिंगो-ला को मैंने पैदल पार किया है, वहाँ अब

सड़क बन गई है। हालाँकि सड़क तो उसी साल लामाजी ने बना दी थी; हो सकता है कि बी.आर.ओ. अब वहाँ पहुँचा हो। जांस्कर में बी.आर.ओ. की सड़क देखकर मैं उस संगठन से परेशान हो गया हूँ। यहाँ कई सड़कों का काम चल रहा है, लेकिन सभी की सभी सड़कें ऐसी हैं जैसे कोई चौड़ी पगडण्डी। यह ठीक है कि इन्हें यहाँ हमेशा विपरीत परिस्थितियों में काम करना पड़ता है, लेकिन इनकी बनाई सड़क को सड़क तो कतई नहीं कह सकते। कारगिल-पदुम सड़क एक खराब सड़क का उदाहरण है। वह पूरी सड़क खुली घाटी से होकर गुजरती है, फिर भी उससे खराब सड़क पूरे देश में शायद ही कोई और हो। यहाँ शिंगो-ला के पास भी अगर बी.आर.ओ. ठीक काम करता तो किसी लामा को अपने खर्चे से सड़क बनवाने की ज़रूरत नहीं पड़ती। हर जांस्करी की जुबान पर लामा के चर्चे हैं और बी.आर.ओ. के लिये सभी यही कहते हैं कि बी.आर.ओ. पिछले चार-पाँच सालों से एक ही जगह पत्थर तोड़ रहा है।

पूरे जांस्कर व लाहौल में लामाजी श्रद्धा के पात्र बने हुए हैं। उनका नाम छुल्तिम छोसजोर है। रास्ते में वे मिले भी, फोटो के लिये कहने पर फोटो भी खिंचवाया। वे चाहते हैं कि नीचे मैदान में इस काम की जानकारी पहुँचे और कुछ सहायता भी मिल जाये तो अच्छा हो। हालाँकि सीमा सड़क संगठन भी उनकी खूब मदद कर रहा है... आख़िर वे बी.आर.ओ. का ही काम आसान कर रहे हैं। उनकी बनाई सड़क पर पीछे-पीछे बी.आर.ओ. भी फिनिशिंग करता हुआ आगे बढ़ रहा है। उन्होंने बताया कि उनका लक्ष्य अक्टूबर में बर्फ पड़ने से पहले इस सड़क को शिंगो-ला पार कराके करग्याक तक पहुँचा देने का है, जबकि बी.आर.ओ. का लक्ष्य चुमिक नाकपो तक फिनिशिंग कर देने का है। गौरतलब है कि करग्याक और उससे भी आगे तेंगजे तक चौड़ी घाटी है, जहाँ सड़क बनानी अपेक्षाकृत आसान है। तेंगजे से पुरने तक खड़े पहाड़ हैं, जहाँ लामाजी की जे.सी.बी. काम नहीं आने वाली। क्या पता इसी सीजन में बी.आर.ओ. की पदुम वाली सड़क पुरने तक आ जाये? तीन-चार किलोमीटर पहले 'चा' तक तो पहुँच गई है।

जांस्कर बड़ी बेसब्री से एक अदद सड़क का इन्तजार कर रहा है।

रास्ते में करग्याक के एक सज्जन मिले। उन्हें मनाली जाना था। उन्होंने बताया कि आज बहुत सारे बच्चे आ रहे हैं; वे सब मनाली अपने स्कूलों में जायेंगे। मुझे याद आया कि जब हम पुरने में थे तो तेनजिंग थारपा ने बताया था कि वह 18 तारीख को मनाली के लिये निकल जायेगा। इन सब बच्चों को लेने मनाली से गाड़ियाँ आई हैं। क्या पता मेरा भी जुगाड़ किसी गाड़ी में हो जाये?

साढ़े बारह बजे जांस्कर सुमड़ो पहुँच गया। सुमड़ो का अर्थ होता है दो नदियों का संगम। जांस्कर सुमड़ो यानी ऐसा संगम जहाँ से जांस्कर के लिये रास्ता जाता है। ज़ाहिर है कि यह नाम लाहौलियों ने रखा है। यहाँ शिंगो-ला से आती धारा एक दूसरी धारा में मिलती है और आगे दारचा में भागा नदी में मिलने चल देती है। जांस्कर सुमड़ो काफ़ी बड़ा मैदान जैसा है। यहाँ तक सड़क बहुत पहले की बनी हुई है। यहाँ बी.आर.ओ. का एक कैम्प भी है। मुझे उम्मीद थी कि दारचा तक जाने के लिये बी.आर.ओ. की कोई गाड़ी भी मिल सकती है। मेरा लक्ष्य जल्दी से जल्दी दारचा पहुँच जाने का था; पता नहीं कब विधान और प्रकाश जी दारचा पहुँच जायें। वहाँ फोन नेटवर्क भी नहीं है, इसलिये अगर हम ज्यादा आगे-पीछे हो गये तो परेशानी हो सकती है।

दारचा की तरफ़ से आठ सूमो आईं और बच्चों को लेने शिंगो-ला की तरफ़ चली गईं। अब इतना तो निश्चित था कि मैं आज दारचा ज़रूर पहुँच जाऊँगा। बी.आर.ओ. से पता किया तो उनकी कोई गाड़ी अब दारचा नहीं जा रही थी। यहाँ मेरे अलावा कुछ लोग और भी थे जो दारचा जाने वाले थे। कुछ देर में जब नौवीं सूमो आई तो सभी ने उसे रोककर तय कर लिया कि वो हमें पहले दारचा छोड़ दे, फिर बच्चों को लेने चला जाये। यहाँ से दारचा आधे घण्टे की दूरी पर स्थित है। 1000 रुपये में गाड़ी तय हो गई, आठ यात्री इसमें बैठ गये। सभी के 125-125 रुपये लगे। चार बजे मैं दारचा में था।

पिछले साल साइकिल से लद्दाख जाते समय मैं दारचा से होकर

गया था। मनाली-लेह सड़क यहीं से होकर गुजरती है। यहाँ ठहरने और खाने-पीने की कोई कमी नहीं है। एक दुकान में चावल व मोमो थे, मैंने मोमो खाये। कोल्ड ड्रिंक के साथ मोमो खाकर तृप्त हो गया। दो दिनों से बेस्वाद थुकपा ही खाना पड़ रहा था। प्रकाश जी और विधान नहीं मिले। फोन नेटवर्क न होने की वजह से पता भी नहीं चला कि वे कहाँ हैं। आख़िरकार केलोंग जाने का फैसला कर लिया।

केलोंग की तरफ़ से एक बस आई जो दारचा से आगे एक गाँव तक जाती है। शीघ्र ही वह उस गाँव तक जाकर वापस आ गई और उसमें बैठकर मैं केलोंग पहुँच गया। पता चला कि अब मनाली के लिये कोई बस नहीं है। हाँ, जब मैं दारचा में ही था, तो वे बच्चों वाली सूमो आईं, लेकिन उनमें बैठने की बिल्कुल भी जगह नहीं थी। जगह होती तो मैं मनाली के लिये कूच कर जाता। मैं बहुत थका हुआ था, अब बस जल्द से जल्द दिल्ली पहुँचने की जल्दी थी।

केलोंग में फोन नेटवर्क है। विधान को किया तो घण्टी बज गई। मैं खुश हो गया कि वे दोनों भी केलोंग में ही हैं। अभी कुछ ही समय पहले लेह-दिल्ली बस केलोंग आई थी। यह बस रात भर के लिये केलोंग रुकती है। इसकी जाँच-पड़ताल होती है और सुबह यह दिल्ली के लिये चल देती है; शाम तक मनाली पहुँचती है और अगली सुबह दिल्ली। लेह से यह सुबह पाँच बजे चलती है। मुझे लगा कि वे दोनों इसी बस से आये होंगे। अब, जब विधान की घण्टी बजी तो सबसे पहले यही लगा कि वे भी केलोंग में ही हैं।

बात हुई तो पता चला कि वे मनाली में हैं और उन्होंने दिल्ली के टिकट बुक भी कर लिये हैं। एक बार तो गुस्सा आया कि आज दारचा में मिलने की बात हुई थी; लेकिन शीघ्र ही सँभल गया। मेरा बस चलता तो मैं भी मनाली ही चला जाता और बिना रुके दिल्ली भी जा पहुँचता। मैं थका हुआ हूँ तो वे भी थके हुए हैं। इससे ज्यादा फर्क नहीं पड़ता कि वे बस में यात्रा कर रहे हैं और मैं पैदल। लद्दाख है ही ऐसी जगह कि आपको थकान होनी ही होनी है।

वे दोनों कल सुबह दिल्ली पहुँच जायेंगे, और मैं कल सुबह केलोंग से निकलूँगा और चौबीस घण्टे बाद दिल्ली पहुँचूँगा। मैंने उन्हें घरवालों का फोन नम्बर दे दिया ताकि वे शास्त्री पार्क पहुँचकर आराम कर सकें। प्रकाश जी की फ्लाइट दिल्ली से परसों है; विधान ने भी परसों तक की छुट्टी ले रखी है, इसलिये वे मेरी प्रतीक्षा कर लेंगे।

बस अड्डे के पास ही एक कमरा ले लिया। और सबसे बढ़िया बात रही कि यहाँ मुझे अपने पसन्दीदा आलू के पराँठे मिल गये। कभी आप ऐसी स्थिति में रहो; कई दिन तक थुकपा खाते रहो और आख़िर में आपको अपना मनपसन्द भोजन मिले तो उस क्षण को महसूस करना! इतनी खुशी और तृप्ति मिलेगी कि क्या कहने! यहाँ गर्म पानी भी मिल गया और मैं नहा भी लिया। नहाने के बाद शीशे में अपनी ही शक्ल देखी तो यकीन ही नहीं हुआ कि यह वही इंसान है जो नहाने से पहले था।

सुबह चार बजे केलोंग-हरिद्वार बस चलती है। मैंने इसमें रात को ही मनाली का आरक्षण करा लिया था। सुबह जब बस अड्डे पर पहुँचा तो देखा कि पूरी बस भरी पड़ी है। मुझे लग रहा था कि कौन इतनी सुबह जाता होगा, जबकि कुछ ही देर बाद लेह-दिल्ली बस निकलती है? और सभी यात्री मनाली जाने वाले ही थे। इस बस का ऑनलाइन आरक्षण नहीं होता।

रास्ते में एक बड़ी भीषण समस्या आ गई, लेकिन हिमाचल परिवहन ने बड़ी कुशलता से इसे काफ़ी हद तक सुलझा भी लिया। तांदी से आगे सड़क चौड़ीकरण का काम चल रहा था। उन्होंने चट्टान में ब्लास्ट किया तो तकरीबन सौ मीटर की सड़क पर मलबा ही मलबा फैल गया। आवागमन रुक गया। भले ही उन्होंने ब्लास्ट करके एक चट्टान तोड़ दी हो, लेकिन फिर भी सड़क पर बड़े विशाल पत्थर फैले हुए थे। इन्हें हटाने में कम से कम पूरा दिन तो लगना ही था। यानी कम से कम चौबीस घण्टे के लिये यह सड़क बन्द हो गई। इधर की गाड़ियाँ इधर और उधर की गाड़ियाँ उधर।

परिवहन विभाग के पास इस बात की पूरी जानकारी थी। इस बारे में सभी यात्रियों को पहले ही बता दिया था। हमारी बस उस स्थान पर जाकर रुकी; सभी सवारियाँ उतरकर पैदल ही मलबे वाले क्षेत्र के पार हुईं और उधर दूसरी बस तैयार खड़ी थी। हालाँकि हमें कोई परेशानी नहीं हुई, लेकिन सभी यात्री ऐसे खुशनसीब नहीं थे। हिमाचल परिवहन की बीसियों बसें वहाँ एक किलोमीटर लम्बे जाम में फँसी खड़ी थीं। उनकी सवारियाँ भी बसों में ही थीं। सभी सोये पड़े थे। दिल्ली-लेह बस, जिसे शाम ही केलोंग पहुँच जाना था, वह भी इसी जाम में खड़ी थी। जो मोटरसाइकिलों से लेह जा रहे थे, जिनके पास टैंट थे, उन्होंने सड़क पर ही टैंट लगा लिये थे। अनगिनत कारें थीं और ट्रक भी... और अभी भी सड़क से मलबा हटने में पूरा दिन तो लगेगा ही।

बस, कुछ देर कोकसर रुकी। यहाँ यात्रियों में ज्यादातर ने चाय पी, कुछ ने चावल-राजमा खाये। कोकसर के बाद अच्छी सड़क गायब हो जाती है और खराब सड़क शुरू हो जाती है। रोहतांग की चढ़ाई भी यहीं से शुरू होती है। रास्ते भर कीचड़ ही कीचड़ था।

मंगलवार होने की वजह से रोहतांग पर कोई नहीं था। मंगलवार को रोहतांग आम पर्यटकों के लिये बन्द रहता है। लाहौल, लद्दाख व स्पीति जाने वाली गाड़ियाँ आती-जाती रहती हैं। यह भी अच्छा ही था क्योंकि रोहतांग के भीषण जाम से मैं परिचित हूँ। दोपहर ग्यारह बजे तक मनाली पहुँच गये।

यहाँ पहुँचकर सबसे पहला काम किया, वोल्वो बस में सीट बुक करना। हालाँकि सबसे पीछे वाली सीट मिली, मैंने यही बुक करा ली। साधारण बस में ५०० रुपये लगते हैं, वोल्वो में ९०० लगे। रात भर की यात्रा है, आराम भी जरूरी है। यही सबकुछ सोचकर मैंने वोल्वो से आने का फैसला किया।

उधर विधान और प्रकाश जी की हालत भी मेरे जैसी ही थी। वे भी शीघ्र से शीघ्र अपने घर पहुँच जाना चाहते थे। जैसा कि कल तय

हुआ था कि हम तीनों फिर मिलेंगे, अब वैसा नहीं हो सका। विधान ट्रेन से जयपुर चला गया और प्रकाश जी ने अपनी एक दिन बाद की फ्लाइट का टिकट रद्द करा दिया। ध्यान नहीं कि वे ट्रेन से गये या आज की फ्लाइट से।

इस यात्रा में मेरा दिल्ली से दिल्ली कुल खर्च लगभग 15000 रुपये आया। इसमें दिल्ली से श्रीनगर फ्लाइट के 4000 रुपये, श्रीनगर से कारगिल प्रति व्यक्ति 2000 रुपये, कारगिल से पदुम प्रति व्यक्ति 3000 रुपये और पदुम से अनमो प्रति व्यक्ति लगभग 700 रुपये भी शामिल हैं। ऐसी यात्राओं में स्लीपिंग बैग बहुत काम आता है। हालाँकि टैंट ले जाने का ज्यादा फायदा नहीं मिला।

लद्दाख व जांस्कर में ट्रैकिंग करना आसान नहीं होता। तेज धूप व तूफानी हवाएँ ही आपकी सारी ऊर्जा को निचोड़ लेती हैं। इन सबके बावजूद सभी ट्रैकर्स की इच्छा होती है कि लद्दाख में ट्रैकिंग ज़रूर करें; फिर चाहे वो चादर ट्रैक हो या मारखा घाटी ट्रैक या स्नो लेपर्ड़ ट्रैक या कोई दूसरा ट्रैक। मौका मिलते ही ट्रैकर लद्दाख में ट्रैकिंग करने जाते हैं। लेकिन सभी सफल कहाँ हो पाते है?

पदुम-दारचा यात्रा का कुल खर्च

भावी यात्रियों के लिये खर्च का एक अन्दाजा लगाने के लिये यह लिस्ट बनाई गई है। इसमें मेरा दिल्ली से दिल्ली का एक-एक रुपये का खर्च शामिल है।

दिल्ली से श्रीनगर फ्लाइट खर्च - 4200 रुपये

(विधान और प्रकाश जी दूसरी फ्लाइट से गये थे। उनकी फ्लाइट सस्ती थी। उनका 3000-3000 रुपये के आसपास दिल्ली से श्रीनगर का खर्च आया।)

नई दिल्ली से एयरोसिटी तक मेट्रो - 80 रुपये

एयरोसिटी मेट्रो से डोमेस्टिक एयरपोर्ट बस से - 30 रुपये

यहाँ तक मेरा अकेले का खर्च बनता है - 4310 रुपये। इसे 4300 मान लेते हैं।

अब हम सब श्रीनगर पहुँच जाते हैं। इसके बाद अब जो भी खर्च होता है, वो सबका साझा होता है, बाद में उसे जोडकर उसका तिहाई कर लेंगे।

श्रीनगर एयरपोर्ट से लालचौक - 350 रुपये

श्रीनगर से कारगिल टैक्सी - 6000 रुपये

कंगन में लंच - 460 रुपये

जोजी-ला पर चाय - 60 रुपये

जोजी-ला पर स्केटिंग - 200 रुपये

द्रास में मोमो व अन्य - 100 रुपये

कारगिल में टैक्सी वाले को टिप - 150 रुपये

कारगिल में कमरा - 600 रुपये

कारगिल में डिनर - 450 रुपये

कारगिल में अगले दिन बिस्कुट व कोल्ड ड्रिंक - 115 रुपये

सांकू में लंच - 105 रुपये

सांकू में कोल्ड ड्रिंक - 65 रुपये

परकाचिक में चाय बिस्कुट - 75 रुपये

रांगडुम में कमरा - 600 रुपये

रांगडुम में डिनर - 282 रुपये

रांगडुम में अगले दिन सुबह चाय - 35 रुपये

अबरान में चाय-बिस्कुट - 80 रुपये

कारगिल से पदुम टैक्सी - 9000 रुपये

पदुम में मोमो व अन्य - 190 रुपये

पदुम से अनमो टैक्सी - 2200 रुपये

अनमो में लंच - 180 रुपये

चा गाँव में कमरा और दो समय का खाना - 1500 रुपये

फुकताल गोम्पा पर चाय-बिस्कुट - 290 रुपये

पुरने में टैंट लगाने का किराया व डिनर-ब्रेकफास्ट - 820 रुपये

इसके बाद हम अलग हो गये। विधान और प्रकाश जी वापस लौट गये, जबकि मैं शिंगो-ला की तरफ़ चल पड़ा। अभी तक हमारा सम्मिलित खर्च 23907 रुपये आया। चलिए इसमें कुछ भूल-चूक भी मिलाकर पूरे 24000 रुपये कर देते हैं। इस तरह हमारा प्रति व्यक्ति खर्च श्रीनगर से पुरने तक 8000 रुपये बनता है। अब मैं अकेला हूँ।

तेंगजे में कैंपिंग व डिनर - 250 रुपये

तेंगजे में सुबह चाय-बिस्कुट - 50 रुपये

करग्याक में चाय व मैगी - 50 रुपये

अगले दिन लाखांग में रोटी - 50 रुपये

अगले दिन चुमिक नाकपो में रात रुकना व डिनर - 250 रुपये

जांस्कर सुमड़ो से दारचा शेयर्ड टैक्सी - 125 रुपये

दारचा में खाना - 90 रुपये

दारचा से केलांग बस से - 44 रुपये

केलांग में कमरा - 400 रुपये

अगले दिन केलांग से मनाली बस से - 170 रुपये

इसके बाद मैंने कोई खर्च नहीं लिखा। जो थोड़ा-सा खर्च और था, वो याददाश्त के आधार पर लिख देता हूँ।

मनाली में खाना - 200 रुपये

मनाली से दिल्ली वोल्वो बस से - 1000 रुपये

पुरने से दिल्ली तक कुल खर्च हुआ - 2679 रुपये। चलिये इसे 2700 कर देते हैं।

तो इस तरह दिल्ली से श्रीनगर - 4300 रुपये

श्रीनगर से पुरने - 8000 रुपये

पुरने से दिल्ली - 2700 रुपये

इस तरह मेरा अकेले का दिल्ली से दिल्ली कुल खर्च हुआ पूरे 15000 रुपये।

यात्रा पर चलने से पहले कुछ तैयारियाँ की थीं, कुछ खरीदारी की थी; वो खर्च इसमें नहीं जोड़ा है। टैंट व स्लीपिंग बैग मेरे पास पहले से ही हैं; इस बार मैट्रेस खरीदी। यह सब सामान आगे भी काम आयेगा, इसलिये इसका खर्च इस शिंगो-ला यात्रा में लिखना उचित नहीं है।

3

लद्दाख

3

लद्दाख में ट्रैकिंग और सावधानियाँ

लद्दाख में ट्रैकिंग बाकी राज्यों के मुकाबले थोड़ी भिन्न है। यह मुख्यतः दर्रों की भूमि है, और दर्रे भी बड़े ऊँचे-ऊँचे हैं। ज्यादातर 5000 मीटर से ऊँचे ही हैं। दर्रे के एक तरफ एक नदी घाटी होती है और दूसरी तरफ दूसरी नदी घाटी होती है। तो लद्दाख में ट्रैकिंग एक नदी घाटी से दूसरी नदी घाटी में जाने की होती है, या कहिये कि कोई दर्रा पार करने की होती है। कुछ गोम्पा भी दुर्गम स्थानों पर बने हैं, जैसे फुकताल गोम्पा और फोतोकसर गोम्पा। यहाँ जाने के लिये भी काफी पैदल चलना होता है। इस अध्याय में हम लद्दाख में ट्रैकिंग सम्बन्धी कुछ सावधानियों की चर्चा करेंगे।

1. लद्दाख की औसत ऊँचाई 3500 मीटर है। लेह जिले का ज्यादातर भाग तो 3500 मीटर से ऊपर ही है। इतनी ऊँचाई पर चले जाने से आपको ए.एम.एस. यानी एक्यूट माउण्टेन सिकनेस यानी

हिन्दी में कहें तो उच्च पर्वतीय बीमारी हो सकती है। इतनी ऊँचाई पर हवा का घनत्व काफी कम हो जाता है, इसलिये साँस लेने में परेशानी आती है। इसके अलावा कुछ और भी लक्षण हैं। वायुदाब कम होने से रक्तदाब बढ़ जाता है, जिससे नाक से खून भी आ सकता है। मरुस्थलीय भूभाग होने के कारण डीहाइड्रेशन भी हो जाता है। मन न लगना, उल्टी आना और चक्कर आना तो आम बात है, लेकिन इतना जानने के बाद घबराने की कोई ज़रूरत नहीं है। आप अगर वायुमार्ग से लेह जा रहे हैं, तो कम से कम दो दिन लेह में ही रहिए। शरीर बदले हुए वायुमण्डल के अनुसार अपने आप समायोजित हो जायेगा। बहुत -से लोग वायुयान से उतरकर सीधे उसी दिन या अगले ही दिन खारदुंग-ला पहुँच जाते हैं। ऐसा करना गलत हो जाता है और कई बार आपको ऑक्सीजन सिलिण्डर की भी आवश्यकता पड़ जाती है। शरीर आपका है, आपसे ज्यादा इसके बारे में कोई नहीं जान सकता। हो सकता है कि आप एक ही दिन में वातावरण के अनुकूल ढल जायें और यह भी हो सकता है कि आपको कई दिन भी लग जायें। आप वातावरण के अनुसार ढल गये हैं या नहीं, यह जानने के लिये थोड़ा पैदल चलें। साँस तो निश्चित ही चढ़ेगी, लेकिन अगर आपको इसमें सिरदर्द होने लगे या चक्कर आने लगे तो समझना कि अभी आप ठीक नहीं हुए हैं। एक दिन और रुकिए।

सड़क मार्ग से लद्दाख जाने वालों को काफी आराम रहता है। पहले ही आप लगभग 4000-5000 मीटर ऊँचे दर्रे पार करके आ रहे होते हैं तो शरीर पहले से ही समायोजित होना शुरू कर देता है। मनाली मार्ग पर दर्रे ज्यादा ऊँचे हैं; श्रीनगर मार्ग पर कम ऊँचे हैं। तो अगर श्रीनगर मार्ग से लद्दाख आयें तो ज्यादा बेहतर होगा। मैंने मनाली मार्ग पर पांग और डेबरिंग में लोगों को एक-एक साँस के लिये जूझते देखा है। पांग और डेबरिंग की ऊँचाई 4400 मीटर के आसपास है। इतनी बुरी हालत हालाँकि सभी की नहीं होती, लेकिन फिर भी इन सबकी जानकारी होना जरूरी है।

यही नियम ट्रैकिंग पर भी लागू होता है। आप कभी दर्रों पर होते

हैं तो कभी नदी घाटियों में। वायुदाब लगातार बदलता रहता है। हालाँकि नियम तो यह है कि ए.एम.एस. के लक्षण महसूस होते ही तुरन्त निचले इलाकों में चले जाना चाहिये; लेकिन साँस चढ़ना भी ए.एम.एस. का ही लक्षण है, इसलिये यह नियम हमेशा लागू करना व्यावहारिक नहीं है। ट्रैकिंग में साँस चढ़ना, हल्का सिरदर्द होना और कुछ भी खाने-पीने का मन न करना साधारण बात है। ऐसा होने पर नीचे उतरने की ज़रूरत नहीं है। कभी-कभी तो दो-तीन घण्टे रुककर आप नॉर्मल हो सकते हैं, या कभी-कभी रात रुककर भी। अगर इससे ज्यादा कुछ हो, जैसे तेज सिरदर्द होना, नाक से खून आना, उल्टी होना - तो आपको अविलम्ब नीचे उतरना पड़ेगा।

2. ए.एम.एस. के अलावा जो दूसरी परेशानी है, वो है डीहाइड्रेशन, यानी शरीर में पानी की कमी। इससे बचने का सर्वोत्तम तरीका है नियमित पानी पीते रहना, लेकिन लद्दाख में सबसे बडी परेशानी है अत्यधिक ठण्डा पानी। ट्रैकिंग के दौरान आपको पसीना भी आता है, आपको गीले होने के कारण ठण्डक भी लगने लगती है। जब आप कहीं रुककर विश्राम करते हैं, तो आपको पसीने की वजह से और ज्यादा ठण्ड लगती है। ऐसे में अत्यधिक ठण्डा पानी पीना रुचिकर नहीं लगता, लेकिन आपको पानी पीना ही पड़ेगा। टॉफी और चॉकलेट से भी गला तर रहता है, लेकिन ये पानी की पूर्ति नहीं करते। इसके अलावा जहाँ भी मौका मिले, चाय-कॉफी अवश्य पीयें।

3. ऊँचाई पर स्थित होने के कारण लद्दाख में सूर्य की किरणों में अल्ट्रावॉयलेट किरणें मैदानों की अपेक्षा ज्यादा होती हैं। इनके लगातार सम्पर्क में आने से आपकी त्वचा जल जायेगी। पहले खुजली होती है, फिर जल जाती है। जली हुई त्वचा की एक पपड़ी जब उतरने लगती है तो उसके नीचे नई नाजुक त्वचा बनने लगती है, लेकिन अगर आप सावधान नहीं हुए तो आपकी यह नई बनी त्वचा भी जलने

लगेगी। इसका सबसे अच्छा तरीका है कि शरीर के किसी भी हिस्से पर धूप न पड़ने दें। किसी भी तरीके से नंगे हिस्सों पर धूप पड़ने से रोकें। पैरों में जूते होते हैं, पूरी बाजू के कपड़े पहनने से हाथ बचेंगे और दस्ताने पहनने से हथेलियाँ बच जायेंगी। एक साधारण-सी कैप लगा लेने से चेहरे पर भी धूप पड़ने से बच जायेगी, लेकिन अगर आसपास बर्फ हो तो सूर्य का विकिरण सफेद बर्फ से परावर्तित होकर आपको ही प्रभावित करेगा। आप ऊपर से पड़ती धूप से तो बच जायेंगे, लेकिन सामने से आती परावर्तित किरणों से कैसे बचेंगे? यह आपको सोचना है। नाक बड़ी जल्दी प्रभावित होती है। कुछ लोग नाक को बचाने के लिये नाक पर कागज भी चिपका लेते हैं। सन-क्रीम भी अच्छा काम देती है; हालाँकि व्यक्तिगत रूप से मुझे सन-क्रीम ज्यादा लाभ नहीं पहुँचाती।

4. तेज सूर्य किरणों और चारों तरफ से आती परावर्तित किरणों से आँखों को भी नुकसान पहुँचता है। बर्फीले इलाके में अगर धूप निकली हो तो यह चौंध इतनी ज्यादा हो जाती है कि आप अपनी आँखें भी नहीं खोल सकेंगे। इसके लिये काला चश्मा जरूरी हो जाता है। हालाँकि बाजार में महँगे चश्मे भी उपलब्ध हैं, लेकिन मैं हमेशा सबसे सस्ता काला चश्मा ही ले जाता हूँ।

5. लद्दाख में वैसे तो जंगली जानवरों का उतना डर नहीं है, लेकिन कई जगह हिम तेंदुए और भेड़िये भी मिल जाते हैं। हिम तेंदुआ इंसान के सामने कभी नहीं आता, और कभी आ भी जाता है तो बड़ी चालाकी से इस तरह बचकर भाग जाता है कि आप उसे भागते हुए नहीं देख पायेंगे। हिम तेंदुए द्वारा हमला कर देने की भी कोई खबर नहीं आती। भेड़िया आप पर हमला कर सकता है, लेकिन आपको कोई भेड़िया दिखे और आप सावधान हुए तो वह भी आपके पास नहीं आयेगा। गीदड़ तो इतने शर्मीले होते हैं कि आप उनका पीछा भी कर

सकते हैं। हाँ, कुत्ते कभी-कभी खतरनाक हो सकते हैं। आमतौर पर लद्दाखी कुत्ते आक्रामक नहीं होते, लेकिन जहाँ बाहरी लोगों का आना-जाना कम हो, वहाँ भेड़पालकों के हट्टे-कट्टे कुत्ते आपको परेशान कर सकते हैं। भेड़पालक पूरे लद्दाख में हर जगह मिलते हैं।

6. खाना-पीना : अगर आप मांसाहारी हैं तो आपको यहाँ कोई दिक्कत नहीं आने वाली, लेकिन शाकाहारी हैं तब भी ज्यादा परेशानी नहीं आयेगी। अब लद्दाख में बाहरी यात्रियों का खूब आवागमन होता है, तो प्रत्येक लद्दाखी जानता है कि कुछ लोग मांसाहारी होते हैं और कुछ शाकाहारी। ट्रैकिंग के दौरान जबकि आपको दूर-दराज के क्षेत्रों में जाना पड़ सकता है, तो भी अक्सर खान-पान की दिक्कत नहीं आती। प्रचलित ट्रैकिंग मार्गों पर थोड़ी-थोड़ी दूरी पर गाँव हैं और आपको आसानी से होमस्टे मिल जायेगा। इसके अलावा गर्मियों में पूरे लद्दाख में भेड़पालक मिलते हैं, जो अपने अस्थायी तम्बू लगाकर रहते हैं; वहाँ भी आपको ज़रूरत पड़ने पर खाना मिल जायेगा। कभी-कभी पानी की परेशानी हो सकती है, खासकर तब जबकि आप किसी दर्रे के आसपास हों। इसलिये हमेशा अपने साथ पानी की बोतल रखें।

7. मौसम : लद्दाख मूलतः एक शुष्क और ठण्डा मरुस्थल है, लेकिन ऐसा नहीं है कि यह दिनभर ठण्डा ही रहता है। गर्मियों में तो यहाँ अधिकतम तापमान 40 डिग्री तक भी पहुँच जाता है। अक्सर बारिश नहीं होती। तेज हवाएँ अवश्य चलती हैं, खासकर दोपहर बाद। दर्रों के आसपास तो तूफानी हवाएँ चलती ही हैं। अगर धूप नहीं निकली है तो मौसम ठण्डा हो जाता है। मानसून में बादल भी आ जाते हैं और तेज हवाओं के साथ मिलकर थोड़ी-बहुत बारिश भी करते हैं और बजरी भी गिर जाती है। जिस तरह मैदानी इलाकों में ओले पड़ते हैं, उसी तरह यहाँ छोटे ओले, यानी बजरी गिरती हैं।

अब बात करते हैं कुछ प्रमुख ट्रैकिंग मार्गों की -

1. **चादर ट्रैक :** चादर ट्रैक मुश्किल नहीं है, लेकिन आपको शून्य से तीस डिग्री नीचे तक की ठण्ड में रहने की चुनौती स्वीकार करनी पड़ेगी। इतना कम तापमान ही इस ट्रैक को चुनौतीपूर्ण बना देता है; फिर कदम-कदम पर पानी में गिरने का भी डर होता है। इस मार्ग में ज्यादा चढ़ाइयाँ नहीं हैं। सर्दियों में लेह आने का एकमात्र साधन वायुमार्ग ही होता है, इसलिये कम से कम दो दिन लेह में रुकना और पैदल शहर में घूमते रहना बड़ा अच्छा रहता है। इससे शरीर जल्दी अनुकूल हो जाता है। दो दिन लेह में रुककर आप चादर ट्रैक पर जा सकते हैं। अनुकूलन की कोई दिक्कत नहीं आयेगी। मेरी तरह अकेले जाने की कोशिश न करें। वैसे तो किसी गाइड की जरूरत नहीं है... अगर आपने उच्च पर्वतीय इलाकों में पहले भी ट्रैकिंग कर रखी है तो आप इस ट्रैक को आराम से अकेले भी कर सकते हैं। सामान ज्यादा ढोना पड़ेगा। रास्ते में कम से कम दो दिनों तक कोई गाँव भी नहीं मिलता। चिलिंग से चलने के बाद अगला गाँव नेरक करीब 45 किलोमीटर दूर है। मैं पहले भी कहता आया हूँ कि यहाँ हर गाँव में आपको होमस्टे मिल जाते हैं, लेकिन चिलिंग से नेरक एक दिन में पहुँचना सम्भव नहीं होता, इसलिये रास्ते में कहीं न कहीं अपने भरोसे रुकना पड़ेगा। उसके लिये स्लीपिंग बैग भी चाहिये और टैंट भी चाहिये और खाना भी चाहिए। आप इन चीजों को स्वयं ढो सकते हैं तो ठीक है, अन्यथा कोई पोर्टर कर लेना उपयुक्त रहता है।

जनवरी 2015 के सीजन में ऊपरी जांस्कर में कहीं भूस्खलन की वजह से नदी आंशिक रूप से ब्लॉक हो गई थी और वहाँ अस्थायी झील बन गई थी, इसलिये एहतियातन प्रशासन ने उस दौरान चादर ट्रैक पर रोक लगा दी थी। अगर वो अस्थायी झील टूट जाती तो रास्ते में बड़ा नुकसान करती चलती। पिछले दिनों एक और मुद्दा सामने आया। कुछ ट्रैकिंग कम्पनियाँ इस ट्रैक में कील लगे जूते, यानी क्रैम्पन पहनने को देती हैं, जिससे चादर को नुकसान पहुँचता है। इसका स्थानीय लोगों ने विरोध किया था। चादर पर क्रैम्पन न पहनें क्योंकि

इससे बर्फ कमजोर होती है और टूटती भी है। इससे आपके बाद जाने वालों को परेशानी का सामना करना पड़ेगा। अपने कूड़े का उचित निस्तारण भी करें; इसका भी स्थानीय लोग बड़ा ध्यान रखते हैं।

2. पदुम-दारचा ट्रैकः इस ट्रैक के बारे में आपने इसी पुस्तक में विस्तार से पढ़ा ही है।

3. मारखा घाटी ट्रैकः इस ट्रैक पर जाने के दो रास्ते हैं। पहला और ज्यादा प्रचलित रास्ता स्पितुक, जिंगचान से गण्डा-ला दर्रे को पार करके मारखा घाटी में जाने का है और दूसरा रास्ता चिलिंग से होकर है, जहाँ मारखा नदी जांस्कर नदी में मिलती है। एक बार मारखा घाटी में जाकर आपको इसके साथ ऊपर ही चलना होता है और निमलिंग होते हुए और कोंगमारु-ला दर्रे को पार करके आप सिन्धु घाटी में हेमिस के पास जा पहुँचते हैं। यह काफी प्रचलित ट्रैक है। मैंने यह ट्रैक नहीं किया है, लेकिन यकीन है कि पूरे रास्ते आपको खाने-पीने और रुकने की व्यवस्था मिलती रहेगी।

4. स्नो लेपर्ड ट्रैकः यह अक्सर सर्दियों में किया जाता है। स्पितुक के पास से सिन्धु नदी पार करके आप जिंगचान पहुँचते हैं। मेरी जानकारी के अनुसार जिंगचान तक सड़क बन गई है। जिंगचान से आपको रुम्बक तक पैदल चलना है। रुम्बक एक गाँव है, जहाँ आपको सर्दियों में आराम से रहना-खाना मिल जायेगा। रुम्बक के आसपास का इलाका हिम तेंदुए के लिए प्रसिद्ध है।

5. लामायुरू-पदुम ट्रैकः यह ट्रैक श्रीनगर-लेह सड़क पर बसे लामायुरू से शुरू होता है। लामायुरू से आप वनला, हनुपट्टा होते हुए

फोतोकसर पहुँचते हैं। फोतोकसर एक प्रसिद्ध गोम्पा है। अब फोतोकसर तक मोटर मार्ग भी बन गया है, इसलिये इस ट्रैक को फोतोकसर से भी शुरू किया जा सकता है। फोतोकसर से आप दो दर्रे पार करके लिंगशेड पहुँचते हैं; फिर दो दर्रे और पार करने होते हैं और आप हनुमिल पहुँच जाते हैं, जहाँ फिर से आपको पदुम जाने के लिये मोटर मार्ग मिल जायेगा।

ये पाँचों ट्रैक लद्दाख-जांस्कर क्षेत्र में हैं। इनके अलावा भी सैंकडों ट्रैक हैं जो आप कर सकते हैं। नक्शे में किन्हीं भी दो बिन्दुओं को देखिए और ट्रैकिंग की योजना शुरू कर दीजिये। जैसे कि सिन्धु घाटी से श्योक घाटी के लिये बहुत से ट्रैक हो सकते हैं। सिन्धु घाटी से नुब्रा घाटी के लिये भी ट्रैक हैं। शो मोरीरी से शो कार भी आप जा सकते हैं ट्रैकिंग करते हुए। स्पीति से परांग-ला पार करके शो मोरीरी जाइये। अत्यधिक कठिन ट्रैक करने हैं तो जांस्कर से लाहौल, पांगी या किश्तवाड़ की तरफ निकलिये। इस इलाके में शिंगो-ला तो आसान है, लेकिन पोट-ला, कंग-ला, उमासी-ला समेत दसियों ऐसे दर्रे हैं, जो एक से बढ़कर एक कठिन हैं। 6000 मीटर से भी ज्यादा ऊँची स्टोक काँगडी चोटी भी आप फतह कर सकते हैं। वैसे तो चोटियाँ फतह करने का काम पर्वतारोहियों का होता है, लेकिन स्टोक काँगडी एक ट्रैकिंग पीक है, यानी थोड़ी अतिरिक्त मेहनत करके एक ट्रैकर भी इस पर चढ़ सकता है। इनके अलावा भी सैंकड़ों ट्रैक हो सकते हैं। लद्दाख दर्रों की भूमि है; आप कहीं भी निकलिये, आपको कोई न कोई दर्रा पार करना ही पड़ेगा।

चिलिंग, पदुम, सरचू और हेमिस - इन चारों को जोड़कर जो चतुर्भुज बनेगा, इनके बीच का इलाका अभी तक अच्छी तरह नहीं खोजा गया है। अगर आप बिल्कुल ऐसे किसी ट्रैक पर निकलना चाहते हैं, जहाँ अभी तक कोई नहीं पहुँचा या कोई एकाध ही पहुँचा है तो आप इस इलाके को चुनिये।

4

लद्दाख

4

लद्दाख में परमिट सिस्टम

मई 2014 से पहले लद्दाख के एक बड़े हिस्से में जाने के लिये आपको इनर लाइन परमिट बनवाना पड़ता था, लेकिन अब यह सिस्टम समाप्त कर दिया गया है। लद्दाख के बहुत थोड़े-से इलाके के लिये ही अब परमिट सिस्टम लागू है। अब खारदुंग-ला, नुब्रा घाटी में पनामिक, श्योक घाटी में तुरतुक, पेंगोंग के पास स्पांगमिक से आगे मेरक गाँव, ऊपरी सिन्धु घाटी में लोमा बैण्ड, शो मोरीरी, शो कार और निचली सिन्धु घाटी में धा, हनु और बटालिक तक कहीं भी परमिट नहीं लगता। नुब्रा घाटी, पेंगोंग और शो मोरीरी जाने से पहले एहतियात के तौर पर आप सेल्फ डिक्लरेशन फॉर्म ले लें, जो लेह में फोटो-स्टेट की दुकानों पर आसानी से मिल जाता है या फिर इंटरनेट से डाउनलोड़ करके प्रिंट आउट निकलवा लें। अगर कहीं माँगा जाता है तो इसे साथ के साथ भरकर अपने हस्ताक्षर करके जमा करा दें। बाकी इलाकों जैसे हनले, चुशुल आदि में जाने के लिये लेह डी.सी. ऑफिस से आसानी से परमिट मिल जाता है। इसकी भी कई प्रतियाँ अपने पास रखें। सीमावर्ती इलाकों जहाँ चीन या पाकिस्तान की

घुसपैठ की खबरें आती रहती हैं, जैसे चुमुर, देमचोक, दौलत बेग ओल्डी, सियाचिन आदि स्थानों पर जाने के लिये परमिट आसानी से नहीं मिलता। अगर आपकी सैन्य बैकग्राउण्ड है या कोई अत्यधिक नजदीकी व्यक्ति सेना में है, तो आप जा सकते हैं, अन्यथा नहीं। लेह डी.सी. ऑफिस इन स्थानों का परमिट आसानी से नहीं बनाता।

परमिट की यह सब व्यवस्था भारतीयों के लिये है; विदेशियों के लिये अभी भी खारदुंग-ला समेत पेंगोंग, शो मोरीरी, धा, हनु आदि जाने के लिये डी.सी. ऑफिस से परमिट बनवाना पड़ता है, जो कम से कम दो लोगों को तब मिलता है जब वे किसी मान्यता प्राप्त एजेण्ट के साथ वहाँ जाना चाहते हों। पाकिस्तान, चीन आदि कई देशों के नागरिकों को दिल्ली स्थित गृह मन्त्रालय से परमिट बनवाना पड़ता है।

कुल मिलाकर लद्दाख हम भारतीयों के लिये और ज्यादा खुल गया है। सड़कें भी बन रही हैं। आना-जाना आसान होने लगा है। निकलिए और घूमिए लद्दाख में।

अपडेट : परमिट की उपरोक्त व्यवस्था केवल वर्ष 2015 और 2016 में ही रही। 2017 में फिर से इन सभी स्थानों पर जाने के लिये परमिट लागू कर दिया गया। चूँकि लेह प्रशासन को इनर लाइन परमिट से बहुत बड़ी आय होती है, लेकिन 2015 और 2016 में परमिट हटा लेने से यह आय समाप्त हो गयी थी, तो इस आय को जारी रखने के लिये अब पुनः परमिट लागू किया है। खारदुंग-ला, नुब्रा घाटी, पेंगोंग, शो मोरीरी, धा, हनु, बटालिक जाने के लिये आपको परमिट लेना पड़ेगा। यह ऑनलाइन भी लिया जा सकता है और लेह डी.सी. ऑफिस से भी।

हो सकता है कि आगामी वर्षों में इस परमिट को फिर से हटा लिया जाये, तो बेहतर होगा कि जाने से पहले इस बारे में जानकारी लेकर ही जायें।

जनवरी में चिलिंग गाँव का नज़ारा

चिलिंग के बाशिन्दे

चिलिंग में बर्फबारी

जमी हुई जांस्कर नदी पर ट्रैकिंग करते हुए

चिलिंग से आगे का रास्ता और जमी हुई नदी

लेह स्थित वॉर मेमोरियल के बाहर रखी तोप

शिंगो-ला ट्रैक को जाते हुए परकाचिक में चाय पीते हुए

द्रांग-द्रंग ग्लेशियर

अनमो गाँव में बच्चे

अनमो से ट्रैकिंग शुरू

रात के समय दिखता चा गाँव

चा से फुकताल गोम्पा जाने का रास्ता

दुर्गम पहाड़ों में टँगा हुआ फुकताल गोम्पा

फुकताल गोम्पा के पास नदी पार करने का पुल

तेंगजे गाँव के आसपास का नजारा

तेंगजे गाँव में

पवित्र माना जाने वाला गोम्बोरंजन पर्वत

करग्याक गाँव की एक रहनुमा

करग्याक के बाद का रास्ता और सामने दिखता गोम्बोरंजन पर्वत

5000 मीटर की ऊँचाई पर शिंगो-ला दर्रे के पास स्थित एक झील

लामाजी जो सड़क बनवा रहे हैं

शिंगो-ला दर्रे के पास लेखक

पुरने गाँव से दिखती आकाशगंगा

ॐ मणि पद्मे हुं

www.ingramcontent.com/pod-product-compliance
Lightning Source LLC
LaVergne TN
LVHW100323181026
850499LV00039B/961
* 9 7 8 9 3 8 7 3 9 0 0 1 0 *